TINTA PERIGOSA

Série Wicked Lovely

Terrível encanto
Tinta perigosa

WICKED LOVELY
TINTA PERIGOSA
melissa marr

Tradução
Maria Beatriz Branquinho da Costa

Título original
INK EXCHANGE

Copyright © 2008 *by* Melissa Marr
Copyright da imagem da tatuagem © 2007 *by* Paul Roe e Melissa Marr

Edição brasileira publicada mediante acordo com a
HarperCollins Children's Books, uma divisão da HarperCollins Publishers.

Todos os direitos reservados. Nenhuma parte desta obra
pode ser reproduzida, ou transmitida por qualquer forma ou
meio eletrônico ou mecânico, inclusive fotocópia, gravação ou sistema
de armazenagem e recuperação de informação, sem a permissão escrita do editor.

Direitos para a língua portuguesa reservados
com exclusividade para o Brasil à
EDITORA ROCCO LTDA.
Av. Presidente Wilson, 231 – 8º andar
20030-021 – Rio de Janeiro – RJ
Tel.: (21) 3525-2000 – Fax: (21) 3525-2001
rocco@rocco.com.br / www.rocco.com.br

Printed in Brazil/Impresso no Brasil

preparação de originais
FRIDA LANDSBERG

CIP-Brasil. Catalogação na fonte.
Sindicato Nacional dos Editores de Livros, RJ.
M322t Marr, Melissa
Tinta perigosa / Melissa Marr;
tradução de Maria Beatriz Branquinho da Costa.
– Primeira edição. – Rio de Janeiro:
Rocco Jovens Leitores, 2012.
(Wicked Lovely; v. 2)
Tradução de: Ink exchange
ISBN 978-85-7980-099-3
1. Fadas – Ficção. 2. Fantasia – Ficção. 3. Ficção norte-americana.
I. Branquinho, Maria Beatriz. II. Título. III. Série.
11-6363   CDD – 813   CDU – 821.111(73)-3

O texto deste livro obedece às normas do
Acordo Ortográfico da Língua Portuguesa

A todas as pessoas que estiveram no limiar do abismo e encontraram (ou estão encontrando) uma maneira de alcançar terra firme – vocês são a prova de que o aparentemente impossível pode acontecer.

E a A.S., que compartilhou as tristezas dele comigo – espero que você tenha achado aquilo de que precisava.

AGRADECIMENTOS

No último ano vi *Terrível encanto* (meu primeiro livro) ir da revisão às prateleiras – e *Tinta perigosa* ir da concepção à conclusão. Isso foi assustador, mas o entusiasmado incentivo que recebi fez com que a empreitada fosse possível. A todos na HarperCollins US e HarperCollins UK; aos meus editores no exterior (especialmente Franziska, da Carlsen, na Alemanha); aos bibliotecários, livreiros, leitores, pais, jornalistas, professores e o pessoal da página de fãs na internet (especialmente Maria); à minha extraordinária gerente financeira, Peggy Hileman; e aos incontáveis indivíduos que conheci online ou pessoalmente: fico sem palavras com sua gentileza e apoio. Obrigada a todos.

Agradeço especialmente a Clare Dunkle, que primeiro tocou meu coração com seus romances e depois, nesse último ano, com sua sabedoria. Tem sido um privilégio.

Minha agente, Rachel Vater, faz o caos parecer ordenado. Mesmo quando você é mais dura comigo, me fazendo companhia quando devaneio ou exibindo essas lindas presas, sou sempre grata.

Meus dois apaixonados editores, Anne Hoppe e Nick Lake, continuam superando as expectativas. Seus *insights*, notas e horas de discussão tornaram o texto mais claro e próximo dos ideais que batalho para alcançar.

Kelsey Defatte leu as primeiríssimas versões desse manuscrito. Craig Thrush leu minhas cenas de conflito. Devo muito a ambos. E devo muitíssimo a Jeaniene Frost, pelas horas de conversa, revisão de respostas às cartas de editores rivais e tantas observações epífanas. Obrigada, J.

Meu tatuador, Paul Roe, leu as sequências de tatuagem e respondeu a inúmeras questões sobre as minúcias da arte e sua história. Por isso, por decorar minha pele e por todo o restante, você foi essencial para mim.

Algumas poucas pessoas me deram seu afeto durante os anos de caos e calma – Dawn Kobel, Carly Chandler, Kelly Kincy, Rachael Morgan, Craig Thrush e, acima de tudo, Cheryl e Dave Lafferty. Obrigada por me manterem firme. Não posso expressar em palavras o que vocês significam para mim.

Nada disso teria significado se não fosse pelas pessoas que enriquecem cada aspecto da minha vida – meus pais, filhos e marido. Estou bem certa de que só existo porque tenho vocês ao meu lado.

– junho de 2007

Prólogo

Outono

Irial observou a garota caminhando pela rua: ela era um amontoado de terror e fúria. Ele permaneceu nas sombras no beco no lado de fora do estúdio de tatuagem, mas seu olhar não se desviou dela nem quando terminou seu cigarro.

No momento em que ela passava, ele deu um passo à frente.

A pulsação dela acelerou sob a pele quando pôs os olhos nele. Endireitou os ombros – sem fugir nem recuar, confiante apesar das sombras que se agarravam a ela – e indicou o braço dele, onde se lia seu nome e linhagem escritos em *ogham*, um antigo alfabeto celta, envolvidos por espirais e nós que se transformavam em cães estilizados.

– Que lindo. Foi o Rabbit que fez?

Ele assentiu e percorreu os poucos passos que faltavam até o estúdio. A garota manteve o ritmo de caminhada dele.

– Estou pensando em fazer alguma coisa logo. Só não sei ainda o quê. – Ela pareceu insolente ao dizer isso. Como ele não respondeu, completou: – Sou Leslie.

– Irial. – Ele assistiu a ela lutar e falhar para encontrar mais palavras, para fazer com que a notasse. Ela estava faminta por algo. Se ele usasse os mortais por brinquedinhos, ela seria uma boa diversão, mas estava aqui para fazer negócios e não para colecionar enfeites, portanto se manteve silencioso enquanto abria a porta da Pinos e Agulhas para ela.

Dentro do estúdio de tatuagem, Leslie se afastou e foi falar com uma garota de cabelos escuros que os observava com cautela. Havia outros no estúdio, mas apenas aquela garota importava. Por ter ele mesmo lançado a maldição que pusera limites no verão tantos séculos atrás, Irial sabia exatamente quem ela era: a desaparecida Rainha do Verão, o problema. Ela mudaria tudo.

E logo.

Irial tinha sentido no momento em que Keenan a escolhera, roubara-lhe a mortalidade. Era por isso que Irial tinha vindo até Rabbit: a mudança estava a caminho. Agora que o Rei do Verão seria libertado – e capaz de atacar aqueles que haviam armado para cima dele –, havia a possibilidade de uma verdadeira guerra pela primeira vez em séculos. Infelizmente, havia a possibilidade de, muita ordem, também.

– Me concede um instante, Rabbit? – perguntou Irial, mas era mais uma formalidade do que uma questão. Rabbit podia não ser totalmente encantado, mas não daria as costas ao rei da Corte Sombria, nem agora, nem nunca.

– Venha até os fundos – disse Rabbit.

Irial passou as mãos sobre um dos gabinetes de joias com moldura de ferro enquanto passava, bem ciente da atenção que Leslie ainda prestava nele. Ele fechou a porta e deu a Rabbit os frascos de vidro marrom – sangue e lágrimas da Corte Sombria.

— Preciso que as trocas de tinta funcionem antes do que planejamos. Estamos sem tempo.

— Os seres encantados podem... — Rabbit se interrompeu e reformulou a frase. — Isso poderia matá-los, e os mortais não estão se recuperando bem.

— Então encontre um jeito de fazer com que funcione. *Agora.* — Irial tentou dar um sorriso, suavizando seu semblante de uma maneira rara para os seres sombrios.

Em seguida ele desapareceu aos poucos, até se tornar invisível, e seguiu Rabbit de volta à sala principal do estúdio. Uma curiosidade pouco saudável fez com que parasse ao lado de Leslie. Os outros tinham ido embora, mas ela ainda estava olhando as fotos na parede, menos imagens do que Rabbit poderia desenhar na pele dela se tivesse uma chance.

— Sonhe comigo, Leslie — sussurrou Irial, deixando que suas asas envolvessem a ambos, cercando-os. Talvez a garota se tornasse forte o bastante para suportar uma troca de tinta com uma das criaturas mágicas escolhidas. Se não, ele sempre poderia entregá-la para um dos seres mais fracos. Parecia uma pena desperdiçar um adorável brinquedinho quebrado.

Capítulo 1

No início do ano seguinte

Leslie vestiu o uniforme escolar e se arrumou o mais rápido que conseguiu. Fechou com delicadeza a porta do quarto, fazendo o mínimo de barulho para que pudesse sair de casa antes que seu pai acordasse. Ter se aposentado não fora bom para ele. Costumava ser um pai decente antes – antes de mamãe ir embora, antes de se entregar à bebida, antes de começar a fazer viagens a Atlantic City e os deuses sabem mais o quê.

Ela foi para a cozinha, onde encontrou seu irmão, Ren, à mesa, cachimbo na mão. Usando nada além de um par de jeans velhos, o cabelo loiro caído na cara, parecia relaxado e amigável. E às vezes ele até era mesmo.

Ren levantou a vista e ofereceu um sorriso angelical.

– Quer um tapinha?

Ela sacudiu a cabeça e abriu o armário, procurando por um copo razoavelmente limpo. *Nenhum*. Pegou uma lata de refrigerante da gaveta de carne na geladeira. Depois que Ren misturou maconha ao conteúdo de uma das garrafas – e, consequentemente, deixou-a chapada –, Leslie aprendeu a beber somente de recipientes ainda fechados.

Ren a observou, contente em sua nuvem química, sorrindo de um jeito perversamente angelical. Quando ele estava amigável e apenas fumando maconha, era um bom dia. Ren-chapado-de-maconha não era um problema: maconha só o deixava mais relaxado. O Ren-chapado-de-algo-mais é que era imprevisível.

– Tem uns salgadinhos ali em cima se você quiser tomar café da manhã. – Ele apontou para um pacote quase vazio na bancada.

– Valeu. – Ela pegou alguns e abriu o freezer para tirar os waffles de torradeira que escondera. Eles não estavam mais lá. Abriu o armário e pegou uma caixa do único tipo de cereal que seu irmão não comia: granola. Era nojento, mas os furtos dele não incluíam coisas saudáveis, então ela passou a estocar esse tipo de comida.

Ela despejou o cereal no prato.

– Acabou o leite – murmurou Ren, olhos fechados.

Com um leve suspiro, Leslie se sentou com a tigela de granola seca. *Sem brigas. Sem problemas.* Estar em casa sempre fazia com que sentisse estar andando em uma corda bamba sobre um fino arame nas alturas, esperando que uma rajada de vento a derrubasse.

A cozinha cheirava à erva. Ela se lembrava de quando costumava acordar com o aroma de ovos e bacon, quando papai fazia café fresco, quando as coisas estavam normais. Já não era assim havia mais de um ano.

Ren deixou os pés descalços caírem pesadamente na mesa da cozinha que estava coberta de lixo – circulares de notícias, contas a pagar, louça suja e uma garrafa de uísque quase vazia.

Enquanto comia, abriu as contas importantes – luz e água. Foi com alívio que constatou que papai pagara ambas adiantado. Ele fazia isso quando tinha uma boa rodada de sorte nas mesas ou alguns poucos dias de sobriedade: pagava as contas grandes com um excedente, para que não se tornassem um problema depois. Não funcionava para compras no mercado ou para a cobrança da tevê a cabo, que estava vencida de novo, mas ela normalmente conseguia pagá-las quando necessário.

Mas não dessa vez. Ela finalmente decidira seguir adiante com aquilo, fazer uma tatuagem. Queria uma havia tempos, mas não se sentira pronta. Nos últimos meses, ficara quase obcecada com a ideia. Esperar não era a solução, não mais. Pensara demais naquilo – marcar seu corpo, reclamá-lo como seu, era um passo que precisava dar para se sentir plena novamente.

Agora só preciso achar a imagem certa.

Com o que ela esperava que fosse um sorriso amigável, perguntou a Ren:

– Você tem dinheiro para pagar a tevê a cabo?

Ele deu de ombros.

– Talvez. O quanto isso vale para você?

– Não estou barganhando. Só quero saber se você pode pagar a conta desse mês.

Ele deu uma longa tragada em seu cachimbo e soltou a fumaça na cara dela.

– Não se você for ser uma pentelha com isso. Tenho despesas. Se não puder me fazer um favor de vez em quando, ser boazinha com meus amigos – deu de ombros de novo –, pode pagar você.

– Quer saber? Eu não preciso de tevê a cabo. – Ela foi até o lixo e jogou a conta na lata, combatendo o enjoo em sua garganta à menção de *ser boazinha* com os amigos dele, desejando que alguém em sua família se importasse com o que lhe acontecia.

Se mamãe não tivesse ido embora...

Mas era o que ela havia feito. Caiu fora e deixou Leslie para trás, para lidar com o irmão e o pai. "Será melhor assim, amorzinho", ela dissera. Não foi. Leslie não sabia se ainda queria falar com a mãe – não que isso importasse. Não tinha nenhuma forma de entrar em contato com ela.

Leslie sacudiu a cabeça. Pensar sobre isso não ajudaria a superar sua realidade atual. Levantou e ia passar por Ren, mas ele se levantou e a agarrou para um abraço. Ela ficou petrificada em seus braços.

– O que foi? Você está de TPM de novo? – Ele gargalhou, entretido pela piadinha grosseira, pela raiva dela.

– Deixa pra lá, Ren. Esquece que eu...

– Eu vou pagar a conta. Relaxa. – Ele a soltou, e assim que abriu os braços, Leslie se afastou, esperando que o cheiro de maconha e cigarro não se entranhasse nela. Às vezes suspeitava que o padre Meyers sabia exatamente o quanto as coisas haviam mudado na vida dela, mas ainda assim não queria andar fedendo na escola.

Ela deu um sorriso falso e murmurou:

– Valeu, Ren.

– Vou cuidar disso. Só lembre disso na próxima vez em que eu precisar que você saia comigo. Você é uma boa distração quando eu preciso de crédito. – Ele lançou um olhar avaliador sobre a irmã.

Ela não respondeu. Não havia uma resposta que ajudasse. Se ela dissesse não, ele seria um idiota, mas ela não estava dizendo que sim. Depois do que os amigos drogados dele tinham feito – *do que* ele *permitira que fizessem* –, ela nunca mais chegaria perto deles.

Em vez de repetir esse argumento, ela foi até o lixo e resgatou a conta.

— Obrigada por cuidar disso.

Entregou a conta a ele. Nesse momento, não fazia diferença se ele pagaria ou não: ela não podia pagar a conta e fazer a tatuagem, e, na verdade, não assistia tanto à programação para pagar por ela. Em grande parte, o motivo pelo qual pagava tal conta era que ela se sentia envergonhada pela ideia de que alguém viesse a descobrir que sua família *não tinha condições* de pagar uma conta, como se mantendo a normalidade pelo máximo de tempo possível, talvez as coisas voltassem ao normal. Isso impedia que ela tivesse que lidar com a piedade e os sussurros inevitáveis se todos descobrissem o inútil que seu pai se tornara desde que mamãe partira, se soubessem o quão desprezível seu irmão se tornara.

Em setembro ela estaria na faculdade, teria escapado daqui, se afastado deles. *Exatamente como a mamãe – escapado.* Às vezes ela se perguntava se sua mãe fugira de algo que não queria que Leslie descobrisse. Se fosse por isso, a partida de sua mãe faria mais sentido – mas o fato de ter deixado Leslie para trás fazia menos sentido. *Não importa.* Leslie já enviara as inscrições mais importantes e solicitara um monte de bolsas de estudo. *É o que importa – traçar um plano e sair daqui.* No ano seguinte ela estaria segura, em uma nova cidade, em uma nova vida.

Mas isso não deteve a onda de terror que ela sentiu quando Ren ergueu o uísque em um brinde silencioso.

Sem qualquer outra palavra, ela pegou a mochila.

— A gente se vê mais tarde, maninha – gritou Ren, antes de se concentrar em enrolar mais um baseado.

Não. Não vamos.

Quando Leslie subiu os degraus do Colégio Bishop O'Connell, seus temores estavam bem guardados em sua caixinha. Ela estava cada vez melhor em procurar por sinais de advertência – as ligações tensas que significavam que Ren estava em apuros de novo, os estranhos na casa. Se esforçava mais se houvesse muitos avisos. Colocara trancas na porta de seu quarto. Não bebia nada em garrafas já abertas. Suas medidas de segurança não desfaziam o que já estava feito, mas ajudavam a evitar o que ainda poderia acontecer.

– Leslie! Espere! – gritou Aislinn às suas costas.

Leslie parou e esperou, instruindo seu semblante a ficar impassível e calmo, não que isso importasse: Aislinn andava perdida em seu próprio mundo ultimamente. Poucos meses antes, ela começara a sair com o gostosíssimo Seth. Eles já praticamente namoravam, portanto isso não era tão estranho. O esquisito era que Aislinn desenvolvera, ao mesmo tempo, uma relação muito intensa com um outro rapaz, Keenan. De uma forma ou de outra, nenhum deles parecia se opor ao outro.

Os rapazes que acompanhavam Aislinn até a escola observaram-na, do outro lado da rua, enquanto ela se aproximava de Leslie. Keenan e Niall, o tio dele, não se moveram, parecendo sérios demais – e aparentemente indiferentes às várias pessoas que olhavam para eles como se fossem membros dos Living Zombies. Leslie imaginou se Niall tocava algum instrumento. Ele era mais gato do que qualquer um dos Zombies. Se ele tocasse ou cantasse também... estaria com meio caminho andado para o sucesso só por ser tão lindo. Tinha uma aura de mistério, e era uns dois anos mais velho do que ela e Aislinn – talvez estivesse no segundo ano da faculdade. Acrescente essa história estranhamente atraente de responsabilidade – ele era um dos guardiões de Keenan, um tio, embora ainda fosse jovem – e parecia ser um pacote perfeito, para o qual ela novamente se pegou olhando fixamente.

Quando ele sorriu e acenou, Leslie teve que se forçar a não ir em sua direção. Sempre se sentia assim quando ele olhava para ela: um impulso inexplicável de correr para ele, como se houvesse um nó dentro dela e o único jeito de aliviar a tensão fosse ir até ele – coisa que não fez. Não estava disposta a fazer papel de boba por alguém que nunca havia demonstrado qualquer interesse. *Mas ele poderia se interessar.* Até então, só tinham conversado perto de Keenan ou Aislinn, e eram normalmente interrompidos pelas desculpas esfarrapadas de Aislinn para se afastar de Niall.

Aislinn pôs a mão no braço de Leslie.

– Vamos.

E, como faziam com tanta frequência, se afastaram de Niall.

Leslie voltou sua atenção para Aislinn.

– Uau. Rianne tinha dito que você estava loucamente bronzeada, mas não acreditei.

A pele de Aislinn, sempre tão pálida, estava perfeitamente bronzeada, como se ela estivesse morando na praia, tão bronzeada quanto Keenan sempre estava. Não estava assim na sexta-feira. Aislinn mordeu o lábio – um gesto de tensão que normalmente significava que se sentia encurralada.

– É uma coisa de inverno, tipo uma depressão, eles disseram, então precisei pegar um pouco de sol.

– Certo. – Leslie tentou não deixar que a dúvida transparecesse em sua voz, mas falhou. Aislinn não parecia nem um pouco deprimida, nem sequer parecia *ter motivo* para estar deprimida nos últimos tempos. Na verdade, parecia estar bem de dinheiro e atenção. Nas poucas vezes que Leslie a vira saindo com Keenan, ambos usavam colares combinando de ouro torcido, bem ajustados em torno da garganta. As roupas que Aislinn vestia, os casacos novos, os motoristas e, não vamos esquecer, Seth encarando tudo isso na boa. *Deprimida? Sei.*

— Você leu todos os textos para a aula de literatura? — Aislinn abriu a porta e elas se juntaram ao aglomerado de pessoas nos corredores.

— Tivemos um lance para jantar na cidade, então não terminei. — Leslie revirou os olhos com exagero. — Ren até se vestiu com todas as peças de roupa necessárias.

Ambas continuaram a desviar a conversa dos tópicos que não desejavam discutir. Leslie mentia com facilidade, mas Aislinn parecia determinada a direcionar a conversa para assuntos neutros. De vez em quando, dava uma olhada para trás — como se houvesse alguém lá — e fazia outra escolha aleatória de tema.

— Você ainda está trabalhando lá no Verlaine?

Leslie olhou: não havia ninguém.

— Claro. Meu pai fica louco por eu trabalhar como garçonete, mas você sabe como é, trabalhar lá me dá uma boa desculpa quando preciso explicar meus horários estranhos.

Leslie não admitia que *precisava* trabalhar e que seu pai não tinha a menor ideia do que ela fazia para conseguir dinheiro. Não tinha certeza se seu pai sabia que Leslie tinha um trabalho ou que pagava as contas. Ele devia pensar que Ren cuidava disso, embora provavelmente não se desse conta de que Ren estava metido com tráfico — *ou me vendendo* — para conseguir dinheiro. Falar sobre dinheiro, sua casa e Ren era o tipo de conversa que ela queria evitar, portanto foi sua vez de mudar de assunto. Com um sorrisinho conspiratório, passou o braço pela cintura de Aislinn e assumiu a fachada que usava com as amigas.

– Então, vamos falar sobre aquele tio sexy do Keenan. Qual é a história dele? Está saindo com alguém?

– Niall? Ele só... não, mas... – Aislinn franziu as sobrancelhas. – Você não vai querer se meter com ele. Tem caras mais bonitos... quero dizer, melhores...

– Duvido muito, querida. Sua visão está meio viciada por ficar olhando para o Seth por tempo demais. – Leslie deu um tapinha no braço de Aislinn. – O Niall é muito gato.

O rosto dele era tão bonito quanto o de Keenan, mas havia uma diferença: Niall tinha personalidade. Uma longa cicatriz ia de sua têmpora ao canto da boca, e ele não tinha vergonha dela. O cabelo era tão curto que não havia chance de que nada desviasse a atenção da beleza daquela linha entalhada. E o corpo dele... *uau*. Era todo força e tamanho, movendo-se como se praticasse desde o nascimento alguma arte marcial extinta. Leslie não conseguia entender como alguém poderia olhar para Keenan com Niall por perto. Keenan era bem bonito, com seus olhos quase verdes sobrenaturais, corpo perfeito e cabelo louro cor de areia. Era lindo, mas se movia de um jeito que sempre fazia Leslie pensar que ele não fora feito para a civilização. Ele a assustava. Já Niall era sensual e parecia doce, gentil de um jeito que Keenan não era.

Leslie instigou:

– Então, sobre relacionamentos...

– Ele não, hum, se envolve em relacionamentos – disse Aislinn suavemente. – De qualquer jeito, ele é velho demais.

Leslie deixou o assunto morrer, por enquanto. Embora Aislinn passasse muito de seu tempo "não namorando" Keenan, mantinha suas amigas do colégio tão longe quanto possível dos conhecidos dele. Quando os dois grupos se cruzavam, Aislinn grudava em Leslie, não dando sequer uma oportunidade para que ela conversasse com qualquer um que andasse com Keenan – especialmente Niall. Por um momento, Leslie imaginou se estaria tão interessada nele se Aislinn não ficasse brincando de guarda-costas. Quanto mais Aislinn agia como um obstáculo, mais Leslie queria se aproximar de Niall. Um cara mais velho com um corpo de babar e nenhum hábito ruim perceptível *e* de alguma forma proibido: como isso poderia não ser atraente?

Mas Aislinn estava mais do que ocupada com Seth e Keenan, portanto talvez ela não estivesse percebendo. *Ou então ela sabe de algo.* Leslie se forçou a espantar esse pensamento: se Aislinn tivesse uma razão legítima para pensar que Niall não era boa coisa, diria algo. Embora estivessem naquela estranha dança de segredos, ainda eram amigas.

– Les! – Rianne atravessou aos empurrões a multidão com sua costumeira exuberância. – Perdi a bandeja da sobremesa?

– Só duas das guloseimas saborosas hoje... – Leslie enlaçou seu braço ao de Rianne enquanto iam para os armários. Sempre se podia confiar em Rianne para manter as coisas leves.

– Então o sombrio com piercings não estava de serviço? – Rianne lançou um sorrisinho malévolo para Aislinn, que, como era de se prever, corou.

– Nada de Seth. Hoje eram o louro com mau humor e o sexy com cicatriz. – Leslie piscou para Aislinn, aproveitando os breves momentos de normalidade, de risos. Rianne provocava essa reação, e Leslie sempre se sentira grata por isso. Elas pararam na frente do armário de Aislinn e Leslie acrescentou: – Nossa colecionadorazinha de sobremesas ia mesmo me dizer quando todos sairemos para dançar.

– Não, não é... – começou Aislinn.

– Cedo ou tarde, você precisará partilhar a prosperidade, Ash. Estamos nos sentindo desfavorecidas. Enfraquecidas.

– Rianne suspirou e se apoiou pesadamente em Leslie. – Estou desmaiando.

E por um momento Leslie viu um ar de saudade passar pela expressão de Aislinn, que percebeu que a amiga a olhava.

O semblante de Aislinn se tornou impassível.

– Às vezes eu queria que fosse possível... Mas não acho que seja uma boa ideia.

Rianne abriu a boca para responder, mas Leslie sacudiu a cabeça.

– Ri, deixa a gente sozinha um minuto. Logo te alcanço.

Depois que Rianne saiu, Leslie encarou Aislinn.

– Queria que não estivéssemos fazendo isso. – Ela fez um gesto entre elas.

– O que você quer dizer? – Aislinn ficou tão imóvel e silenciosa em meio à confusão do corredor que era como se o barulho em volta delas desaparecesse por um momento.

– Mentir – suspirou Leslie. – Sinto falta de sermos amigas de verdade, Ash. Não vou estragar sua encenação, mas seria legal ser sincera de novo. Sinto saudades de você.

– Não estou mentindo. Eu... não posso mentir. – Ela olhou para além de Leslie por um momento, fazendo cara feia para alguém.

Leslie não se virou para ver quem era.

– Você também não está sendo honesta. Se não me quer por perto... – Ela deu de ombros. – Tanto faz.

Aislinn pegou os braços dela e deu um abraço apertado na amiga. Embora tentasse, Leslie não *conseguia* se desvencilhar.

Um cretino que passava pelo corredor gritou:

– Sapatonas.

Leslie ficou tensa, dividida entre o impulso antes instantâneo de mostrar o dedo para ele e o ainda novo medo de criar um conflito.

A campainha soou. Armários foram fechados. Aislinn finalmente disse:

– Só não quero que você se machuque. Existem... pessoas e coisas... e...

– Querida, duvido que sejam piores do que... – Ela se interrompeu, incapaz de dizer as frases que se seguiriam. O coração dela explodia só de pensar em pronunciar aquelas palavras. Ela sacudiu o braço. – Você pode me soltar? Ainda tenho que ir até o meu armário.

Aislinn largou a amiga, e Leslie foi embora antes que tivesse que bolar uma forma de responder às inevitáveis questões que seguiriam sua quase confissão. *Conversar não mudará a situação.* Mas às vezes isso era o que ela mais queria, contar a alguém; frequentemente, contudo, ela só queria não ter aquelas sensações terríveis, fugir de si mesma, para que não houvesse mais dor, medo ou feiura.

Capítulo 2

Depois da escola, Leslie partira antes que Aislinn ou Rianne pudessem alcançá-la. Vinha passando seu tempo livre na biblioteca, lendo mais sobre a história da tatuagem, as tradições seculares de marcar o corpo. As razões – que iam de adotar a natureza totêmica de um animal para eventos marcantes da vida a oferecer pistas visuais para identificação de criminosos – a fascinavam. Mais importante, Leslie se identificava com elas.

Quando entrou na Pinos e Agulhas, o sinete da porta soou.

Rabbit deu uma olhada por cima do ombro.

– Já falo com você – gritou. Enquanto o homem ao lado dele falava, Rabbit passava distraidamente a mão por seus cabelos pintados de branco e azul.

Leslie ergueu a mão em saudação e foi até ele. Essa semana ele cultivara um pequeno cavanhaque, que chamava atenção para seu labrete, aquele piercing embaixo do lábio inferior que despertara o interesse dela na primeira vez que Ani e Tish a trouxeram ao estúdio. Em uma semana, fez seu próprio piercing – escondido sob a blusa – e se descobriu passando o tempo no local.

Sentia-se segura lá – longe da Bishop O.C., longe do desprazer da bebedeira de seu pai, longe dos caras promíscuos que seu irmão trazia para casa para compartilhar sua droga daquela semana. Na Pinos e Agulhas ela podia ficar segura, quieta, relaxada – tudo que não podia nos demais lugares.

– Sim, sempre uso agulhas novas – repetiu Rabbit para um cliente em potencial.

Enquanto Leslie perambulava pelo estúdio, ouvia fragmentos dos comentários de Rabbit que escapuliam no silêncio entre as músicas.

– Autoclave... estéril como um hospital.

O olhar do homem vagou preguiçosamente sobre as imagens nas paredes, mas ele não estava lá para comprar. Estava tenso, pronto para fugir, com os olhos muito arregalados. Adotava uma postura nervosa – braços cruzados, o corpo fechado em si mesmo. Apesar do número de pessoas que entravam no estúdio, apenas alguns poderiam de fato gastar dinheiro em arte. Ele não era uma delas.

– Tenho duas perguntas para fazer – gritou ela para Rabbit.

Com um sorriso agradável, Rabbit pediu licença ao homem, dizendo:

– Se você quiser dar uma olhada...

Leslie foi até a parede mais distante, onde deixou que seu olhar vagasse de uma imagem à outra – desenhos que poderiam ser comprados e aplicados em quantas pessoas gostassem delas. Flores e cruzes, padrões tribais e formas geométricas – muitas eram bonitas, mas não importava por quanto tempo ela olhasse para elas, nenhuma parecia a certa. As saletas que subdividiam o recinto principal tinham outros estilos que eram menos atraentes: pin-ups de estilo antigo, imagens de esqueletos, personagens de desenhos, frases e animais.

Rabbit veio por trás dela, que não ficou tensa, não sentiu o impulso de se virar para que não fosse encurralada. Era *Rabbit*. Rabbit era confiável.

Ele disse:

– Não tem nada novo lá, Les.

– Eu sei. – Ela virou o guarda-pôsteres que estava encostado contra a parede. Uma das imagens era a de uma mulher meio-humana cujo corpo estava envolto por uma vinha verde entrelaçada; parecia estar sendo estrangulada, mas sorria, como se isso fosse bom. *Idiota.* Leslie folheou de novo. Símbolos obscuros cujas traduções abaixo cobriam a próxima tela. *Não faz meu estilo.*

Rabbit riu, a risada áspera de um fumante, embora ele não fumasse e alegasse nunca ter fumado.

– Pelo tempo que você passou procurando uma imagem nos últimos meses, já devia ter encontrado.

Leslie se virou e franziu o cenho para Rabbit.

– Então desenhe alguma coisa para mim. Estou pronta *agora*, Rabbit. Quero fazer isso.

Num canto isolado, o possível cliente parou para olhar um par de argolas em um estojo de vidro.

Com uma encolhida de ombros constrangida, Rabbit disse:

– Já te disse antes: se você quiser trabalho customizado, terá que me trazer alguma ideia. Alguma coisa. Não posso criar nada sem referências.

O sinete soou quando o homem foi embora.

– Então me ajude a encontrar uma ideia. Por favor. Você tem a autorização do meu responsável há semanas. – Ela não ia desistir dessa vez. Fazer uma tatuagem parecia o certo, como se fosse ajudá-la a colocar a vida em ordem, seguir adiante. Era o *corpo dela*, apesar das coisas que haviam sido feitas contra ele, e ela queria reclamá-lo para si, possuí-lo, *provar* isso a si mesma. Ela sabia que não era mágica, mas a ideia de escrever sua própria identidade parecia ser o mais próximo que ela chegaria de assumir o controle de sua vida. Às vezes há poder na ação; às vezes há força nas palavras. Ela queria encontrar uma imagem que representasse essas coisas que sentia, gravar essas sensações em sua pele como uma prova tangível de sua decisão de mudar.

– Rabbit? Eu preciso disso. Você me disse para pensar, e foi o que fiz. Preciso... – Ela ficou olhando para as pessoas que passavam na rua, imaginando se os homens que haviam... se eles estavam lá fora. Ela não os reconheceria, já que Ren a drogara antes de entregá-la a eles. Pousou seu olhar novamente em Rabbit e foi insolitamente direta, dizendo a ele o que não conseguira falar para Aislinn antes: – Preciso mudar, Rabbit. Estou afundando, aqui. Preciso de *alguma coisa*, ou não vou conseguir. Talvez uma tatuagem não seja a solução, mas no momento é algo que posso fazer... Preciso disso. Me ajuda?

Ele parou, um estranho ar hesitante em seu semblante.

– Não fique procurando por isso.

Ani e Tish espiaram de um canto, acenaram e foram até o som. A música mudou para algo sombrio, com um grave bem presente e letras rosnadas. O volume aumentou tanto que Leslie sentia a percussão.

– Ani! – Rabbit lançou uma cara fechada para a irmã.

– A loja está vazia agora. – Ani empinou o quadril e encarou o irmão, impenitente. Ela nunca se acovardava, não importava o quão rabugento Rabbit soasse. Não que ele fosse machucá-la. Rabbit tratava as irmãs como se fossem as coisas mais preciosas em que já pusera os olhos. Era um dos aspectos que Leslie julgava confortantes nele. Homens que tratavam bem a família eram confiáveis e *bons*, aqueles como seu pai e seu irmão, nem tanto.

Rabbit encarou Leslie por vários segundos antes de dizer:

– Você não precisa de consertinhos rápidos, e sim enfrentar a coisa de que está fugindo.

– Por favor, eu quero isso. – Leslie sentiu a ardência das lágrimas em seus olhos. Rabbit estava muito desconfiado, e ela não queria conversas encorajadoras e positivas. Queria algo que não tinha palavras para definir: paz, entorpecimento, *alguma coisa*. Olhou Rabbit nos olhos, tentando pensar em algo para lhe dizer que o convencesse, tentando entender por que ele não a ajudava. Tudo o que conseguiu foi: – Por favor, Rabbit.

Ele desviou o olhar e acenou com a cabeça para que ela o seguisse. Percorreram o curto corredor que levava até seu escritório. Rabbit destrancou a porta e a conduziu para a pequena sala.

Ela parou bem na porta, menos confortável, mas ainda bem. O aposento mal tinha espaço para os objetos comprimidos ali. Uma mesa de madeira maciça escura e dois gabinetes de arquivos ocupavam a parede de trás; uma longa bancada abarrotada com as ferramentas e material de mídia de vários artistas se estendia ao longo da parede à direita; a terceira parede tinha uma bancada do mesmo conjunto, com duas impressoras, um scanner, um projetor e uma série de potes sem identificação.

Ele tirou outra chave do bolso e destrancou uma gaveta da mesa. Ainda sem dizer nada, puxou um livro fino, marrom, com palavras impressas na capa. Em seguida se sentou em sua cadeira e a encarou até que ela quisesse fugir, como se tudo que soubesse sobre ele desaparecesse e Rabbit tivesse se tornado, de alguma forma, não confiável.

É o Rabbit.

Leslie se sentiu envergonhada por seu breve temor. Rabbit era como o irmão mais velho que deveria ter tido, um amigo de verdade. Nunca demonstrara nada além de respeito a ela.

Foi até a mesa e sentou-se sobre ela.

Ele a olhou nos olhos e perguntou:

– O que você está procurando?

Eles haviam conversado o suficiente para que ela soubesse que a pergunta não se referia ao tipo de imagem, mas a que ela representava. Uma tatuagem não se tratava da coisa em si, mas de seu significado.

– Me sentir segura. Não quero mais sentir medo ou dor. – Ela não conseguia olhar para ele ao falar, mas *falara*. Isso valia alguma coisa.

Rabbit folheou o livro até uma seção no meio e o pousou no colo dela.

– Aqui. Estes são meus, são especiais. Eles são como... símbolos de mudança. Se aquele de que precisa estiver aqui... só... você sente que algum desses é o que você precisa?

Imagens preenchiam a página – intrincados padrões celtas, olhos perscrutando por detrás de videiras cheias de espinhos, corpos grotescos com sorrisos traiçoeiros, animais irreais demais para se olhar por muito tempo, símbolos dos quais os olhos dela corriam em disparada assim que os miravam. Eram deslumbrantes e tentadores e repulsivos, mas uma imagem levou os nervos dela ao limite: olhos de tinta negra encaravam em meio a um trabalho de nós em tons de cinza cercado por asas, como sombras aglutinadas, e no meio, uma estrela do caos. Oito setas divergiam a partir do centro; quatro delas eram mais grossas, como as linhas de uma cruz de espinhos.

Minha. O pensamento, a necessidade, a reação foram esmagadores. O estômago de Leslie se contorceu. Ela afastou o olhar, e depois se forçou a mirar a imagem novamente. Examinou as outras tatuagens, mas sua atenção retornava àquela imagem, como se compelida a isso. *Essa é minha.* Por um momento, algum golpe de luz fez com que parecesse que um dos olhos no desenho havia piscado. Ela correu o dedo pela página, sentindo o plástico liso e escorregadio que o cobria, imaginando a sensação daquelas asas em volta dela – de alguma forma, simultaneamente pontiagudas e aveludadas. Ela olhou para Rabbit.

– Essa aqui. Preciso dessa aqui.

Uma série de expressões estranhas atravessou o rosto de Rabbit, como se ele não soubesse se deveria ficar surpreso, satisfeito ou apavorado. Ele pegou o livro e o fechou.

– Por que você não pensa sobre isso por mais alguns dias...

– Não. – Ela tocou o pulso dele. – Eu *tenho* certeza. Estou mais do que pronta, e essa imagem... Se ela estivesse exposta na parede, eu já a teria escolhido. – Ela estremeceu, desgostando da ideia de que mais alguém pudesse ter a tatuagem dela; e aquela *era* dela. Leslie sabia disso. – Por favor.

– É uma tatuagem exclusiva. Se você a fizer, ninguém mais poderá escolher este desenho, mas – ele olhou fixamente para a parede atrás dela – ela vai mudar você, mudar as coisas.

– *Todas* as tatuagens mudam as pessoas. – Ela tentou manter a voz calma, mas se sentia frustrada pela hesitação dele. Ele vinha se esquivando havia semanas. Aquela era a tatuagem dela, bem ali, ao alcance.

Evitando meticulosamente o olhar dela, Rabbit deslizou o livro para dentro da gaveta de novo.

– Essas coisas pelas quais você vem procurando... essas mudanças... você precisa estar muito certa de que são as que quer que aconteçam.

– Eu *estou*. – Leslie tentou fazê-lo olhá-la, curvando-se para que seu rosto ficasse mais próximo do dele.

A cabeça de Ani surgiu no batente da porta.

– Ela escolheu alguma?

Rabbit ignorou a irmã.

– Me diz o que você pensou quando escolheu essa. Houve mais alguma que... te chamou?

Leslie sacudiu a cabeça.

– Não. Só essa. Eu quero essa tatuagem. Logo. Agora.

E ela queria. Parecia que estava olhando para um banquete enquanto percebia que não comera nunca, como um apetite que precisava saciar imediatamente.

Após outro longo olhar, ele a envolveu em seus braços para um rápido abraço.

– Então, que assim seja.

Leslie se virou para Ani.

– É perfeita. É uma estrela do caos e trabalho de nós, com uns olhos sensacionais e asas sombrias.

Ani olhou para Rabbit – que assentiu com a cabeça – e depois assobiou.

– Você é mais forte do que eu pensava. Espere até Tish saber disso. – Ela saiu, gritando: – Tish? Adivinha qual Leslie escolheu.

– Tá de sacanagem? – O guincho de Tish fez com que Rabbit fechasse os olhos.

Sacudindo a cabeça, Leslie disse a Rabbit:

– Vocês sabem que estão agindo de um jeito muito estranho, mesmo para quem vive em um estúdio de tatuagem?

Em vez de tomar conhecimento do comentário dela, Rabbit acariciou os cabelos dela, jogando-os gentilmente para trás, como fazia com suas próprias irmãs.

– Eu vou precisar de uns dias para conseguir a tinta certa para essa tatuagem. Você pode mudar de ideia.

– Não vou. – Leslie sentiu um impulso incomum de guinchar, como Tish fizera. Em breve ela teria a tatuagem perfeita. – Vamos falar sobre preços.

Niall observou Leslie saindo da Pinos e Agulhas. Quando ela andava pela cidade, se movia com os ombros eretos, passos firmes. Em desacordo com os temores que ele sabia que a garota escondia dentro de si. Hoje, contudo, a confiança dela parecia quase real.

Ele se aproximou, desencostando-se da parede de tijolos vermelhos onde se escorara enquanto ela estava no estúdio de tatuagem. Quando Leslie parou para examinar as sombras na rua, Niall passou os dedos sobre uma mecha do cabelo dela que lhe caíra sobre a bochecha. O cabelo dela – de um castanho quase igual ao dele – não era longo o bastante para prender ou curto o suficiente para ficar atrás por si só, o tamanho certo para ser intrigante.

Como ela.

Seus dedos mal roçaram a bochecha dela, não o suficiente para lhe causar alguma reação. Ele se inclinou para a frente para poder sentir o cheiro da sua pele. Antes do trabalho, tinha um odor de lavanda, não era perfume, mas o xampu que vinha usando ultimamente.

– O que você está fazendo, andando sozinha de novo? Você já devia saber.

Ela não respondeu. Nunca respondia: mortais não viam nem ouviam os seres encantados – especialmente mortais que a Rainha do Verão insistira em manter inconscientes a respeito das Cortes Encantadas.

No início, a pedido de seu rei, Niall assumira alguns turnos protegendo Leslie. Quando ela não percebia, ele podia andar a seu lado e conversar com ela de uma maneira que era impossível quando estava visível para ela. O jeito que a garota mortal olhava para ele – como se ele fosse melhor do que jamais fora, como se fosse atraente por quem ele realmente era, não por causa de seu papel da Corte do Verão – era algo excitante, até demais, na verdade.

Mesmo que sua rainha não tivesse pedido, ele ainda ia querer manter Leslie em segurança. Mas Aislinn havia ordenado. Aislinn, diferente de Leslie, via toda a feiura do mundo encantado mesmo quando era mortal. Desde que se tornara a Rainha do Verão, vinha trabalhando para chegar a um equilíbrio com a igualmente nova Rainha do Inverno. A tarefa não deixava muito tempo livre para manter suas amigas mortais seguras, mas dava a ela o poder de designar seres encantados que o fizessem. Normalmente tal missão não seria confiada a um conselheiro da corte, mas Niall havia sido mais como um parente do que um mero conselheiro para o Rei do Verão por séculos. Keenan sugerira que Aislinn se sentiria melhor sabendo que a segurança de suas amigas mais próximas estava sob o comando de um ser encantado em quem confiava.

Embora fossem apenas alguns turnos no início, cada vez mais Niall assumia trabalho extra na vigilância dela, algo que não fizera com as outras, mas elas não exerciam sobre ele o mesmo fascínio que Leslie. Esta vacilava entre vulnerável e corajosa, selvagem e assustada. Em outra época, quando ele colecionava mortais como brinquedinhos, ela seria irresistível, mas ele era mais forte agora.

Melhor.

Ele forçou aquele pensamento a se afastar e observou o balanço do quadril de Leslie enquanto ela andava pelas ruas de Huntsdale com uma coragem – *insensatez* – que contrariava o que ele sabia sobre as experiências dela. Talvez ela fosse para casa se lá fosse um lugar mais seguro. Não era. Niall vira isso na primeira vez em que montara guarda na frente de sua casa: ouvira o pai da garota, bêbado, e seu vil irmão. A casa de Leslie podia parecer encantadora do lado de fora, mas era uma mentira.

Como a maior parte da sua vida.

Ele olhou para baixo, para os sapatos sem salto que ela usava, as panturrilhas à mostra, as longas pernas. O começo inesperadamente precoce do verão esse ano – depois de décadas de frio opressivo – levava mortais a expor mais pele. Olhando para Leslie, Niall não reclamava.

– Pelo menos você está usando sapatos decentes essa noite. Não pude acreditar em você na outra noite, quando foi trabalhar com aquelas coisinhas delicadas. – Ele sacudiu a cabeça. – Embora fossem adoráveis. Bem, realmente, eu só gostei do vislumbre dos seus tornozelos.

Leslie tomou a direção do restaurante, onde usaria seu sorriso falso e flertaria com os clientes. Ele a acompanharia até a porta; em seguida, esperaria do lado de fora, observando os indivíduos que entrassem e saíssem, certificando-se de que não ofereciam nenhum perigo a ela. Essa era a rotina.

Às vezes ele se permitia imaginar como as coisas seriam se ela pudesse *realmente conhecê-lo* – vê-lo como ele realmente era. Seus olhos se arregalariam de medo se ela visse a extensão das suas cicatrizes? Seu rosto se enrugaria de nojo se ela soubesse as coisas horríveis que ele fizera antes de pertencer à Corte do Verão? Perguntaria por que ele mantinha o cabelo tão curto? E se perguntasse, poderia ele responder a qualquer uma daquelas questões?

– Você fugiria de mim? – perguntou Niall em voz baixa, odiando o fato de que seu coração disparava só de pensar em correr atrás de uma garota mortal.

Leslie parou enquanto um grupo de rapazes em um carro mexia com ela. Um deles pôs metade do corpo para fora da janela, exibindo sua vulgaridade como se isso fizesse dele um homem. Niall duvidava que ela pudesse escutar as palavras: o som no carro deles estava alto demais para que meras vozes competissem. Palavras não eram necessárias para reconhecer uma ameaça. Leslie ficou tensa.

O carro disparou, o grave retumbante desaparecendo como o trovão de uma tempestade passageira.

Ele sussurrou no ouvido dela:

– São apenas crianças, Leslie. Vamos lá. Onde está sua alegria?

O suspiro de alívio dela foi tão suave que ele não teria notado se não estivesse tão próximo. Um pouco da tensão nos seus ombros se desfez, mas o ar cansado em seu rosto permaneceu. Parecia nunca sumir. A maquiagem não escondia as sombras sob seus olhos. As mangas compridas não ocultavam os hematomas roxos dos ataques de fúria do irmão outro dia.

Se eu pudesse entrar...

Mas ele não podia, não na vida dela, não na casa dela. Era proibido para ele. Tudo o que podia fazer era oferecer suas palavras – palavras que ela não conseguia ouvir. Ele ainda disse:

– Eu impediria qualquer um de tirar seu sorriso de você. Eu impediria, se me fosse permitido.

Distraidamente, ela tocou as costas e lançou um olhar na direção da Pinos e Agulhas. Sorriu para si mesma, o mesmo sorriso que exibia ao deixar o estúdio de tatuagem.

– Aaah, você finalmente decidiu decorar essa bela pele. O que vai ser? Flores? Sol? – Ele deixou que seu olhar vagasse pelas costas dela.

Ela parou; tinham chegado ao restaurante. Os ombros de Leslie ficaram caídos de novo.

Ele quis confortá-la, mas em vez disso só pode dar a ela sua promessa de toda noite:

– Eu estarei bem aqui.

Ele desejava que Leslie pudesse responder, dizer a ele que o procuraria depois do trabalho, mas ela não podia.

E é melhor assim. Ele sabia disso, mas não gostava. Integrava a Corte do Verão havia tanto tempo que sua trajetória original estava quase esquecida, mas observando Leslie – vendo seu espírito, sua paixão... Outrora, quando ele era um ser encantado solitário, quando era conhecido por outro nome, não haveria hesitação.

– Concordo com Aislinn, contudo. Quero que você esteja em segurança – sussurrou no ouvido dela. O cabelo delicado e macio roçou o rosto dele. – Vou manter você a salvo: deles *e* de mim.

Capítulo 3

Irial se levantou na primeira luz da manhã, em silêncio, um de seus seres encantados morto aos seus pés. A criatura, Guin, usara uma aparência mortal tão frequentemente que fragmentos de seu feitiço ainda se agarravam a ela após sua morte – deixando parte de seu rosto pintado com maquiagem mortal e parte gloriosa e estranha. Vestia denins azuis justos – jeans, ela e suas irmãs sempre lembravam-no quando conversavam – e uma blusa que mal lhe cobria os seios. Aquele farrapo de roupa estava empapado de sangue, o sangue *dela*, sangue *encantado*, jorrando no chão sujo.

– Por quê? Por que isso aconteceu, *a ghrá*? – Irial se curvou para tirar o cabelo ensanguentado do rosto da criatura. À sua volta, garrafas, guimbas de cigarros e agulhas usadas. Nenhuma dessas coisas o ofendia como antes: essa área era dura, tornara-se mais violenta nos últimos anos conforme os mortais travavam suas disputas territoriais. O que o ofendeu foi pensar que uma bala mortal levara um dos seus. Podia não ter sido intencional, mas isso não mudava em nada a situação. Ela ainda estava morta.

De frente para ele aguardava a mulher alta e magra dos montes mágicos que o chamara.

– O que fazemos? – Ela torceu as mãos ao falar, resistindo ao seu instinto natural de lamuriar. Não aguentaria por muito tempo, mas Irial ainda não respondera, ainda não *podia* responder.

Ele pegou um cartucho vazio, virando-o em seus dedos. O metal não deveria ferir um ser encantado, nem a bala de chumbo que ele removeu do corpo da criatura morta quando chegou. Contudo, acontecera: uma simples bala mortal a matara.

– Irial? – A mulher dos montes mágicos mordera a língua ao ponto de o sangue escorrer de seus lábios para pingar pelo queixo pontudo.

– Balas comuns – murmurou, com os pedaços de metal entre os dedos. Em todos os anos desde que os mortais haviam começado a fabricar coisas, ele nunca vira um dos seus morto por elas. Atingidos, sim, mas eles haviam se curado. *Sempre* se recuperaram de quase tudo que os mortais inflingiram, tudo menos ferimentos graves produzidos por aço ou ferro.

– Vá para casa e chore por ela. Quando os outros forem até você, diga-lhes que essa área está temporariamente proibida. – Em seguida ele ergueu a criatura ensanguentada em seus braços e se afastou, deixando a mulher dos montes mágicos começar a lamentar enquanto corria. As lamúrias dela os convocariam, a agora vulnerável Corte Sombria, os trariam para ouvir a horrível história de um mortal que assassinara uma criatura mágica.

Quando o atual Gabriel – o braço esquerdo de Irial – se aproximou, poucos momentos depois, as sombras aladas de Irial haviam se espalhado como uma cortina de fumaça pela rua. Suas lágrimas, negras como tinta, pingavam sobre o corpo de Guin, lavando o feitiço que ainda se grudava nela.

— Esperei tempo suficiente para fazer algo a respeito da ameaça que é a força crescente da Corte do Verão — disse ele.

— Esperou tempo demais — afirmou Gabriel. — Continue esperando e a guerra virá nas condições deles, Iri.

Como seus predecessores, esse Gabriel — cujo nome era título, e não de nascença — sempre fora direto. Era uma característica inestimável.

— Não almejo guerra entre as cortes, apenas caos. — Irial parou nos degraus de entrada de uma casa de venezianas pesadas, uma das muitas nesse estilo que ele mantinha para suas criaturas mágicas em qualquer cidade que chamassem de lar. Ele ficou olhando para a casa, o lar em que Guin seria vestida e preparada para o luto da corte. Em breve, a notícia da morte dela chegaria até Bananach; a criatura mágica sedenta de guerra daria início às suas intermináveis maquinações. Irial não estava ansioso para tentar uma conciliação com Bananach. Ela se tornava mais impaciente a cada ano, pressionando para que houvesse mais violência, mais sangue, mais destruição.

— Guerra não é o melhor para a nossa corte — disse Irial, tanto para si mesmo quanto para Gabriel. — É o que Bananach quer, não eu.

— Se não é o que você quer, Hound concordará. — Gabriel esticou a mão e acariciou a bochecha de Guin. — Guin faria o mesmo. Ela não apoiaria Bananach, mesmo agora.

Três criaturas sombrias saíram da casa; uma névoa fumacenta se agarrava a elas como se vazasse de sua pele. Em silêncio, receberam o corpo de Guin e o carregaram para dentro. Pela porta aberta, Irial podia ver que já haviam começado a pendurar espelhos pretos pela casa dele, cobrindo toda superfície disponível na esperança de que trevas mais vagarosas encontrassem seu caminho de volta para o corpo, que algum vestígio fosse forte o bastante para voltar à carcaça vazia, de forma que Guin pudesse ser nutrida e curada. Isso não aconteceria: ela realmente se fora.

Irial os viu em sua rua, aqueles mortais estúpidos, com toda aquela violência adorável que ele não podia alcançar. *Isso vai mudar.*

– Encontre eles, os que fizeram isso. Mate todos eles.

O espaço em branco antes existente em volta dos *oghams* no antebraço de Gabriel agora era preenchido com texto corrido em reconhecimento ao comando do Rei da Corte Sombria. Gabriel sempre carregava as ordens do rei, com o intuito claramente escrito em sua pele – para intimidar e deixar claro que se tratava da vontade do rei.

– E mande outros trazerem algumas das criaturas de Keenan para o despertar. De Donia também. – Irial deu um risinho maldoso ao pensar nos taciturnos seres da Corte do Inverno. – Oras, traga alguns dos seres reclusos de Sorcha se puder encontrá-los. Aquela Alta Corte dela não serve para nada além disso. Não vou sancionar uma guerra, mas vamos começar uns conflitos.

Ao cair da noite, Irial se sentou em seu estrado, cuidando de suas criaturas em luto. Elas se contorciam, caminhavam e lamuriavam. As glaistigs respingavam água suja do rio por todo o chão; várias mulheres dos montes mágicos ainda lamentavam. Embora os Hounds de Gabriel – cuja aparência externa era humana, pele decorada com tinta que se movia e correntes de prata – fizessem piadas entre si, havia um clima subjacente de tensão no ar. Jenny Greenteeth e seus semelhantes encaravam a todos com olhos acusadores. Apenas as criaturas de cardo pareciam tranquilas, aproveitando-se do medo dos demais, nutrindo-se do pânico que se alastrava pelo recinto. Todos eles sabiam que os rumores de revolta já haviam começado. Com a realidade da morte de uma criatura mágica, o clamor para que medidas extremas fossem adotadas era inevitável. Sempre houve outras facções, murmúrios de motim: era *status quo*. Dessa vez era diferente: um deles morrera. Isso mudava a situação.

– Fiquem longe das ruas. – Irial deixou que seu olhar vagasse sobre eles, percebendo os sinais de descontentamento, determinando quem ficaria do lado de Bananach quando ela começasse a convocá-los para sua causa. – Só até que saibamos o quão enfraquecidos estamos.

– Mate a nova rainha. Mate as duas! – rosnou um dos Hounds. – O Rei do Verão também, se for preciso.

Os outros Hounds aderiram ao clamor. Os Ly Ergs ergueram juntos as mãos, vermelhas de sangue, em deleite. Vários dos semelhantes de Jenny sorriram afetadamente e assentiram. Bananach, em meio a eles, manteve-se silenciosa; a voz dela nunca era necessária para que se soubesse sua preferência. Violência era sua única paixão. Ela inclinou a cabeça naquele jeito de ave característico dela, sem fazer nada além de observar. Irial sorriu para ela. Ela abriu e fechou a boca com um estalo audível, como se pudesse mordê-lo, e não fez nenhum outro movimento. Ambos sabiam que ela não aprovava os planos dele; ambos sabiam que ela o testaria. *De novo*. Se ela pudesse, mataria Irial para instalar a discórdia na corte, mas as criaturas da Corte Sombria não podiam assassinar seus regentes.

Os rosnados tornaram-se ensurdecedores, até que Gabriel ergueu uma mão para pedir silêncio. Quando todos na sala se aquietaram, lançou um sorriso ameaçador.

– Seu rei está falando. Vocês *obedecerão* às ordens dele.

Ninguém se opunha quando Gabriel dava esse sorriso. Depois que assassinara violentamente um de seus próprios irmãos por ter desrespeitado Irial, há muitos anos, poucos desafiaram sua determinação. Se Gabriel tivesse o dom político para lidar com a violência, Irial tentaria ceder o trono a ele. Em todos os séculos em que Irial procurara por um substituto, encontrara somente um ser encantado apropriado para liderá-los, mas ele rejeitara o trono para servir a outro. Irial afastou esse pensamento. Ainda era responsável pela Corte Sombria, e ficar pensando sobre o que poderia ter sido não ajudaria.

Ele disse:

– Não somos fortes o bastante para lutar contra uma corte, muito menos duas ou três juntas. Alguém pode afirmar verdadeiramente que aquele reizinho e a nova Rainha do Inverno não trabalhariam juntos? Que Sorcha não se aliaria a qualquer um – ele se interrompeu e sorriu para Bananach – *quase* qualquer um que se opusesse a mim? Guerra não é o caminho certo.

Ele não acrescentou que não desejava uma guerra de fato, o que poderia parecer fraqueza, e um rei fraco não conteria sua corte por muito tempo. Se houvesse alguém que pudesse liderar a corte sem destruir a todos com excessos sem limites, Irial se retiraria, mas o líder da Corte Sombria fora escolhido dentre as criaturas mágicas solitárias por uma boa razão. Ele gozava o prazer das sombras, mas entendia que elas precisavam de luz. A maioria dos seres de sua corte tinha problemas para se lembrar disso – ou talvez nunca eles tenham sabido de fato. Certamente não apreciariam ouvir isso agora.

A Corte Sombria precisava do alimento das melhores emoções: medo, luxúria, ódio, ganância, gula e afins. Sob o regime cruel da última Rainha do Inverno – antes do agora poderoso Rei do Verão reaver sua força –, até mesmo o ar era satisfatório. Beira fora uma rainha maliciosa, infligindo tanta agonia aos seus próprios súditos encantados quanto àqueles que ousavam não se submeter a ela. Se não foi sempre agradável, fora relaxante.

Irial apenas disse:

– Conflitos menores podem criar a energia que precisamos para nosso sustento. Há muitas criaturas que podem ser usadas como alimento.

Em uma voz que perturbaria a mais calma das criaturas do inverno, um dos que estavam com Jenny perguntou:

– Então a gente simplesmente se alimenta de qualquer criatura mágica que pudermos encontrar, como se nada tivesse acontecido? Digo que nós...

Gabriel rosnou para ela:

– Nós *vamos* obedecer ao nosso rei.

Bananach estalou a boca de novo; ela tamborilou as garras de seus dedos pontudos na superfície da mesa.

– Então o Rei Sombrio não quer lutar? Não quer deixar que seu povo se defenda? Que nos fortaleçamos? Quer que esperemos até que fiquemos mais e mais fracos? É um... plano *interessante*.

Ela será realmente um problema dessa vez.

Outra fada de dentes verdes acrescentou:

– Se lutarmos, talvez alguns de nós pereçamos, mas o restante... uma guerra é uma boa diversão, meu rei.

– Não – disse Irial, lançando um olhar para Chela, a companheira eventual de Gabriel. – Sem guerra por enquanto.

Não vou perder nenhum de vocês. Essa não é uma opção. Eu vou encontrar um jeito. – Ele queria poder explicar isso a eles de uma forma que entendessem. Não podia. – Chela, amor? Você poderia? – Irial inclinou a cabeça na direção de um grupo de criaturas que vinha sorrindo e concordando com a fada de dentes verdes. Alguém cogitar desobedecer-lhe era intolerável, especialmente quando um motim fervilhava lentamente nos olhos de Bananach de novo.

Irial acendeu outro cigarro e aguardou enquanto Chela perambulava ao longo da sala. Os hounds em trabalho de nós no bíceps dela chocavam-se uns nos outros enquanto corriam pelo braço em um ritmo frenético. Ela soltou um suave "hm", algo entre um rosnado e um murmúrio de contentamento. Quando se aproximou da mesa, pegou a cadeira de uma das criaturas de cardo, despejando-a no chão ao erguer a cadeira, e se acomodou entre as criaturas resmungonas.

Vários outros Hounds se dispersaram pela multidão. Gabriel falara, dissera que eles apoiariam o Rei Sombrio: eles precisariam obedecer a Gabriel ou matá-lo. Se ele tivesse se aliado a Bananach, uma guerra entre as criaturas mágicas seria inevitável, mas Gabriel se mantivera com Irial por tanto tempo quanto estivera na liderança dos Hounds.

Irial tornou a falar:

– Uma mortal escolheu meu símbolo como sua tatuagem. Ela estará ligada a mim em poucos dias. Por meio dela, poderei me alimentar tanto de mortais como de criaturas mágicas; eu compensarei sua própria alimentação até que tenhamos outra opção.

Por um momento, eles não reagiram. Depois aumentaram suas vozes em uma bela cacofonia.

Ele nunca canalizara sua nutrição para eles, mas nunca precisara fazer isso antes. Ele podia. O líder de uma corte era ligado a cada criatura que jurara lealdade a ele. A força dele lhes dava força; era simplesmente como as coisas funcionavam. Não era uma solução permanente, mas os manteria vivos até que uma saída melhor estivesse ao alcance – uma que não fosse uma guerra absoluta.

Ele exalou, observando a fumaça se contorcendo no ar, sentindo falta da rainha morta, odiando Keenan por tê-la derrotado e imaginando o que seria preciso para convencer Donia, a nova Rainha do Inverno, a se tornar tão cruel quanto sua predecessora. A aliança entre Keenan e Donia fez com que o equilíbrio pendesse demais para um nível de paz que era prejudicial para a Corte Sombria – mas guerra não era a resposta também. A Corte Sombria não sobreviveria somente da violência, não mais do que o terror e a luxúria seriam suficientes. Tudo se resumia a equilíbrio, e em uma corte em que as emoções mais sombrias eram o sustento, manter esse equilíbrio era essencial.

Outro tumulto no meio do recinto atraiu a atenção dele. O rugido de Gabriel fez com que as paredes tremessem quando afundou sua bota na cara de um Ly Erg, deixando a criatura caída ensanguentada o suficiente para que houvesse outra marca no chão. Obviamente, os Ly Ergs não estavam sendo tão cooperativos quanto Gabriel gostaria. Eles gostavam demais de derramamento de sangue, unindo-se para apoiar Bananach toda vez que ela incitava um motim.

Com um sorrisinho de deleite, Gabriel observou o Ly Erg rastejar de volta para sua mesa. Em seguida se virou para Irial e fez uma reverência em que se abaixou o suficiente para que seu rosto quase tocasse o chão, presumivelmente para esconder seu sorrisinho assim como demonstrar respeito. Ele disse a Irial:

— Uma vez que tenha conseguido sua mortal, vamos andar com você para evocar medo e confusão nos mortais. Os Hounds apoiam o desejo do Rei Sombrio. *Isso* não mudará. — O olhar de Gabriel não se desviou para Bananach ou para as criaturas irritadas que já haviam se posicionado ao lado dela, mas a mensagem dele era clara o bastante.

— De fato. — Irial pisou no que restou de seu cigarro e sorriu para seus companheiros mais confiáveis. Os Hounds tinham a adorável habilidade de infundir terror tanto às criaturas mágicas como aos mortais.

— Nos poderíamos extrair um pouco de medo dos desobedientes nesse grupo... — murmurou Gabriel, e os Hounds dele agarraram algumas das criaturas que haviam sorrido em apoio às sugestões de motim. — A Corte Sombria deveria mostrar um pouco de respeito ao nosso rei.

Seres encantados se postaram aos seus pés e garras e patas, fazendo reverências e mesuras. Bananach não se mexeu.

Gabriel cruzou o olhar com o dela e deu outro sorrisinho maldoso. Não haveria mais objeções públicas ou discussões essa noite. Gabriel podia organizar os seres encantados e ameaçá-los caso se recusassem a cooperar com as medidas preventivas de Irial. Tinham que ser quase perversamente obedientes. *Por enquanto.* Depois Bananach poderia intensificar suas tentativas.

Porém, não essa noite — ainda não.

— Essa noite, banquetearemos pela memória de nossa irmã morta. — Irial fez um gesto de convocação, e vários dos Hounds de Gabriel trouxeram vinte criaturas mágicas apavoradas que capturaram das outras cortes. Nenhuma delas pertencia à Alta Corte, o que não era uma surpresa, já que esses seres raramente deixavam a reclusão, mas havia criaturas da Corte do Inverno e da Corte do Verão.

Irial envolveu uma trêmula Garota do Verão em seus braços. As videiras que se agarravam à pele dela murcharam com seu toque. Ela estava tão cheia de terror e repugnância que ele considerou brevemente compartilhá-la com os demais, mas ainda era egoísta o bastante para querê-la só para si. As garotas especiais de Keenan eram sempre um bom divertimento. Se Irial fosse cuidadoso, podia extrair delas desejo e temor o suficiente para saciar a fome por alguns dias. Algumas poucas vezes, fora capaz de deixá-las tão dependentes que elas voltavam por si mesmas para os braços dele para visitas regulares – e o odiavam por fazê-las traírem seu rei. Era bastante gratificante.

Irial sustentou o olhar da garota enquanto dizia à sua corte:

– Os regentes deles fizeram isso, nos levaram a isso, quando mataram Beira. Lembrem-se desse fato ao oferecerem a eles sua hospitalidade.

Capítulo 4

O estúdio de tatuagem estava vazio quando Leslie entrou. Nenhuma voz quebrava a tranquilidade no recinto. Até mesmo o som estava mudo.

– Sou eu – gritou ela.

Ela voltou à sala onde Rabbit faria o trabalho. O papel com o estêncil da tatuagem aguardava em uma bandeja na bancada, ao lado de uma lâmina descartável e uma miscelânea de outros produtos.

– Estou um pouco adiantada.

Rabbit a encarou por um momento, mas não disse nada.

– Você tinha dito que poderíamos começar hoje à noite. Fazer o contorno. – Ela se aproximou para olhar o estêncil. Não o tocou, contudo, estranhamente temerosa de que o toque pudesse fazer o desenho sumir.

Finalmente Rabbit disse:

– Deixa eu fechar a porta.

Enquanto ele estava lá fora, ela perambulou pela pequena sala – mais para evitar tocar no estêncil do que qualquer outra coisa. As paredes estavam cobertas por panfletos de diversos shows e convenções – a maioria já gastos e de eventos que já haviam acontecido muito tempo atrás. Umas poucas fotos emolduradas, todas em preto e branco, e pôsteres de filmes de cinema estavam intercalados com os panfletos. Como todas as outras partes da loja, o recinto era inacreditavelmente limpo e com um leve odor de antisséptico.

Ela parou em várias das fotos, sem reconhecer a maioria das pessoas ou lugares. Dispostos em meio a elas, havia esboços em nanquim. Em um deles, capangas da época de Capone sorriam para o artista. Era tão realista quanto qualquer fotografia, hábil a um nível tal que parecia bizarro ver o desenho pendurado entre as fotografias e pôsteres. Rabbit retornou quando ela estudava a forma de um homem, cuja beleza era atordoante, em meio a um grupo de gângsteres. Eram todos admiráveis, mas ele, o que se apoiava em uma antiga árvore retorcida, era o que parecia quase familiar. Os outros se agrupavam em volta dele, ao seu lado ou atrás, mas ele era obviamente quem mandava. Ela perguntou:

– Quem é esse?

– Uns parentes – foi tudo que Rabbit disse.

A atenção de Leslie vagou pela imagem. O homem usava um terno preto, como o dos outros, mas a postura dele – arrogante e avaliadora – dava a impressão de que era mais ameaçador que os homens à sua volta. Era alguém a se temer.

Rabbit limpou a garganta e apontou à frente.

– Vamos. Não posso começar com você aí.

Leslie se forçou a tirar os olhos da imagem. Temer – *ou sentir atração por* – alguém que ou era idoso ou estava morto era meio estranho agora. Ela foi até o local que Rabbit indicara, deu as costas a ele e tirou a blusa.

Rabbit enfiou algum tipo de pano embaixo da alça do sutiã dela.

– Para não deixar sujar.

– Se tinta ou qualquer outra coisa cair nele, não tem nada de mais. – Ela cruzou os braços em frente ao peito e tentou se manter quieta. Apesar do quanto ela queria a tatuagem, ficar ali só de sutiã era um pouco desconfortável.

– Você tem certeza?

– Definitivamente. Sem dúvida nenhuma. De verdade, estou começando a beirar a obsessão. Cheguei a sonhar com isso. Os olhos e aquelas asas. – Ela corou; por sorte Rabbit estava atrás dela e não podia ver seu rosto.

Ele esfregou a pele dela com algo gelado.

– Faz sentido.

– Claro que faz. – Leslie sorriu, contudo: Rabbit não se perturbava por nada, agindo como se as coisas mais esquisitas fossem normais. Isso fez com que ela relaxasse um pouco.

– Fique quieta. – Ele raspou os pelinhos de sua pele na área em que a tatuagem seria feita e esfregou novamente com mais líquido gelado.

Ela olhou para trás quando Rabbit se afastou. Ele jogou a lâmina no lixo, parando para lançar-lhe um olhar sério antes de retornar às suas costas. Ela o observou por cima do ombro.

Ele pegou o estêncil.

– Olhe para lá.

– Cadê a Ani? – Leslie raramente estivera na loja sem que Ani aparecesse, normalmente com Tish a tiracolo. Era como se ela tivesse uma espécie de radar, capaz de rastrear as pessoas sem nenhuma explicação óbvia de como fazia isso.

– Ani precisava ficar quieta. – Ele tocou o quadril dela e a moveu. Em seguida borrifou algo em suas costas de leve, onde a tinta seria aplicada, no topo de sua coluna, entre os ombros, ocupando a largura de suas costas, centrado sobre o ponto em que Leslie achava que as asas ficariam se fossem reais. Ela fechou os olhos enquanto ele pressionava o estêncil nas suas costas. De alguma maneira, até mesmo isso pareceu excitante.

Depois ele removeu o papel.

– Veja se é aí que você quer a tatuagem.

Leslie foi até o espelho o mais rápido que pôde sem correr. Usando o espelho de mão para ver o reflexo no espelho da parede, ela viu – aquela tatuagem, sua tatuagem perfeita, aplicada em estêncil em sua pele – e deu um sorriso tão largo que suas bochechas doeram.

– Sim. Deuses, sim.

– Senta. – Ele indicou a cadeira.

Ela sentou na beira e observou enquanto Rabbit vestia meticulosamente as luvas, abria um bastonete esterilizado e o usava para tirar um pouco de um líquido claro de um recipiente, colocando-o em uma bandeja coberta por tecido. Ele pegou vários potinhos de tinta e posicionou-os sobre o tecido. Em seguida, gotejou tinta dentro deles.

Assisti a isso um monte de vezes; não é grande coisa. Contudo, ela não conseguia desviar a vista.

Rabbit executou cada passo silenciosamente, como se ela não estivesse lá. Abriu o pacote de agulhas e puxou toda a extensão do metal fino. Parecia ser só uma agulha, mas ela sabia por suas horas ouvindo as conversas de Rabbit na loja que eram várias agulhas na ponta de uma haste. *Minhas agulhas, para a* minha *tatuagem, na* minha *pele.* Rabbit encaixou a haste de agulhas na máquina. O suave som de metal deslizando contra metal foi seguido por um quase inaudível *clic*. Leslie soltou a respiração, que não percebera que vinha prendendo.

Se achasse que Rabbit permitiria, pediria para segurar a máquina de tatuar, pediria para fechar a mão em volta de suas bobinas de aspecto primitivo e angulosas peças de metal. Em vez disso, observou Rabbit fazendo ajustes. Leslie estremeceu. Parecia uma máquina de costura de mão tosca, por meio da qual Rabbit suturaria beleza no corpo dela. Havia algo de primitivo no processo com o qual ela se identificava, alguma noção de que depois ela ficaria irrevogavelmente diferente, e era exatamente disso que ela precisava.

– Vire para esse lado. – Rabbit gesticulou e ela se moveu de forma que suas costas ficassem de frente para ele. Rabbit espalhou pomada sobre a pele dela com um dedo revestido por látex. – Pronta?

– Mm-hmmm. – Ela se concentrou, imaginando brevemente se doeria, mas não se importando muito. Algumas das pessoas que ela vira reclamaram como se a dor fosse insuportável. Outros pareciam nem notar. *Vai ficar tudo bem.* O primeiro toque de agulhas estava começando, uma sensação aguda que parecia mais irritação do que dor. Estava longe de ser horrível.

– Tudo legal? – Ele parou, suspendendo o toque das agulhas ao falar.

– Mm-hmmm – disse ela de novo; era a resposta mais articulada que ela podia dar naquele momento. Então, após uma pausa que fora quase longa o bastante para fazê-la implorar que ele voltasse ao trabalho, ele baixou a máquina de tatuar sobre a pele dela de novo. Nenhum dos dois falou enquanto ele fazia o contorno da tatuagem. Leslie fechou os olhos e se concentrou na máquina enquanto ela operava e parava, erguendo-se de sua pele somente para voltar logo depois. Ela não podia ver o instrumento, mas observara Rabbit trabalhando com frequência suficiente para saber que em algumas dessas pausas ele mergulhava a ponta da agulha nos pequenos vidrinhos, como um escrivão umedecendo sua pena.

E ela ficou sentada ali, as costas esticadas na frente dele como uma tela viva. Era maravilhoso. O único som era o zumbido da máquina. Era mais do que um som, contudo: era uma vibração que parecia escorrer pela sua pele e penetrar na medula de seus ossos.

– Eu poderia ficar assim para sempre – sussurrou ela, os olhos ainda fechados.

Uma risada sombria veio de algum lugar. O olhos de Leslie se arregalaram.

– Tem alguém aqui?

– Você está cansada. Escola e turnos extras esse mês, não foi? Talvez você tenha caído no sono. – Rabbit inclinou a cabeça daquele jeito peculiar que ele e suas irmãs faziam, como um cão ouvindo um som desconhecido.

– Você está sugerindo que peguei no sono *sentada* enquanto você estava me tatuando? – Ela olhou para trás, para ele, e franziu o cenho.

– Talvez. – Ele encolheu os ombros e se virou para abrir uma garrafa de vidro marrom. Era diferente das outras garrafinhas de tinta: o rótulo estava escrito em uma língua que ela não reconhecia.

Quando ele a destampou, pareceu que pequenas sombras saíram de dentro dela. *Bizarro.* Ela piscou e ficou olhando para a garrafa.

– Eu devo mesmo estar cansada – murmurou.

Ele gotejou tinta da garrafinha em outro pote de tinta – segurando-a no alto para que a superfície da garrafinha não tocasse a lateral do pote – e depois fechou-a e trocou as luvas.

Ela se acomodou novamente e tornou a fechar os olhos.

– Eu esperava que doesse, sabia?

– Mas dói. – Em seguida ele baixou a máquina de tatuagem na pele dela de novo, e ela não se lembrava mais como falar.

O zumbido sempre soara reconfortante quando Leslie ouvia Rabbit trabalhando, mas sentir a vibração na sua pele fazia com que parecesse excitante e nem um pouco confortador. A sensação era diferente do que imaginara, mas não era o que chamava de dor. Ainda assim, ela duvidava que fosse algo durante o qual ela conseguisse dormir.

– Tudo bem? – Rabbit esfregou a pele dela novamente.

– Estou legal. – Ela se sentiu letárgica, como se seus ossos não fossem mais sólidos. – Mais tinta.

– Não hoje à noite.

– Poderíamos terminar hoje...

– Não. Essa aqui vai precisar de mais umas duas sessões. – Rabbit estava quieto enquanto limpava a pele dela. Ele deslizou a cadeira para trás; as rodinhas fizeram um barulho alto conforme rolavam pelo chão, como se um pedregulho fosse arrastado por uma grade de metal.

Estranho.

Ela se espreguiçou – e quase desmaiou.

Rabbit a escorou.

– Espere um segundinho.

– Acho que minha pressão caiu ou algo assim. – Ela piscou para clarear a visão, resistindo ao impulso de tentar focalizar nas sombras que pareciam estar andando ao longo do recinto livres de qualquer coisa.

Mas Rabbit estava lá, mostrando a ela a tatuagem – *minha tatuagem* – com um par de espelhos de mão. Ela tentou falar, e deve ter conseguido. Não tinha certeza. O tempo pareceu desligado, como se acelerasse e desacelerasse, acompanhando algum relógio do caos distante, curvando-se a ritmos imprevisíveis. Rabbit estava cobrindo a nova tatuagem dela com curativos estéreis. Ao mesmo tempo, parecia, o braço dele a envolvia, ajudando-a a se levantar.

Ela deu um passo vacilante à frente.

– Cuidado com as minhas asas.

Ela titubeou. *Asas?*

Rabbit não disse nada; talvez ele não tivesse ouvido ou entendido. Talvez ela não tivesse falado – mas ela podia vê-las – escuras, de curvas sombrias, feitas de algo entre penas e couro suave e envelhecido, que faziam cócegas na pele sensível da parte de trás de seus joelhos.

Tão delicada quanto eu lembrava.

– Rabbit? Estou me sentindo estranha. Errada. Tem alguma coisa errada.

– É a descarga de endorfina, Leslie, fazendo com que você se sinta meio altinha. Vai ficar tudo bem. Não é raro. – Rabbit não olhou para ela enquanto falava, e Leslie percebeu que ele estava mentindo.

Em seguida sentiu que deveria ficar preocupada, mas não estava. Rabbit mentira: algo *estava* muito errado. Ela sabia com uma certeza que parecia impossível – como provar açúcar e chamar de sal – que as palavras que ele dissera não tinham gosto de verdade.

Mas isso não importava. As mãos perdidas do relógio do caos mudaram de curso novamente, e nada mais importava naquele momento, apenas a tinta na pele dela, o zumbido em suas veias, o vigor eufórico que fez com que ela sentisse a confiança que não experimentava havia tempo demais.

Capítulo 5

Embora Rabbit tivesse lhe dito onde encontrá-la, Irial não abordara a mortal ainda; não tinha intenção de fazê-lo até que visse que ela estava suficientemente forte para o esforço. Mas quando ele sentiu o primeiro elo tênue, sentiu a euforia dela quando a máquina de Rabbit dançava em sua pele, ele sabia que tinha de vê-la. Era como uma compulsão impelindo-o – e não só a ele: *todos* os seres encantados sentiram isso, ligados como estavam a Irial. Eles a protegeriam, lutariam para estar perto dela agora.

E esse impulso era algo a ser encorajado – eles estarem próximos a ela podia significar que eles provocariam e atormentariam os mortais, extrairiam medo e angústia, apetites e fúrias, deliciosas refeições para saciar a fome dele quando a troca de tinta estivesse concluída. Onde a garota andasse, as criaturas dele a seguiriam. Mortais se tornariam um banquete para rei e corte – ele apanhara apenas pequenos lampejos disso até aquele momento, mas já era uma coisa revigorante. *Sombras a cercarão, para mim, para nós.* Ele respirou fundo, absorvendo essa ainda tênue ligação que Rabbit forjava com sua máquina.

Irial racionalizou: se ele fosse ficar ligado a ela, fazia sentido conferir como ela estava. Ela seria de sua responsabilidade, sua carga, e de muitas formas, um ponto fraco. Mas apesar das razões que ele pudesse listar, sabia que não era a lógica agindo: era desejo. Felizmente, o rei da Corte Sombria não via motivo para resistir aos seus apetites, então cooptara Gabriel e estava a caminho da cidade dela, procurando pela sua presença da mesma forma como procurara tantos outros mimos ao longo dos anos. Ele se inclinou para trás, reclinou a cadeira por todo o caminho, aproveitando a excitação da aparente despreocupação de Gabriel ao dirigir.

Irial apoiou a bota na porta, e Gabriel rosnou.

– Está recém-pintada, Iri. Por favor.

– Fica frio.

O Hound sacudiu sua cabeça desgrenhada.

– Eu não ponho minhas botas na sua cama ou em nenhum desses sofazinhos que você tem em todos os lugares. Tire sua bota daí antes que arranhe a pintura.

Como os demais cavalos dos Hounds, o de Gabriel usava a aparência de um veículo mortal, assumindo tão verdadeiramente essa forma que era difícil lembrar a última vez em que tivera a aparência da pavorosa besta que realmente era. Talvez fosse uma extensão da determinação de Gabriel; talvez fosse um capricho do próprio cavalo de batalha de Gabriel. Todas as criaturas se passavam tão bem por veículos humanos que era difícil lembrar que eram coisas vivas – exceto quando alguém além dos Hounds tentava montá-los. Então era fácil recordar o que eles eram: a velocidade em que se moviam lançava a criatura ofensora – ou o mortal – pelo ar para colidir com qualquer alvo que as bestas escolhessem.

Gabriel guiou seu Mustang pelo pequeno estacionamento ao lado do Verlaine, o restaurante local onde a mortal trabalhava. Irial baixou o pé, raspando sua bota na janela ao fazê-lo; a ilusão de que o animal era uma máquina não vacilou.

– *Dress code,* Gabe. Mude de roupa. – Enquanto Irial falava, sua própria aparência mudou. Se muitos mortais estivessem olhando, veriam sua calça jeans e sua blusa apropriada para a boate serem substituídas por um par de calças bem passadas e uma camisa social, bem conservadora. Suas botas arranhadas, contudo, permaneceram. Não era o feitiço que ele costumava usar, mas não queria que a mortal o reconhecesse depois. Esse encontro era para ele, para que ele pudesse observá-la; não era um dos que ele ia preferir que ela lembrasse. – *"Um rosto para conhecer os rostos que conhecemos", mas não meu rosto, nem sequer a máscara que uso para os mortais. Camadas de ilusões...* – Irial franziu o cenho, não sabendo ao certo a origem da estranha melancolia que o tomava, e fez um gesto para que Gabriel usasse um feitiço não ameaçador também. – Trate de se embelezar.

A mudança na aparência de Gabriel foi mais sutil do que a de Irial: ele ainda usava jeans pretos e uma camisa sem colarinho, mas as tatuagens dos Hounds estavam agora escondidas sob mangas compridas. Seu cabelo desgrenhado parecia estar sistematicamente aparado, assim como seu cavanhaque e costeletas. Como Irial, o feitiço de Gabriel não era o seu de costume. O semblante de Gabriel estava de alguma forma mais brando, sem as sombras escuras e vazias que ele normalmente deixava visíveis para os mortais. Claro, o feitiço nada fizera pela intimidadora altura de Hound de Gabriel, mas para ele, era quase conservador.

Quando eles saíram do carro, Gabriel mostrou os dentes para vários dos guardas da Corte do Verão em um sorriso debochado. Estavam, sem dúvida, cuidando da mortal, uma vez que era amiga da nova Rainha do Verão. Os guardas o viram como realmente era e recuaram. Se Gabriel quisesse criar problemas, era inevitável que ficassem gravemente feridos.

Irial abriu a porta.

– Agora não, Gabriel.

Depois de um olhar desejoso para as criaturas mágicas que se deixavam ficar na rua, Gabriel entrou no restaurante. Em uma voz baixa, Irial lhe disse:

– Depois de comermos, você pode visitar nossos vigilantes. Um pouco de terror tão perto da garota... É a finalidade dela, certo? Vamos ver como a ligação inicial se aguenta.

Gabriel sorriu então, alegremente antecipando um pouco de confusão com os guardas da Corte do Verão. A presença deles significava que nem a Corte do Inverno, nem a do Verão, poderiam fazer mal à garota, e nenhuma criatura solitária seria tola o bastante para tentar se engajar em qualquer brincadeirinha com uma mortal que estivesse sob uma vigilância tão cuidadosa. Claro, também significava que Irial teria o grande divertimento de sequestrá-la sem que eles notassem antes que fosse tarde demais.

– São só vocês dois? – perguntou a recepcionista, uma mortal bem sem-graça com um sorriso petulante.

Uma olhada rápida no mapa sobre a mesa da recepcionista mostrou a ele quais lugares estavam na seção que sua mortal atendia. Irial fez um gesto na direção de uma mesa em um canto distante, uma seção mais escura, perfeita para jantares românticos ou encontros para fins ilegais.

— Vamos ficar com aquela mesa lá atrás. Aquela perto do fícus.

Depois que a recepcionista os conduziu ao lugar em questão, Irial aguardou até que ela – *Leslie* – se encaminhasse até eles, os quadris balançando suavemente, a expressão amigável e acolhedora. Tal visual podia funcionar se ele fosse o mortal que aparentava ser. Como as coisas eram de fato, as sombras que dançavam em volta dela e as finas gavinhas de fumaça que saíam da pele dela para a dele – visíveis apenas para criaturas sombrias – eram o que o fazia prender a respiração.

— Oi, sou Leslie. Vou servi-los essa noite – disse ela enquanto pousava uma cesta de pão fresco sobre a mesa. Então ela se lançou em recomendações especiais e outras coisas sem sentido que ele mal ouviu. Tinha lábios finos demais para o gosto dele, escurecidos apenas com um leve toque de algo rosa e feminino. *De maneira alguma adequado à* minha *mortal.* Mas a escuridão que se atinha tão pungentemente à pele dela era bem apropriada à corte dele. Ele a analisou, lendo seus sentimentos agora que estavam ligados, mesmo que ainda tão sutilmente. Quando a conhecera ela já estava contaminada, mas agora estava positivamente lotada de sombras. Alguém a ferira, e muito, desde a primeira vez em que a vira.

Raiva por alguém ter tocado no que era dele competia com a consciência. O que eles haviam feito – e o quão habilmente ela resistira às sombras –, essas foram as coisas que a prepararam para que fosse dele. Se não a tivessem ferido, Leslie seria inacessível a ele. Se ela não tivesse resistido à escuridão de maneira tão bem-sucedida, não seria forte o bastante para lidar com o que ele estava prestes a lhe fazer. Leslie fora danificada, mas não de forma irreversível. Fragmentada e forte, a mistura perfeita para ele.

Mas ele ainda os mataria por tocarem nela.

Agora calada, obviamente concluídas suas listas e recomendações, ela ficou parada, encarando-o com expectativa. Fora um rápido olhar para Gabriel, a atenção dela estava concentrada em Irial. Isso o agradou mais do que esperava, ver a mortal olhando-o com tanta atenção. Ele gostou do desejo dela.

– Leslie, você pode me fazer um favor?

– Senhor? – Ela sorriu novamente, mas dessa vez pareceu hesitante. Seu medo aumentara, aparecendo em um leve movimento de sombras que fez o coração dele disparar.

– Não estou me sentindo muito disposto a tomar decisões – ele lançou um olhar para Gabriel, cujo sorrisinho abafado se tornou uma tosse alta –, em termos deste menu. Você poderia escolher por mim?

Ela franziu o cenho e olhou para a recepcionista, que agora os observava cautelosamente.

– Se você é um cliente assíduo, desculpe, mas não me lembro...

– Não, não sou. – Ele correu um dedo pelo pulso dela, violando a etiqueta mortal, mas incapaz de resistir. Ela pertencia a ele. Isso não era oficial ainda, mas não importava. Ele sorriu para ela, deixando que seu feitiço se desfizesse por uma fração de segundo, mostrando a ela sua verdadeira face; testando-a, procurando por medo ou desejo, e acrescentou: – Apenas peça o que você ache que gostaríamos. Me surpreenda. Gosto de uma boa surpresa.

A fachada de garçonete dela caiu por um momento; seu coração palpitou. E ele *sentiu* isso, uma breve onda de pânico.

Ele não podia prová-la, não ainda, não de fato, mas quase – como um aroma pungente soprando da cozinha, provocando insinuações de sabores que ele não podia provar.

Irial abriu a cigarreira preta laqueada que vinha preferindo ultimamente e puxou um cigarro, observando a tentativa dela em entendê-lo.

– Você pode fazer isso, Leslie? Cuidar de mim?

Ela assentiu com a cabeça, lentamente.

– Você tem alguma alergia ou...

– Não a nada no seu cardápio. Nenhum de nós tem. – Ele bateu de leve o cigarro na mesa, acondicionando-o, observando enquanto ela desviava o olhar.

Ela olhou para Gabriel.

– Quer que eu peça por você também?

Gabriel encolheu os ombros enquanto Irial dizia:

– Sim, por nós dois.

– Tem certeza? – Ela o estudou atentamente, e Irial suspeitou de que Leslie já estivesse sentindo algo das mudanças que logo se abateriam sobre ela. Seus olhos se dilataram muito sutilmente quando seus medos aumentavam e diminuíam. Mais tarde essa noite, quando se recordasse dele, pensaria que era apenas um homem estranho, memorável apenas por isso. Poderia levar um tempo até que sua mente processasse a extensão das mudanças em seu corpo. Mortais tinham tantas defesas mentais para atribuir sentido às coisas que violavam suas preconcepções e regras. Às vezes esses mecanismos de defesa eram bem úteis para ele.

Irial acendeu o cigarro, protelando apenas para vê-la sofrer um pouco mais. Ele ergueu a mão dela e beijou as juntas, mais uma vez sendo completamente inadequado à aparência que ele usava e ao contexto.

– Acho que você vai me trazer exatamente o que preciso.

O terror aumentou repentinamente, uma chama de desejo e um pouco de ira. Porém, o sorriso dela não se alterou.

– Vou fazer o seu pedido, então – disse ela ao dar um passo para trás, tirando a mão do aperto dele.

Ele tragou o cigarro enquanto observava ela se afastando. A linha escura e nebulosa entre eles se esticou e enrolou ao longo do recinto como uma trilha que ele não podia seguir.

Em breve.

No portal da cozinha, ela tornou a olhar para ele, e ele quase podia sentir o gosto do terror.

Irial lambeu os lábios.

Muito em breve.

Capítulo 6

Leslie deslizou para dentro da cozinha, se apoiou contra a parede e tentou não perder o controle. Suas mãos tremiam. Outra pessoa precisava lidar com o cliente esquisito; ela se sentia assustada com a atenção dele, seu olhar muito penetrante e intenso, suas palavras.

– Você está bem, *ma belle*? – perguntou o chefe de pastelaria, Étienne. Era um homem magro com um temperamento forte que inflamava pelas coisas mais estranhas, mas que era igualmente doce de forma irracional. Essa noite, gentil parecia ser o estado de espírito escolhido, ou pelo menos era agora.

– Claro. – Ela colou o sorriso de volta no rosto, mas não era convincente.

– Doente? Com fome? Fraca? – insistiu Étienne.

– Estou bem, só um cliente exigente, que ficou me tocando demais, fez tudo demais. Ele quer... talvez você pudesse resolver o que preparar. – Ela parou, sentindo uma raiva inexplicável de si mesma por pensar, mesmo por um breve segundo, em passar a outra pessoa a escolha do pedido *dele*. *Não*.

Isso não funcionaria. A raiva e o medo dela retrocederam. Ela endireitou os ombros e disparou uma lista de suas comidas favoritas, concluída com *marquise au chocolat*.

– Não está no cardápio de sobremesas esta noite – objetou um dos auxiliares de cozinha.

Étienne piscou.

– Para Leslie está. Tenho sobremesas de emergência para motivos especiais.

Leslie se sentiu aliviada, uma reação quase irracional, por poder dispor da queda de Étienne por chocolate mergulhado no rum. Não era como se o cliente tivesse pedido aquilo, mas ela queria que ele provasse, queria agradá-lo.

– Você é o melhor.

– *Oui*, eu sei. – Étienne encolheu os ombros como se isso não fosse nada, mas o sorriso dele contradisse essa atitude. – Você deveria dizer isso a Robert. Com frequência. Ele esquece a sorte que tem por eu ficar aqui.

Leslie deu uma risada, relaxando um pouco diante do charme irresistível de Étienne. Não era segredo que Robert, o dono, faria quase qualquer coisa para agradar Étienne, um fato que ele fingia não notar.

– O pedido para a mesa seis está pronto – gritou outra voz, e Leslie retornou ao trabalho, o sorriso voltando ao lugar enquanto ela erguia os pratos ferventes.

À medida que o turno passava, Leslie pegava a si mesma olhando para os dois clientes estranhos com tamanha frequência que tinha dificuldade em se concentrar nas outras mesas que atendia.

As gorjetas serão baixas se continuar assim.

Não era como se clientes pegajosos fossem algo desconhecido. Os rapazes pareciam pensar que, por ela atender as mesas, seria facilmente influenciada por um pouco de charme e afluência. Ela sorria e flertava de leve com clientes do sexo masculino; sorria e ouvia alguns minutos a mais os clientes de mais idade; e sorria e dispensava mais atenção às famílias com crianças. Era simplesmente como funcionava no Verlaine. Robert gostava que a equipe de garçons tratasse os clientes de maneira pessoal. Claro, isso terminava do lado de fora do restaurante. Ela não saía com ninguém que tivesse conhecido durante o expediente; nem sequer dava seu número.

Porém, eu sairia com ele.

Ele parecia confortável em sua própria pele, mas também como se fosse capaz de se virar nas partes mais sombrias da cidade. E era bonito – não suas feições, mas a forma como se movia. Fazia com que ela se lembrasse de Niall. *E provavelmente ele é tão indisponível quanto.*

O cliente a observava de um jeito bem parecido com o de Niall, também – com olhares atentos e sorrisos demorados. Se um daquele rapaz em uma boate a olhasse desse jeito, seria de se esperar que desse em cima dela. Niall não fizera isso, embora ela o encorajasse; talvez esse aqui também não fosse mais longe.

– Leslie? – O cliente não poderia ter falado alto o bastante para que ela o ouvisse, mas ela ouviu. Ela se virou, e ele fez um gesto para que se aproximasse.

Leslie terminou de anotar o pedido de um dos clientes que vinham toda semana e quase não resistiu ao impulso de atravessar o recinto correndo. Ela percorreu o espaço entre as mesas sem tirar os olhos dele, contornando o ajudante de garçom e outra garçonete, parando e se movendo entre um casal que deixava o restaurante.

– Você precisa de alguma coisa? – A voz dela saiu muito suave, muito sussurrada. Um breve cintilar de embaraço a percorreu e depois se foi tão rapidamente quanto surgira.

– Você... – Ele parou de falar, sorrindo para alguém atrás dela, parecendo que ia dar uma risada logo em seguida.

Leslie se virou. Um monte de gente que ela não conhecia formava um pequeno círculo ao redor de Aislinn, que acenava para ela. Amigos não eram bem-vindos no trabalho; Aislinn sabia disso, mas começou a andar na direção de Leslie. Leslie olhou de volta para o cliente.

– Me desculpe. Pode me dar um segundo?

– Não tem problema nenhum, amor. – Ele puxou outro cigarro, passando pelo mesmo ritual de antes: estalando a cigarreira ao fechar, batendo o cigarro na mesa e abrindo o isqueiro com um movimento rápido. Seu olhar não se desviou dela. – Não vou a lugar nenhum.

Ela se virou para ficar de frente para Aislinn.

– O que você está fazendo? Não pode simplesmente...

– A recepcionista disse que eu podia te escolher para nos atender. – Aislinn fez um gesto na direção do grupo numeroso que a acompanhava. – Não tem nenhuma mesa na sua seção, mas eu quis você.

– Não posso – disse Leslie. – Estou com a seção cheia.

– Uma das outras garçonetes poderia pegar as suas mesas, e...

– E minhas gorjetas. – Leslie sacudiu a cabeça. Não queria dizer a Aislinn o quanto precisava do dinheiro ou como seu estômago se embrulhava com a possibilidade de abandonar o cliente misteriosamente atraente que estava atrás dela. – Desculpe, Ash. Não posso.

Mas a recepcionista se aproximou e disse:

— Você consegue dar conta do grupo e das suas mesas ou preciso ver se alguém pega suas mesas para que você possa atendê-los?

A irritação cresceu dentro de Leslie, passageira mas forte. O sorriso dela estava aflito, mas ela o manteve.

— Posso dar conta de ambos.

Com um olhar hostil para a mesa atrás de Leslie, Aislinn voltou para sua festa. A recepcionista foi embora também, e Leslie fervia de raiva. Virou-se para olhar para *ele*.

Ele deu um trago longo em seu cigarro e soltou a fumaça.

— Está certo, então. Ela parece possessiva. Suponho que aquela olhada foi uma mensagem de não-dê-em-cima-da-minha-amiga?

— Sinto muito por isso. — Ela se retraiu.

— Vocês duas estão juntas?

— Não. — Leslie corou. — Não sou... Quero dizer...

— Tem alguém mais? Algum amigo dela com quem você sai? — A voz dele era tão deliciosa quanto a melhor das sobremesas de Étienne, rica e decadente, feita para ser saboreada.

Ela pensou espontaneamente em Niall, o namorado de suas fantasias, e sacudiu a cabeça.

— Não. Não tem ninguém.

— Talvez eu deva voltar em uma noite menos cheia, então? — Ele passou o dedo na parte interna do pulso dela, tocando-a pela terceira vez.

— Talvez. — Ela sentiu um impulso estranho de fugir, não que ele fosse de alguma forma menos tentador, mas olhava para ela tão intensamente que ela tinha certeza de que nada nele era nem um pouco seguro.

Ele puxou um punhado de notas.

— Pelo jantar.

Em seguida se levantou e se aproximou dela o suficiente para que seu instinto de fugir aflorasse; ela se sentiu repentinamente enjoada. Ele enfiou o dinheiro da mão dela.

– Te vejo outra noite.

Ela deu um passo para trás, afastando-se dele.

– Mas sua comida ainda não está toda pronta.

Ele seguiu, invadindo o espaço dela, movendo-se tão perto que pareceria normal se eles estivessem a ponto de dançar ou se beijar.

– Não sou bom em partilhar.

– Mas...

– Não se preocupe, amor. Voltarei quando sua amiga não estiver por perto para me olhar feio.

– Mas seu jantar... – Ela olhou dele para as notas em sua mão. *Ai meu Deus.* Leslie ficou perplexa de confusão quando percebeu o quanto ela tinha nas mãos: eram todas notas grandes. Tentou imediatamente devolver algumas. – Espere. Você se enganou.

– Não tem nenhum engano.

– Mas...

Ele se inclinou para sussurrar no ouvido dela:

– Vale a pena esvaziar meus cofres por você.

Por um momento ela pensou sentir algo a envolvendo. *Asas.*

Depois ele se afastou.

– Vá atender sua amiga. Vou vê-la de novo quando ela não estiver vigiando.

E ele foi embora, deixando-a paralisada no meio do restaurante, segurando mais dinheiro do que jamais vira em sua vida.

Capítulo 7

Quando Niall chegou ao Verlaine, Irial já tinha ido embora. Dois dos guardas que estavam do lado de fora do restaurante sangravam muito, com marcas de dente em seus braços. Alguma parte envergonhada dentro dele desejou que fosse ele a ser enviado para lá mais cedo, mas espantou esse pensamento antes que se tornasse algo que ele tivesse que considerar. Quando Irial agia contra seres da Corte do Verão, Niall era sempre convocado. O Rei Sombrio geralmente se recusava a atacar Niall. Gabriel, por outro lado, não tinha nenhuma restrição em ferir Niall e frequentemente parecia mais agressivo em relação a ele quando Irial estava por perto.

– Gabriel – um dos homens-árvore estremeceu –, ele simplesmente veio e nos atacou.

– Por quê? – Niall olhou em volta, procurando por alguma pista, alguma indicação da razão pela qual Gabriel faria algo assim. Niall podia ter escolhido evitar a mão esquerda no Rei Sombrio sempre que possível, mas não esquecera as coisas que havia aprendido na Corte Sombria: Gabriel nunca agia sem razão. Poderia não ser um motivo que a Corte do Verão entendesse, mas sempre havia uma justificativa. Niall sabia disso. Era parte do motivo pelo qual era um recurso valioso da Corte do Verão: ele entendia as tendências menos gentis das outras cortes.

— A garota mortal conversou com Gabriel e o Rei Sombrio — disse uma mulher sorveira-brava ao enfaixar o bíceps ensanguentado. Ela apertou o fim de uma tira de seda de aranha entre os dentes enquanto atava seu braço. Niall se oferecia para ajudá-la, mas sabia que ela treinara com os glaistigs. Isso fizera dela uma ótima guerreira, mas também significava que qualquer coisa que se assemelhasse a piedade seria sumariamente rejeitada.

Niall desviou o olhar. Ele podia ver Leslie através da janela: ela sorriu para a Rainha do Verão e encheu novamente um copo de água. Não era uma tarefa incomum, ou excitante, mas ao observá-la, sua garganta de repente ficou seca. Ele quis ir até ela, quis... fazer coisas com as quais ele nem deveria sonhar em fazer com mortais. Sem ter intenção, ele atravessou a rua, se aproximou da janela e pousou a mão nela. O vidro frio era uma barreira frágil; ele poderia estilhaçá-lo com um pouco de pressão, sentir os cacos cortando sua pele, ir na direção dela e afundar seu corpo no de Leslie. *Eu poderia deixar que ela me visse. Eu poderia...*

— Niall? — A mulher sorveira-brava estava diante dele, olhando fixamente pela janela. — Nós precisamos entrar?

— Não. — Niall tirou os olhos de Leslie, forçou seus pensamentos a voltar a algo menos fascinante. Ele a vinha observando por meses; não havia razão para seu surto repentino de pensamentos irracionais. Talvez ele estivesse com a guarda baixa por pensar em Irial. Niall sacudiu a cabeça, desgostoso consigo mesmo.

– Vá para casa. Aislinn tem muitos guardas com ela, e eu vou vigiar a mortal da rainha – disse ele.

Sem mais nenhum comentário, a mulher sorveira-brava e seus companheiros foram embora, e Niall atravessou de volta para a alcova onde esperara durante tantos turnos de Leslie no Verlaine. Ele se escorou na parede de tijolos, sentindo as familiares pontas em suas costas, e observou os rostos de mortais e seres encantados pela rua. Forçou-se a pensar sobre o que ele era, o que havia feito ao saber quem Irial era, antes de saber o quanto Irial era pervertido. *Todas as coisas que significam que eu nunca devo tocar em Leslie. Nunca.*

Quando Niall andou pela primeira vez entre elas, achou as mortais encantadoras. Repletas de paixão e desespero, construíam para si toda a felicidade que podiam em sua vida muito finita, e a maioria desejava levantar a saia com apenas algumas palavras gentis dos lábios dele. Ele não devia sentir falta da disponibilidade tola delas e de seu toque mortal. Estava acima disso. Às vezes, contudo, se olhasse para si mesmo muito de perto, para o que ele sabia que era de fato, sentia falta, sim.

A garota chorava, agarrando o braço de Niall, quando a criatura de cabelos negros se aproximou. A garota havia se despido ao entrar na floresta e tinha inúmeros arranhões em sua pele.

– Ela é uma coisinha carinhosa – disse a criatura mágica.

Niall desvencilhou-se dela novamente.

– Ela esteve bebendo, suspeito. Ela não estava tão – ele segurou a mão dela quando ela começou a desatar as calças dele – agressiva na semana passada.

— *De fato.* — *A criatura de cabelo preto deu uma risada.* — *Como animais, não são?*

— *Mortais?* — *Niall se aproximou dele, driblando as mãos ágeis da garota.* — *Eles parecem esconder isso bem à primeira vista... Mas eles mudam.*

A outra criatura gargalhou e pegou a garota em seus braços.

— *Talvez você seja apenas irresistível.*

Niall ajeitou suas roupas agora que a garota havia sido contida. Ela se deixou ficar, sem movimento, no acolhimento da outra criatura mágica, olhando de um para outro como se fosse insensível.

A criatura de cabelo preto observava Niall com um sorrisinho curioso.

— *Sou Irial. Talvez pudéssemos levar essa aqui a um lugar menos* — *ele olhou para a trilha que levava à cidade dos mortais* — *público.* — *O olhar lascivo no rosto de Irial era a coisa mais sedutora que Niall já vira. Ele teve um breve vislumbre de terror em meio a um emaranhado de sentimentos. Em seguida Irial umedeceu os lábios e deu uma risada.* — *Vamos, Niall. Acho que você faria bom proveito de um pouco de companhia, não?*

Mais tarde ele se perguntou por que não achara suspeito que Irial soubesse seu nome. Na época, tudo que Niall podia pensar era que, quanto mais se aproximava de Irial, mais se sentia como se desse de cara com um banquete e percebesse que nunca experimentara nada até aquele momento. Era de uma intensidade que nunca sentira – e ele amou isso.

Nos seis anos seguintes, Irial ficava com Niall durante meses por vez. Quando Irial estava a seu lado, Niall se permitia prazeres libertinos com mais mortais do que achava que poderia se deitar de uma só vez. Mas nunca era o bastante. Não importava quantos dias Niall passava em um borrão dos prazeres da carne, nunca se sentia satisfeito por muito tempo. Havia dias igualmente perturbadores quando eram só eles, jantando comidas exóticas, bebendo vinhos estrangeiros, conhecendo novas terras, ouvindo músicas gloriosas, conversando sobre tudo. Foi perfeito – por um tempo. *Se eu não tivesse ido até a colina dele e visto as mortais que lá estavam sob seu domínio...* Niall não tinha certeza de quem ele odiara mais quando percebeu o tolo que havia sido.

– Faz muito tempo, Gancanagh. – A voz de Gabriel foi uma interrupção quase bem-vinda de suas memórias desprazerosas. O Hound estava na beira da rua, perto o bastante do tráfego para passar de raspão por motoristas descuidados, mas longe o suficiente para estar quase seguro. Ignorando o fluxo dos carros, ele olhou a calçada de cima a baixo. – A sorveira-brava já foi?

– Sim. – Niall deu uma olhada no antebraço da criatura sombria, verificando se havia quaisquer palavras das quais devesse tomar conhecimento, quase esperando que Irial tivesse ordenado que Gabriel fizesse algo que permitisse a Niall atacar.

Gabriel percebeu. Com um sorrisinho perverso, virou os braços para que Niall pudesse ver as partes de dentro.

– Sem mensagens para você. Um dia desses, terei a chance de lhe dar outra cicatriz para combinar com essa aí, mas não será agora.

– Então você continua falando, mas ele nunca te dá permissão. – Niall encolheu os ombros. Não sabia ao certo se o motivo era sua indiferença à presença aterrorizante do Hound ou porque ele se afastara de Irial, mas Gabriel trazia à tona sua dores antigas sempre que tinha oportunidade, e Niall normalmente deixava para lá. Essa noite, contudo, Niall não se sentia muito tolerante, portanto perguntou: – Então você acha que Iri simplesmente gosta mais de mim do que de você, Gabriel?

Por vários dos batimentos cardíacos muito acelerados de Niall, Gabriel se conformou em encará-lo. Depois disse:

– Você é o único que parece não saber essa resposta.

Antes que Niall pudesse responder, Gabriel acertou o punho no rosto de Niall, se virou e foi embora.

Piscando os olhos devido à dor repentina, Niall observou o Hound caminhando rua abaixo e calmamente fechar as mãos em volta das gargantas de duas criaturas da Corte Sombria que aparentemente espreitavam ali perto. Gabriel ergueu os Ly Ergs e os sufocou até que ficassem flácidos. Em seguida os jogou sobre seus ombros e partiu em tal borrão de velocidade que diabretes de poeira despertaram rodopiando em seu rastro.

A violência de Gabriel não era incomum, mas a falta de ordens óbvias na pele do Hound era o bastante para deixar Niall alerta. Era inevitável que a paz parcial que resultara da morte de Beira causasse agitação nas outras cortes. Como Irial havia lidado com isso deveria afetar Niall apenas no que concernia à proteção de sua verdadeira corte – a Corte do Verão –, mas Niall teve um resquício momentâneo de preocupação com o Rei Sombrio, um remorso que ele não tinha intenção de admitir em voz alta.

Leslie ficou agradavelmente surpresa que Aislinn a estivesse esperando no meio-fio, do lado de fora do restaurante, quando seu turno terminou. Elas costumavam se encontrar após o trabalho às vezes, mas tudo mudara ao longo do inverno.

– Onde estão – Leslie se interrompeu, sem querer dizer a coisa errada – todos?

– Seth está no Ninho do Corvo. Keenan está trabalhando em algumas coisas. Não sei onde estão Carla ou Ri. – Aislinn se levantou e esfregou os jeans com as mãos, como se o breve contato com o chão os tivesse sujado. Para alguém que ficava tão à vontade em lugares grunges, que faziam com que a maioria das pessoas se sentisse desconfortável, ela ainda tinha problemas com a higiene.

Aislinn olhou para alguns rapazes que não reconhecia do outro lado da rua. Quando desviou o olhar, um deles lançou um sorrisinho malicioso para Leslie e lambeu os beiços. Por reflexo, Leslie mostrou o dedo – e então ficou tensa enquanto percebia o que havia feito. Ela já deveria saber: ter cautela era mais seguro do que provocar problemas. Ela não era o tipo que mostrava o dedo ou respondia a qualquer um, não agora, não mais.

Ao lado dela, Aislinn terminara sua vistoria da rua. Era sempre cuidadosa, tanto que Leslie se perguntara várias vezes o que Aislinn teria visto ou feito que a fizera tão cautelosa.

Aislinn perguntou:

– Vamos até a fonte?

– Mostre o caminho. – Leslie esperou até que Aislinn começasse a andar. Depois olhou para trás, para se certificar de que o cara a quem mostrara o dedo não decidira atravessar a rua. Ele acenou para ela, mas não a seguiu.

– Então, você conheceu aquele cara hoje? Aquele com quem você estava conversando quando cheguei? – Aislinn enfiou as mãos no enorme casaco de couro que usava. Ela tinha um ótimo casaco, que era realmente seu, mas preferia usar o casaco batido de Seth quando ele não a acompanhava.

– Nunca o tinha visto antes. – Leslie teve um estremecimento com a repentina onda de desejo que a tomou à menção do estranho, e decidiu não contar a Aislinn que ele dissera que voltaria.

– Ele era meio intenso. – Aislinn parou quando elas esperavam para atravessar o cruzamento pouco iluminado na Edgehill.

Os faróis de um ônibus que passava cortaram a escuridão, iluminando formas que por um momento pareceram uma mulher com penas nos cabelos e um grupo de homens musculosos de pele vermelha. A imaginação de Leslie estava ativa demais ultimamente. Mais cedo, tivera a sensação desconcertante de que observava o mundo a partir dos olhos de outra pessoa, que poderia ver coisas que estavam em algum outro lugar.

O ônibus passou, lançando sobre elas uma lufada de ar carregado de fumaça do cano de descarga. Atravessaram para o parque, um pouco mais iluminado. Em um banco na frente da fonte, quatro garotos desconhecidos e duas garotas igualmente estranhas acenaram para Aislinn. Ela ergueu a mão em um tipo de aceno, mas não foi na direção deles.

– Então, ele te chamou para sair ou qualquer coisa assim, ou...

– Ash, por que você está perguntando? – Leslie sentou em um banco vazio e tirou os sapatos. Não importava o quanto ela se alongasse ou o quanto andasse, havia algo em servir mesas que sempre resultava em dor nos pés e nas panturrilhas. Enquanto esfregava suas pernas, lançou um olhar para Aislinn. – Você o conhece?

– Você é minha amiga. Só fico preocupada e... Ele parecia problema, sabe? O tipo de cara que eu não gostaria de ver perto de alguém com quem me importo. – Aislinn se ajeitou para sentar de pernas cruzadas no banco. – Quero que você seja feliz, Les.

– É? – Leslie deu um sorrisinho malicioso para ela, repentinamente calma apesar do turbilhão de emoções que a dominara ao longo da noite. – Eu também. E serei.

– Então aquele cara...

– Estava apenas de passagem pela cidade. Ele falava bonito, queria ser cortejado enquanto pedia a comida, e provavelmente já foi embora. – Leslie se levantou e se alongou, quicando um pouquinho nos calcanhares. – Está tudo bem, Ash. Sem preocupações, certo?

Aislinn sorriu então.

– Que bom. Estamos andando ou vamos sentar? Acabamos de chegar...

– Desculpe. – Leslie pensou em sentar por meio segundo. Então olhou para o céu escuro que engolia a lua. Sentiu que uma maravilhosa onda de urgência a tomava. – Dançar? Andar? Não me importo.

Era como se os meses de medo e preocupação estivessem escapulindo. Ela passou a mão nas costas para sentir sua tatuagem. Era apenas o contorno, mas ainda assim ela já se sentia melhor. Acreditar em algo – e agir para simbolizar essa crença – realmente fez com que se sentisse mais forte. *Símbolos da convicção.* Voltava a ser ela mesma novamente.

– Vamos. – Ela agarrou as mãos de Aislinn e a levantou. Leslie andou de costas até que estivessem a vários passos do banco. Depois se virou. Sentia-se bem, livre. – Você ficou sentada a noite toda enquanto eu trabalhava. Não tem desculpa para ficar parada. Vamos.

Aislinn deu uma risada, soando como a antiga amiga, para variar.

– Para a boate, imagino?

– Até que seus pés doam. – Leslie entrelaçou seu braço ao de Aislinn. – Ligue para Ri e Carla.

Era boa a sensação de ser ela mesma novamente.

Melhor, até.

Capítulo 8

Leslie percorreu o corredor da Bishop O.C., sapatos na mão, tomando cuidado para não balançar o braço e beijar com os saltos um dos sujos armários de metal. Haviam se passado três dias desde que fizera o contorno da tatuagem, mas Leslie não conseguia parar de pensar na energia vertiginosa que sentia. Vinha experimentando estranhos surtos de pânico e euforia, emoções que pareciam inapropriadas, de alguma forma fora de contexto, mas que não eram debilitantes. Era como se ela tivesse tomado emprestado o estado de espírito de outra pessoa. *Estranho, mas bom.* E ela se sentiu mais forte, mais sossegada, mais poderosa. Estava certa de que era uma ilusão, resultado de sua nova confiança em si mesma, mas ainda assim gostava disso.

A parte da qual não gostava era das brigas que parecia notar – ou que elas não a assustavam. Em vez disso, se pegou sonhando acordada com o cliente do Verlaine. Embora ele nunca tivesse dito, seu nome era quase claro quando Leslie pensava nele. *Por que eu sei...?* Ela afastou o pensamento dessa questão e se apressou para abrir a porta do almoxarifado.

Rianne gesticulava impacientemente.

– *Venha*, Les.

Quando Leslie entrou na sala, Rianne fechou a porta com um *clique* silencioso.

Leslie olhou em volta, procurando um lugar para sentar. Acomodou-se sobre uma pilha de colchonetes para ginástica.

– Onde estão Carla e Ash?

Rianne encolheu os ombros.

– Estão ocupadas sendo responsáveis?

Leslie suspeitou que estaria fazendo o mesmo, mas quando Rianne a vira naquela manhã no corredor, balbuciara "almoxarifado". Apesar de todo seu desequilíbrio, Rianne era uma boa amiga, então Leslie matou o primeiro tempo de aula.

– O que houve?

– Mamãe achou minha maconha escondida. – Os olhos exageradamente maquiados de Rianne se encheram de lágrimas. – Não achei que ela viesse para casa e...

– Ela ficou muito brava?

– Muito. Tenho que voltar àquele orientador. E – Rianne desviou o olhar –, me desculpe.

Leslie sentiu como se um peso pressionasse seu peito quando perguntou:

– Pelo quê?

– Ela acha que veio de Ren. Que consegui com ele, então não posso... Você não deve me ligar ou ir à minha casa por um tempo. Eu não sabia o que dizer. Fiquei passada. – Rianne segurou a mão de Leslie. – Vou falar com ela. É só... ela está realmente...

– Não. – Leslie sabia que fora rude, mas, de fato, não estava surpresa. Rianne nunca fora boa em lidar com confrontos. – Não veio dele, não é? Você sabe que tem que ficar longe de Ren.

– Sei. – Rianne se acanhou.

Leslie sacudiu a cabeça.

– Ele é um desgraçado!

– Leslie!

– Shhh. É sério. Não estou chateada com você por deixar que sua mãe pense qualquer coisa. Só fique longe de Ren e dos amigos deles. – Leslie sentiu-se mal com o mero pensamento de sua amiga sendo influenciada por Ren.

– Você está chateada comigo? – A voz de Rianne vacilou.

– Não. – Leslie estava surpresa com isso, mas era verdade. A lógica dizia que fazia sentido ficar com raiva, mas ela se sentiu quase em paz. Estava no limiar da raiva, como se ela estivesse prestes a se irritar, mas não o bastante para chegar lá. Cada emoção nos últimos três dias flutuara antes de se intensificar.

Ela teve o pensamento irracional de que suas emoções fossem sossegar quando sua tatuagem estivesse terminada – ou talvez fosse só porque ela ansiava por isso, aquela sensação capaz de derreter os ossos que sentira quando as agulhas da máquina de tatuar tocaram sua pele. Forçou-se a não pensar mais naquilo e se concentrou em Rianne.

– Não é culpa sua, Ri.

– É, sim.

– Tá bom, *é*, mas não estou zangada. – Leslie deu um rápido abraço em Rianne e em seguida a afastou para poder olhá-la nos olhos. – Mas *vou ficar* se você chegar perto de Ren. Ele tem estado com uns verdadeiros babacas ultimamente.

– Então como você está segura?

Leslie ignorou a pergunta e se levantou. De repente, precisava de ar, precisava estar em algum outro lugar. Deu a Rianne o que esperava que fosse um sorriso convincente e disse:

– Preciso ir.

– Tudo bem. Vejo você no quarto tempo. – Rianne empurrou os colchonetes, tentando deixá-los em uma pilha arrumada.

– Não. Eu vou me mandar.

Rianne parou.

– Você *está* chateada.

– Não. É sério. Eu só... – Leslie sacudiu a cabeça, sem ter certeza se podia ou *queria* explicar os estranhos sentimentos que a compeliam. – Quero andar. Pode ir. Eu só... não sei ao certo.

– Quer companhia? Posso matar aula com você. – Rianne abriu um grande sorriso. – Posso ver onde estão Ash e Carla e encontramos você no...

– Hoje não. – Leslie sentia um ímpeto cada vez maior de fugir, vagar sem destino, desaparecer.

Os olhos de Rianne se encheram de lágrimas de novo.

Leslie suspirou.

– Querida, não é você. Só preciso de ar. Acho que estou trabalhando demais ou algo assim.

– Você quer conversar? Posso te ouvir. – Rianne enxugou os rastros de rímel embaixo de seus olhos, o que fez com que piorassem.

– Fique quieta. – Com a ponta da manga, Leslie esfregou as manchas pretas e disse: – Só preciso deixar isso para trás. Clarear as ideias. Pensar sobre Ren... Eu me preocupo.

– Com ele? Eu podia falar com ele. Talvez seu pai...

– Não. Estou falando sério: o Ren mudou. Fique longe dele. – Leslie forçou um sorriso para disfarçar a aflição em suas palavras. A conversa estava se aproximando muito de tópicos que a desagradavam. – Falo com você mais tarde, ou amanhã, tá bom?

Sem parecer nem um pouco feliz com isso, Rianne assentiu, e elas retornaram sorrateiramente ao corredor.

Ao deixar a Bishop O.C., Leslie não sabia ao certo aonde estava indo até se perceber na frente do guichê da estação de trem.

– Preciso de uma passagem para Pittsburgh agora mesmo.

O homem atrás do balcão murmurou algo ininteligível quando ela deslizou o dinheiro até ele. *Dinheiro para emergências. Dinheiro para as contas.* Normalmente ela hesitava em gastar seu dinheiro em uma viagem de algumas horas para ver um museu, mas naquele momento precisava estar um algum lugar bonito, ver algo que fizesse com que o mundo parecesse estar bem de novo.

Atrás dela, vários garotos começaram a se empurrar. As pessoas ao redor deles foram se aproximando, pressionando uma à outra.

– Senhorita, precisa sair daí. – O homem lançou um olhar para o que havia atrás dela ao deslizar seu tíquete.

Ela assentiu e se afastou do tumulto. Por um breve momento, sentiu como se uma onda de sombras arrebentasse sobre ela, *dentro* dela. Ela cambaleou. *Só medo.* Tentou acreditar nisso, dizer a si mesma que estava com medo, mas não era verdade.

A ida a Pittsburgh e a volta pela cidade foram de fato um borrão. Coisas estranhas captavam seu olhar. Vários casais – ou desconhecidos uns para os outros, pela aparência dos estilos de roupas bem destoantes em um dos casos – eram íntimos de maneira constrangedora no trem. Um garoto bonito com o braço completamente tatuado deixara cair um punhado de folhas ou pedaços de papel ao passar, mas por um momento bizarro Leslie pensou que fossem as tatuagens soltando flocos da pele dele para rodopiarem na brisa. Era surreal. Leslie ficou pensando brevemente na estranheza de tudo aquilo, mas sua mente se recusou a se concentrar no assunto. Parecia *errado* questionar as coisas incomuns que vinha sentindo e vendo. Quando tentou, uma espécie de pressão vinda de dentro de sua pele a forçou a pensar em alguma coisa, *qualquer* outra.

E depois entrou no Carnegie Museum of Art, e tudo pareceu bem de novo. As estranhezas e perguntas foram desaparecendo. O mundo em si foi desaparecendo enquanto Leslie vagava, sem rumo certo, por entre as colunas, pelo chão liso, para cima e para baixo das escadas. *Inspire.*

Finalmente a necessidade de fugir se apaziguou completamente e ela diminuiu o ritmo. Deixou que seu olhar passeasse pelas pinturas até chegar em uma que a fez parar. Ficou em silêncio na frente dela. *Van Gogh. Van Gogh é bom.*

Uma mulher mais velha percorria a galeria. Os sapatos dela estalavam em um ritmo constante à medida que ela se movia, determinada mas sem pressa. Vários estudantes de arte estavam sentados com seus cadernos de desenho abertos, sem prestar atenção a mais nada ao redor deles, tomados pela beleza do que viam nas paredes da galeria. Para Leslie, estar no museu era sempre como estar em uma igreja, como se houvesse algo sagrado até mesmo no ar. Hoje essa sensação era exatamente do que ela precisava.

Leslie ficou de frente para a pintura, olhando atentamente os campos verdejantes que se estendiam, limpos, belos e abertos. *Paz.* Era o que a pintura transmitia, um pouco de paz congelada no espaço.

— A gente sente uma tranquilidade, não sente?

Ela se virou, surpresa por qualquer um poder se aproximar com tanta facilidade. Sua costumeira vigilância constante estava ausente. Niall estava de pé ao seu lado, olhando para a pintura. Sua camisa de botão estava aberta e solta sobre a cintura de jeans largos; as mangas estavam dobradas, dando a Leslie um vislumbre dos antebraços bronzeados.

— O que *você* está fazendo aqui? – perguntou Leslie.

— Encontrando você, parece. – Ele deu uma olhada para trás, onde uma garota ágil com videiras pintadas em sua pele fitava-os. – Não que eu esteja reclamando, mas você não deveria estar na escola com Aislinn?

Leslie olhou para a garota-videira, que continuava a observá-los abertamente, e ficou pensando se era uma peça viva de arte. Mas então percebeu que devia ter sido iluminação ruim ou sombras: a garota não tinha nada pintado em sua pele. Leslie sacudiu a cabeça e disse a Niall:

— Eu precisava de ar. Arte. Espaço.

— Estou no seu espaço? – disse ele ao dar um passo para trás. – Pensei que poderia dizer um olá, já que nunca parecemos ter uma oportunidade de conversar... não que devêssemos. Você pode ir. Eu posso ir se você tiver coisas...

— Anda comigo? – Ela não desviou o olhar, apesar do ar satisfeito demais no semblante dele. Em vez de ficar nervosa, sentiu-se surpreendentemente confiante.

Ele fez um gesto para que ela o guiasse, de um modo mais cavalheiresco do que ela achava normal. Não era muito evidente, mas ele parecia tenso ao olhar em volta da galeria.

Em seguida, Niall olhou novamente para ela. Não falou nada, mas havia uma tensão estranha no jeito como ele se mantinha afastado dela. Ele levantava e baixava a mão direita como se não soubesse o que fazer com ela. Os dedos da sua mão esquerda estavam enrolados firmemente juntos; o braço dele estava preso, sem movimento, contra seu corpo.

Ela descansou a mão no braço dele e disse:

— Estou feliz por você estar de fato aqui em vez de estar com Keenan, para variar.

Niall não falou, não respondeu. Em vez disso, desviou o olhar.

Ele está preocupado.

Inexplicavelmente, ela pensou no estranho cliente do Verlaine, podia quase imaginá-lo suspirando enquanto ela inspirava o medo de Niall.

Inspirar o medo?

Ela sacudiu a cabeça e tentou pensar em algo, *qualquer coisa*, para dizer a Niall — e para evitar pensar sobre o fato de que o medo dele era um pouco excitante. Ela só permaneceu ao lado dele e deixou que o silêncio crescesse até se tornar desconfortavelmente óbvio. A sensação era a de que os outros frequentadores do museu os observavam atentamente, mas toda vez que ela lançava um olhar na direção deles, sua visão captava contornos, como se um filtro deslizasse em seus olhos e distorcesse o que ela via. Olhou fixamente para a pintura, enxergando apenas borrões de cores e formas.

— Você alguma vez já se perguntou se o que você vê é o mesmo que os outros estão vendo?

Ele ficou ainda mais quieto ao lado dela.

— Às vezes tenho certeza de que não é a mesma coisa... mas não é tão ruim, é? Ver o mundo de um jeito diferente?

— Talvez. — Ela lançou um olhar sobre ele, sua postura nervosa, e quis tocá-lo; para assustá-lo ou acalmá-lo, ainda não sabia bem qual das opções.

– Visão criativa cria arte – ele fez um gesto ao redor da galeria – que mostra um novo ângulo ao restante do mundo. É uma coisa muito bonita.

– Ou algum tipo de maluquice – disse ela. Queria contar a alguém que não estava vendo nem sentindo as coisas direito. Queria pedir a alguém que lhe dissesse que ela não estava enlouquecendo, mas pedir esse tipo de apoio a um estranho estava longe de ser reconfortante, mesmo com os sentimentos distorcidos.

Ela cruzou os braços sobre o peito e se afastou, cuidadosamente, sem olhar para as pessoas que a observavam ou para Niall, que a seguia com uma expressão de dor em seu rosto. Nos últimos dias as pessoas pareciam se comportar de maneira estranha – ou talvez ela apenas estivesse começando a prestar atenção no mundo novamente. Talvez fosse um despertar da depressão contra a qual vinha lutando. Queria acreditar nisso, mas suspeitava que estivesse mentindo para si mesma: o mundo à sua volta se tornara desordenado, e ela não estava inteiramente certa de que queria saber o porquê.

Capítulo 9

Com uma prudência que parecia sem sentido em um museu, Niall observou os seres encantados que os observavam. Garotas do Verão cobertas por videiras usavam feitiços para parecerem mortais. Uma das Irmãs Scrimshaw deslizou invisível pela sala, examinando a boca dos mortais quando eles falavam. Outra criatura, cujo corpo não era nada mais do que fumaça flutuante, passou vagando, arrancando traços invisíveis do ar e os trazendo até sua boca, experimentando o hálito dos mortais, alimentando a si mesmo com notas de café ou doces que expiravam. Nenhum testava os limites dos outros. Esse era um lugar onde as criaturas tomavam cuidado com o que faziam, independente de a qual corte pertenciam ou de conflitos pessoais. Era campo neutro, local seguro.

E Niall se aproveitava dessa segurança para quebrar as regras de sua corte. Aparecera para Leslie, conversara com ela por sua própria vontade. Não tinha justificativa para isso. Era uma compulsão irresistível estar perto dela, pior do que sentira no Verlaine. Ele desobedecera à sua rainha – não uma ordem direta, mas sua intenção óbvia. Se Keenan não intercedesse por ele junto a Aislinn, as consequências seriam severas.

Posso explicar isso... essa... o quê? Não havia nada que ele pudesse dizer que fosse verdade. Simplesmente vira Leslie, observara seus devaneios cegos e se revelara para ela – despira seu feitiço bem ali, na galeria, onde qualquer mortal poderia ter visto, onde muitos seres encantados viram.

Por que agora?

O impulso de ir até ela, de se revelar, era como uma ordem que ele simplesmente não podia desobedecer – nem, verdade seja dita, queria. Mas ele já devia saber. Até hoje tinha passado bem sem se aproximar dela, mas isso não reduzia o número embaraçoso de testemunhas de suas ações. Deveria se desculpar, retroceder antes que cruzasse linhas que pudessem resultar na ira de sua rainha. Em vez disso, finalmente perguntou:

– Você viu a exposição temporária?

– Ainda não. – Ela manteve uma certa distância agora, depois do silêncio longo demais.

– Tem uma exposição dos pré-rafaelitas que eu queria ver. Você se importaria de me acompanhar? – Ele criara o hábito de ver todas as pinturas pré-rafaelitas que podia. A atual rainha da Alta Corte, Sorcha, fora extremamente aficionada por eles e emprestara sua predileção a várias daquelas telas: Burne-Jones quase lhe fizera justiça em *As escadas douradas*. Ele pensou em contar a Leslie, e então parou. Ela podia vê-lo. Ele não devia estar nem sequer falando, sobre nada.

Niall se afastou.

– Você provavelmente não está interessada, eu posso...

– Não, estou sim. Não sei quem são os pré-rafaelitas. Eu meio que fico andando e olho as pinturas. Não é... Não sei muito sobre a história da arte, só o que – ela corou um pouco – mexe comigo.

– É tudo que você precisa saber, não é? Eu me lembro do termo, em parte, porque sei que a arte deles mexe comigo. – Ele pôs a mão delicadamente na pequena mão dela, permitindo-se se esticar e tocá-la. – Vamos?

– Claro. – Ela foi para a frente, longe do alcance, longe da mão dele. – Então, quem são esses pré-rafaelitas?

Isso era algo que ele podia responder.

– Eles eram artistas que decidiram desobedecer às regras da academia de arte à qual estavam ligados, para criar uma nova arte com seus próprios padrões.

– Rebeldes, hum? – Então ela deu uma risada, de repente sentindo-se relaxada e livre sem nenhuma razão aparente. E as lindas pinturas e os pilares fabulosamente esculpidos eram menos deslumbrantes se comparados a ela.

– Rebeldes que mudaram o mundo por acreditarem que podiam. – Ele conduziu Leslie em meio a um grupo de Garotas do Verão invisíveis para ela, que sussurravam e apontavam para ele fazendo bico. – Fé é uma coisa poderosa. Se você acredita que pode... – Ele parou quando as criaturas se reuniam mais perto deles.

Keenan não vai ficar feliz.

Mortais não, Niall. Você sabe bem.

A não ser que Keenan tenha concordado em relação a essa...

Ela é amiga de Aislinn.

Niall! Deixe ela em paz. Essa última mensagem foi entregue com um ultraje quase maternal.

– Niall? – Leslie estava olhando fixamente para ele.

– O quê?

– Você parou de falar... Gosto da sua voz. Me conta mais alguma coisa? – Ela não era atrevida assim, não durante os meses que ele a observara, não até alguns momentos atrás. – Os artistas?

– É. Eles não seguiram as regras. Criaram as suas próprias. – Ele se recusou a olhar para as criaturas que os observavam e pronunciavam seus alertas. Em suas vozes, raiva e medo, e embora ele soubesse bem disso, estava excitado com a situação. – Às vezes as regras devem ser desafiadas.

– Ou quebradas? – A respiração de Leslie estava irregular. Seu sorriso era perigoso.

– Às vezes.

De maneira alguma quebrar as regras poderia significar para ela o mesmo que para ele, mas ele não estava de fato transgredindo. Estava apenas forçando um pouco os limites. Ofereceu seu braço a Leslie quando andavam em direção à próxima galeria. A mão dela estava trêmula ao pousar na curva do seu braço. *Meu rei me enviou para cuidar dela. Ele sabe que posso fazer isso. Posso ser cuidadoso, agir conforme as regras.*

Vai ficar tudo bem. Na maioria das vezes era Niall o designado por Keenan para proteger Leslie. Apesar das perigosas consequências da exposição de mortais aos abraços de Niall, Keenan confiava nele. Eles não haviam conversado sobre como mortais se perdiam depois de passarem muito tempo com Niall; não discutiram quantos mortais ele destruíra sob a influência de Irial. Tudo que Keenan dissera foi:

– Eu confio que você fará o que deve ser feito.

Niall planejara manter Leslie a salvo da corrupção do seu afeto. *E vou.* Mas hoje, todas as boas intenções de Niall se esvaíram quando ele a viu tão adorável e sozinha. Depois de hoje, ele voltaria a observá-la na invisibilidade.

Eu consigo fazer isso: andar com ela, conversar e ser ouvido. Apenas essa única conversa.

Ele se manteria distante: não havia mal nisso. Não era como dizer a ela o que ele era, ou quantas vezes ele a acompanhava sem que ela soubesse. Ele podia andar próximo a ela sem beijá-la.

– Quer comer um sanduíche antes de irmos à exposição? – perguntou Leslie.

– Um sanduíche... posso fazer isso. Sim.

Ainda estou dentro das regras. Comer com ela não é perigoso. Seria se oferecesse a ela comida mágica, mas era alimento mortal, preparado e entregue por mãos mortais. *Seguro.*

A mão dela apertou mais o braço dele, tocando-o, se apegando a ele. Ela murmurou:

– Estou realmente feliz por ter encontrado você.

– Eu também. – Ele tirou o braço, contudo. Podia ser um amigo, talvez, mas qualquer coisa além disso era proibido. *Ela* era proibida.

E ainda mais tentador por isso.

Após algumas horas muito curtas, Niall pediu perdão e se despediu, desconfortavelmente grato quando a guarda da noite de Leslie chegou adiantada. O tempo com ela era doloroso – lindo mas doloroso em seu vazio –, lembrando a ele do que não podia possuir.

Ao deixar o museu, encontrou criaturas mágicas gravemente feridas, tudo menos insensíveis devido a alguma droga que acharam nas casas de Irial. Não era surpreendente ver tais coisas tão próximas aos atuais refúgios favoritos de Irial, mas não eram somente as criaturas que estremeciam com as marcas e manchas do machucados encantados. Mortais – muito mais mortais do que seria aconselhável – passavam com cores feias das feridas em processo de cura em sua pele. Os mortais provavelmente não as reconheciam como marcas de mão de algo com presas no lugar dos dedos, mas Niall vira a verdadeira forma das feridas.

Por quê?

Criaturas do inverno passaram por ele com olhares inquietos. Seres encantados solitários se amontoaram em pequenos grupos quando ele se aproximou. Até mesmo os implacáveis cavalos-do-lago nas fontes da cidade o observavam com apreensão. Uma vez ele já fora merecedor de tal suspeita, mas se desligara da Corte Sombria. Escolhera se recriar, compensar o que fizera.

Mas a visão dos mortais feridos e dos seres encantados ansiosos fez com que os pensamentos de Niall retornassem a memórias que era melhor esquecer: *a perplexidade nos olhos vidrados quando uma garota de cabelos vermelhos caiu em seus braços, exausta pelo excesso de horas nas mãos dele; a risada satisfeita de Irial quando a mesa ruiu sob as garotas que dançavam; o prazer de Gabriel em aterrorizar as pessoas de outra cidade enquanto Irial servia mais drinques; vinhos estranhos e novas ervas em suas refeições; dançar com alucinações; objeções de mortais retiradas de seus braços...* E ele festejara tudo aquilo.

Quando Niall chegou a Huntsdale e foi para a cobertura da Corte do Verão, sua depressão estava muito evidente para que se juntasse à comemoração. Em vez disso, postou-se junto à larga janela na sala da frente e ficou olhando para os anéis de grama amarronzados no parque do outro lado da rua. Lá eles celebraram o renascimento da Corte do Verão, comemorando o novo – embora difícil – acordo com a Corte do Inverno. O verão chegara cedo demais esse ano – um presente da Rainha do Inverno, uma oferta de paz ou símbolo de afeição, talvez. Não importava. Era lindo. Deveria acalmá-lo, mas não foi o que aconteceu.

Ele suspirou. Teria que mencionar o estado das folhagens para Keenan. *Pense em deveres. Pense em responsabilidades.* Passara toda uma vida corrigindo o que fizera. Qualquer que fosse a aberração que estivesse fazendo com que se sentisse tão distante nos últimos dias, eventualmente passaria.

Niall descansou a testa em uma das altas vidraças no salão principal. Do outro lado da rua, criaturas dançavam no parque. E como sempre as Garotas do Verão giravam em torno delas, daquele jeito delas de se lançarem para a frente e para trás como dervixes, arrastando videiras e saias. Os guardas de Keenan que estavam em serviço as observavam, mantendo todas em segurança, e os que estavam de folga dançavam com elas, mantendo-as entretidas.

Essa deve ser a imagem da paz.

Era por isso que Niall lutara, o que perseguira por séculos, mas lá estava, sozinho no *loft* – um espectador silencioso. Sentiu-se distante, desconectado de sua corte, seu rei, as Garotas do Verão, todos, menos de uma garota mortal. Se ele pudesse convidar Leslie para a dança, girar em meio aos festejos com ela em suas mãos, estaria lá.

Mas o último Rei do Verão deixara claros os termos para aceitar a lealdade de Niall. *Sem mortais, Niall. É esse o preço de estar em minha corte.* Não era tão horrível. Mortais ainda eram tentadoras, mas entre suas memórias e seu juramento, Niall aprendera a resistir. Ele não as desejara para dançar – em festejos ou em sua cama – e havia sido o bastante.

Até ela. Até Leslie.

Capítulo 10

No final da semana, Leslie estava mais exausta do que o normal. Pegara turnos extras para poder arcar com as compras de casa e ainda ter dinheiro para o restante de sua tatuagem. Ela escondera aquela gorjeta absurda, não muito certa se a usaria. Se aquilo *fosse* uma gorjeta, teria uma boa quantia para arrumar um lugar mais tarde, o suficiente para começar com suas próprias pernas, conseguir alguma mobília básica. *Motivo pelo qual isso não é uma gorjeta. Esse tanto de dinheiro não vem de graça.* Por agora, continuaria fazendo o mesmo que antes – ganhando seu próprio dinheiro, pagando do seu próprio jeito. *O que significa não ter dinheiro nenhum.* Ela sabia que Rabbit a deixaria pagar depois, mas isso significava admitir que ela precisava de crédito, e ela não curtia esse plano mais do que o outro.

Mas é melhor estar cansada do que me vender.

Mas "cansada" envolvia esquecer o controle sobre suas palavras. Sua malícia escapuliu após a escola, quando ela e Aislinn esperavam que Rianne terminasse seu encontro com o orientador. Aparentemente, um orientador particular não era intervenção suficiente; a mãe de Rianne notificara também a escola, e a Irmã Isabel emboscara Rianne no fim da última aula.

Aislinn observava a rua. Cruzara seus braços, uma das mãos descansando sobre a espessa faixa dourada em seu braço. Leslie a vira quando mudaram para educação física. Agora ela estava escondida sob a blusa de Aislinn. *O que ela está fazendo para receber todos esses enfeites?* Leslie não achava que Aislinn fosse tola o bastante para se vender, mas ultimamente parecia que a riqueza de Keenan estava nas mãos de Aislinn.

Sem pensar melhor a respeito, Leslie disse:

– Então, o brinquedinho masculino que você está procurando é o reserva ou o titular?

Aislinn a encarou.

– O quê?

– É a vez de Keenan ou de Seth te levar em casa?

– Não é bem assim – disse Aislinn. Por um breve momento, parecia que o ar em volta dela bruxuleou, como calor brotando do chão.

Leslie esfregou os olhos e se aproximou.

– Preferia acreditar que fosse assim e que você está se deixando usar por Keenan por causa do dinheiro dele. – Ela apertou o braço de Aislinn no local onde estava o bracelete. – As pessoas percebem. Elas comentam. Sei que Seth não gosta de mim, mas ele é um cara legal. Não estrague tudo com ele por causa do louro e seu dinheiro, tá?

– Meu Deus, Les, por que tudo tem que girar sempre em torno de sexo? Só porque você desistiu tão facilmente. – Aislinn se interrompeu, parecendo envergonhada. Mordeu o lábio. – Me desculpe, isso não era o que eu queria dizer.

— E quis dizer o quê? — Leslie era amiga de Aislinn quase desde o momento em que se conheceram, mas *ser amiga* não significava contar tudo a Aislinn, não mais. Elas eram muito próximas *antes*, mas esses dias Leslie precisava de limites. Não sabia como começar a conversa que deveriam ter tido há meses agora. *Ei, Ash, você tem o folheto de literatura? Aliás, fui estuprada e tenho esses pesadelos infernais.* Ela estava se contendo, planejando se mudar, para recomeçar a vida, e quando imaginou tentar conversar sobre isso, sobre o estupro, sentiu como se algo a estivesse rasgando por dentro. Seu peito doeu. Seu estômago se embrulhou. Seus olhos queimaram. *Não. Não estou pronta para conversar.*

— Desculpe — repetia Aislinn, apertando o braço de Leslie com a mão quente, quase desconfortável.

— Está tudo bem. — Leslie forçou seus lábios a sorrirem e desejou que essas emoções desaparecessem. Um estado de entorpecimento parecia incrivelmente atraente. — O que estou dizendo é que você tem uma coisa legal com Seth. Não deixe que Keenan estrague tudo.

— Seth entende por que passo tanto tempo com Keenan. — Aislinn mordeu novamente seu lábio e voltou a olhar para a rua. — Mas não é o que você está pensando. Keenan é um amigo, um amigo importante. Só isso.

Leslie assentiu, odiando que elas não pudessem realmente conversar sobre a vida uma da outra, odiando que mesmo suas amizades mais próximas estivessem tomadas por meias-verdades. *Ela me olharia com piedade?* A ideia de ver tal coisa nos olhos de Aislinn era terrível. *Eu sobrevivi. Eu* estou *sobrevivendo.* Então ela ficou lá, esperando com Aislinn, e mudou para um assunto em que ambas podiam ser honestas.

— Eu te contei? Estou finalmente fazendo minha tatuagem. Já fiz o contorno. Mais uma sessão, *amanhã*, e acaba.

Aislinn pareceu algo entre aliviada e desapontada.
– O que você escolheu?
Leslie contou a ela. Era fácil lembrar: podia ver os olhos encarando-a, podia visualizá-los sem esforço. Quanto mais pensava em sua arte, menos tensa se sentia.

Quando Seth caminhou vagarosamente pela rua para encontrar Aislinn – parecendo um anúncio ambulante do quanto piercings faciais podiam ser atraentes –, Leslie e Aislinn estavam tendo uma conversa agradável sobre tatuagens.

Seth passou um braço em volta dos ombros de Aislinn e deu a Leslie um olhar curioso. Uma sobrancelha – com piercing – erguida, perguntou:
– Você fez uma tatuagem? Vamos ver!
– Não está pronta. – Leslie mal era capaz de conter o estremecimento de prazer com a ideia de finalizar a tatuagem, mas a ideia de mostrá-la a qualquer um, surpreendentemente não a agradava. – Te mostro daqui a uns dias.
– Rabbit deve ter ficado satisfeito. Pele virgem, não é? – Seth deu um sorriso distante e começou a andar, movendo-se naqueles passos largos descansados que pareciam ser a única velocidade em que ele conseguia fazer qualquer coisa.
– Era. Fiz o contorno na semana passada. – Leslie se moveu mais rápido para alcançar Seth e Aislinn, que mantinha o ritmo de Seth sem parar, parecendo tão distraída quanto ele. Eles tinham uma sincronia que vinha de realmente serem feitos um para o outro. *É assim que deve ser: relaxado, bom.* Leslie queria acreditar que algum dia a vida seria assim para ela também.

Aislinn segurou a mão de Seth e conduziu os dois em meio às pessoas que passavam na rua. Enquanto andavam, Seth falava um pouco sobre as tatuagens de amigos, sobre os estúdios em Pittsburgh, onde Rabbit trabalhava como artista convidado às vezes. Era uma das conversas mais agradáveis que Leslie já tivera com ele. Até recentemente, ele era conciso com ela, que nunca perguntara o motivo, mas suspeitava que tivesse algo a ver com Ren. Seth não era muito tolerante com traficantes.

Culpada por associação. Ela não podia culpar Seth, de fato: Aislinn era muito meiga para ser exposta às companhias de Ren. Se Seth achava que a amizade com Leslie colocava Aislinn em perigo, teria motivo para desaprovar. Ela afastou esse pensamento, curtindo o bate-papo com Aislinn e Seth.

Eles haviam andado apenas duas quadras quando Keenan e Niall saíram de uma porta. Leslie ficou se perguntando como eles poderiam saber que Aislinn estava passando por ali naquele momento, mas o silêncio constrangedor que veio com a chegada de Keenan fez com que perguntas parecessem uma ideia não muito sábia.

Seth ficou tenso quando Keenan estendeu a mão para Aislinn e disse:

– Nós precisamos ir. Agora.

Niall chegou para o lado, observando a rua. Exceto por um "oi" seco direcionado a Seth, Keenan se comportou como se ele e Aislinn fossem as duas únicas pessoas ali. Não olhou para mais ninguém ou para nada além de Aislinn, e o jeito como a olhou era muito parecido com o que Seth a olhava: como se Aislinn fosse a pessoa mais fantástica que já conhecera.

– Aislinn? – Keenan fez um gesto estranhamente elegante com sua mão, como se indicasse a Aislinn que andasse na frente dele.

Aislinn não respondeu ou se mexeu. Depois Seth a beijou brevemente e disse:

– Pode ir. Te vejo à noite.

– Mas Niall... – Aislinn franziu o cenho ao olhar de Niall para Leslie.

– Há um hóspede na cidade. Precisamos achá-lo... – Keenan tirou seu cabelo do rosto, a elegância indo embora tão rápido quanto aparecera. – Deveríamos ter ido há horas, Aislinn, mas você tinha suas aulas.

Aislinn mordeu o lábio e olhou para os outros. Em seguida gaguejou:

– Mas Niall... e Leslie... e... não posso simplesmente *abandoná-los* aqui, Keenan. Não é... justo.

Keenan se virou para Seth.

– Você pode ficar com a Leslie e o Niall, não pode?

– Planejava fazer isso. Eu cuido disso, Ash. Apenas vá com o Solzinho – Seth parou de falar e deu um sorrisinho amigável a Keenan que pareceu meio em desacordo com a situação – e te vejo hoje à noite. Estamos bem. – Ele passou uma mecha do cabelo dela atrás de sua orelha, a palma de sua mão repousando na bochecha de Aislinn, os dedos na orelha dela. – Vai dar tudo certo. Leslie vai ficar bem. Pode ir.

Quando Seth deu um passo atrás, Keenan assentiu para ele e pegou a mão de Aislinn. Seja lá o que estivesse rolando entre esses três, decididamente era mais estranho do que Leslie queria saber, e a observação atenta de Niall da rua estava começando a enfurecê-la. Ele nem tomara conhecimento da presença dela. Os poucos momentos de amizade fácil com Aislinn e Seth não significavam que ela queria se envolver em qualquer que fosse o drama que acontecesse entre eles.

– Vou nessa, Ash. Te vejo na esco...

Aislinn pôs a mão no pulso de Leslie.

– Você poderia ficar com o Seth? Por favor?

— Por quê? — Leslie olhou de Seth para Aislinn repetidas vezes. — Seth está meio velho para precisar de babá.

Mas Niall se virou para ela, o movimento chamando a atenção de Leslie para a cicatriz dele. Leslie ficou paralisada, presa entre querer olhar e não querer olhar.

Niall disse:

— Imagino que você poderia ficar com a gente um pouco?

Leslie se virou para olhar diretamente para Aislinn; havia mensagens o suficiente para que ficasse longe, mas tudo o que Aislinn fez foi olhar para Keenan. E ele sorriu dando sua aprovação para eles. *Talvez ele seja o motivo pelo qual Ash quis que Niall ficasse longe de mim.* Leslie estremeceu quando se sentiu subitamente tomada por medo. Keenan podia ser amigo de Aislinn, mas algo nele a deixava desconfortável, hoje ainda mais.

— Por favor, Les, você poderia? Como um favor? — pediu Aislinn.

Ela está apavorada.

— Claro — disse Leslie, enquanto uma onda de vertigem a percorria, como se algo em seu âmago estivesse sendo esticado e puxado. A força disso fez com ela não conseguisse se mexer, tão desequilibrada que pensou que fosse ficar enjoada se tentasse. Começou a catalogar tudo o que bebera ou comera ou que tocara seus lábios de alguma forma. *Nada incomum.* Permaneceu imóvel, se concentrando em respirar até sentir que o quer que fosse aquela sensação estava passando.

Ninguém mais se moveu. Eles não pareceram sequer notar.

Seth disse:

— Estamos bem. Pode ir, Ash.

Em seguida Aislinn e Keenan entraram em um grande Thunderbird prateado que estava estacionado no meio-fio e foram embora, deixando Leslie plantada lá com Niall e Seth. Niall se escorou na parede, sem olhar para ela ou para Seth, apenas esperando... *alguma coisa*.

Leslie trocava de um pé para outro, observando um grupo de skatistas. Eles aproveitavam o lado da rua com menos tráfego e faziam *tail slides* no meio-fio – apesar de terem outros lugares para ir, estavam satisfeitos naquele local. Era sedutora aquela noção de paz. Às vezes Leslie sentia como se estivesse perseguindo isso – no estúdio de Rabbit, nas festas de amigos. Só precisava do momento certo para alcançar.

Seth começou a andar, e Niall se desencostou da parede, observando Leslie com uma expressão de desejo. Algo estava diferente, selvagem. Ele deu uns passos para perto dela, lentamente, e Leslie tinha certeza de que aquela cautela era para evitar que ela saísse correndo.

– Niall – Seth parou e chamou –, Ninho do Corvo?

– Preferia ir para a boate. – Niall nem sequer olhou na direção de Seth. Em vez disso, observou Leslie com um olhar pensativo, como se a estivesse estudando. Ela gostou daquilo mais do que deveria.

– Preciso sair daqui – disse Leslie. Não esperou por uma resposta: simplesmente se virou e foi andando.

Mas Niall estava na frente dela antes que ela tivesse dado uma meia dúzia de passos.

– Por favor. Eu realmente gostaria que você nos acompanhasse.

– Por quê?

– Gosto de ficar perto de você.

E ela se sentiu tomada pela confiança que a vinha preenchendo em momentos passageiros desde que fizera a tatuagem.

– Vem comigo? – propôs Niall.

Ela não queria ir embora. Estava cansada de fugir toda vez que sentia medo. Aquela garota medrosa não era a pessoa que era antes; não era quem ela queria ser. Deixou que o medo se fosse, mas não respondeu.

Ele ficou olhando-a nos olhos ao abaixar a cabeça na direção dela. Porém, não a beijou – só se inclinou como se fosse e pediu:

– Você me permite tomá-la em meus braços... para uma dança, Leslie?

Ela estremeceu, a confiança se espiralando com uma onda de desejo pela paz de que ela quase podia sentir o gosto, a paz que, de um momento para o outro, tinha certeza que sentiria se escorregasse nos braços de Niall. Ela assentiu.

– Sim.

Capítulo 11

Niall já devia saber. Não podia se permitir ficar tão perto da tentação. Deveria manter a mortal da rainha em segurança enquanto Keenan e Aislinn procuravam o Rei Sombrio. Proteger Seth era fácil: o mortal era a coisa mais próxima de um irmão que Niall já tivera. Leslie era mais difícil: Niall sabia que não devia sequer cogitar seduzir uma mortal que deveria proteger.

Estou trabalhando, como em qualquer outro dia. Pense na corte. Pense nos juramentos.

Mas era difícil pensar na Corte do Verão – ou na Corte Sombria, aliás. Niall fora o confidente de ambos os reis, e agora estava relegado a cuidador das mortais da Rainha do Verão. Tudo mudara quando Keenan encontrou Aislinn, a mortal designada para ser a rainha dele, e apesar de Niall estar feliz por seu rei, seu amigo, havia um súbito vazio em sua vida. Após séculos aconselhando Keenan, Niall não tinha um propósito. Ele precisava de uma direção. Sem isso, ele se tornava... não pertencia à luz do sol. Isso o assustava, esses relances de memória, mais frequentes do que ele gostaria, do que ele fora antes de ser aceito na Corte do Verão.

Estar próximo a Leslie tornara-se uma recompensa e uma punição. Seu anseio inesperadamente intenso de estar perto dela na última semana estava complicando uma situação por si só já instável. Ele a estava encarando novamente, e Seth percebeu.

– Você acha que essa é uma boa ideia? – Seth indicou Leslie com o olhar.

Niall manteve a expressão cuidadosamente neutra; Seth o conhecia bem demais.

– Não, não creio que seria.

Leslie parecia não perceber o que se passava, perdida em seus próprios pensamentos, e Niall desejou que ela pudesse dividi-los com ele. Não tinha ninguém com quem pudesse realmente partilhar as coisas. Até observar Seth e Aislinn, não se dera conta – *admitira* – do quanto queria aquilo. Até mesmo Aislinn e Keenan tinham uma ligação bonita, enquanto Niall estava cada vez mais desconectado de todos. Se Niall beijasse Leslie, a puxasse para os seus braços e se permitisse baixar a guarda, estariam de alguma forma conectados. Ela seria dele, desejando pressionar seu corpo contra o dele, desejando segui-lo a toda parte.

Era isso que tornava os mortais uma tentação e um problema. As carícias de algumas criaturas mágicas, Gancanaghs como ele e como Irial já fora, eram viciantes para alguns mortais. A natureza de Irial fora alterada muito antes de Niall sequer respirar. Tornar-se o Rei Sombrio o mudara, fez com que ele fosse capaz de controlar o impacto de seu toque. Niall não tinha tal recurso: estava repleto de memórias de mortais que murcharam e morreram pela falta de seu abraço. Por séculos, essas recordações foram lembretes para que ele se contivesse.

Até Leslie.

Niall mal conseguia olhar para ela quando eles andavam. Se Seth não estivesse com eles... Niall sentiu seu pulso acelerar com as imagens em sua mente, com o pensamento de Leslie em seus braços. Não era a primeira vez que sentia-se grato pela companhia de Seth. A calma do mortal parecia ajudar Niall a se lembrar de si mesmo. *Normalmente.*

Niall se distanciou um pouco mais de Leslie, na esperança – irracional, talvez – de que um espaço maior pudesse fortalecer seu autocontrole.

Keenan vinha sugerindo a Niall que buscasse um relacionamento para si mesmo agora que a corte se fortalecera – *cada dia mais forte* –, mas Niall não imaginava que lhe seria permitido fazer tal coisa com uma mortal, especialmente uma que Aislinn queria manter a salvo. Seu rei não permitiria que desobedecesse a rainha.

Permitiria?

E Niall não tinha intenção de trair a confiança de seu rei ou de sua rainha, não por vontade própria. Haviam pedido a ele que mantivesse a mortal em segurança, e ele faria isso. Conseguiria resistir à tentação.

Mas ainda tinha que apertar as mãos em punhos quando estava ao lado dela. O impulso de juntar sua pele à dela era uma compulsão que ele não sentia com tanta força havia séculos. Olhou fixamente para a mortal, procurando alguma pista que explicasse por que ela, por que agora.

Leslie percebeu que Niall a olhava novamente.

– Isso é meio assustador, sabia?

Ele pareceu se divertir com o comentário, o canto de sua cicatriz se enrugando quando deu um sorrisinho discreto.

– Eu te ofendi?

– Não. Mas é estranho. Se você tem algo a dizer, diga logo.

– Eu diria se conseguisse descobrir o que falar – disse Niall. Ele pôs uma mão nas pequenas costas dela e a impulsionou com delicadeza para a frente. – Vamos. A boate é um lugar seguro para relaxar, mais do que aqui – ele fez um gesto em direção à rua vazia –, onde você está tão vulnerável.

Seth limpou a garganta e fez uma cara feia para Niall. Então disse a Leslie:

– A boate é logo ali na esquina.

Leslie andou um pouco mais rápido, tentando se desvencilhar da mão de Niall em suas costas. Acelerar não ajudara: ele manteve o mesmo ritmo que ela.

Quando eles dobraram a esquina e ela viu o edifício escuro na frente deles, sentiu o pânico crescer. Não havia placas, pôsteres, ou pessoas esperando do lado de fora, nada que indicasse que o prédio na frente deles fosse outra coisa que não abandonado. *Eu devia estar surtando.* Não estava, contudo, e não entendia por quê.

Niall disse:

– Vá na direção do porteiro.

Ela olhou para trás. De pé na frente do prédio estava um rapaz musculoso com uma tatuagem ornamentada que cobria metade de seu rosto. Espirais e linhas desapareciam sob o cabelo negro como tinta. O outro lado de seu rosto não tinha tatuagem. O único enfeite era um pequeno piercing preto no lábio superior, parecido com uma presa, o par branco do mesmo no canto da boca no lado tatuado de seu rosto.

– Keenan está tranquilo com ela aqui? – O homem apontou para ela, e Leslie percebeu que ainda estava olhando fixamente para ele, em parte porque não conseguia entender como deixara de ver alguém como ele de pé em frente à porta.

— Ela é uma amiga de Aislinn, e há visitantes *desagradáveis* na cidade. A... — Niall parou e enrugou o rosto em um sorriso irônico — Aislinn está com Keenan.

— Então Ash e Kennan estão tranquilos com isso ou não? — perguntou o homem tatuado.

Niall apertou o antebraço do homem.

— Ela é minha convidada e a boate deve estar quase vazia, não está?

O porteiro sacudiu a cabeça, mas abriu a porta e fez um gesto para um homenzinho baixo e musculoso, com os *dreads* mais inacreditáveis que Leslie já vira. Eram espessos e bem formados, pendurados como uma juba em volta do rosto do rapaz. Por um momento, Leslie pensou que *fosse* mesmo uma juba.

— Temos uma nova *convidada* — disse o porteiro quando o homem de *dreads* veio para o lado de fora. A porta se fechou atrás dele.

Dreads se aproximou e fungou.

Niall formou com a boca algo semelhante a um rosnado.

— *Minha* convidada.

— Sua? — A voz de Dreads saiu baixa e rouca como se ele vivesse à base de cigarros e bebidas.

Leslie abriu a boca para se opor ao tom de proprietário na voz de Niall, mas Seth pôs a mão no pulso dela. Ela deu uma olhada na direção dele, que sacudiu a cabeça.

Dreads disse:

— Meu bando está aqui...

Seth pigarreou.

— Vá dizer a eles — disse o porteiro ao abrir a porta e fazer um gesto para que Dreads voltasse para dentro. — Dois minutos.

Eles permaneceram lá por um momento, um clima meio constrangido no ar, até que Leslie não pôde mais suportar a tensão.

– Se for uma ideia ruim...

Mas a porta já tinha se aberto novamente, e Seth estava entrando no edifício escuro.

– Venha. – Niall entrou.

Ela deu apenas alguns passos antes de parar, incapaz de pensar em algo para dizer ou fazer. As poucas pessoas que estavam lá dentro usavam roupas ornadas e estranhas. Uma mulher passou com videiras envolvendo todas as partes de seus braços; as videiras pareciam estar florescendo.

Como a arte viva no museu.

Outro casal usava perucas de penas; outros ainda tinham rostos azuis e dentes desfigurados, em nada parecidos com os dentes de vampiros que as lojas de fantasias vendiam no Halloween; cada dente era pontudo e afiado como os de um tubarão.

Niall postou-se ao lado de Leslie, sua mão pousada nas costas dela de novo. Sob as estranhas luzes azuis do clube, os olhos dele pareciam reflexivos; a cicatriz parecia um talho negro em sua pele.

– Não tem problema que não estejamos fantasiados também? – sussurrou ela.

Ele riu.

– Mais ou menos. Essas são as roupas deles de todos os dias.

– Todos os dias? Eles são como aqueles grupos de reencenação? Um grupo daqueles jogos de RPG?

– Algo assim. – Seth puxou uma cadeira alta. Como o restante da mobília, era de madeira polida. Nada na boate mal iluminada parecia ser feito de algo que *não fosse* madeira, pedra e vidro.

Diferente do exterior de aparência tosca, o interior da boate estava longe de ser decadente. O chão brilhava como mármore polido. Ao longo de todo um lado do recinto estava um enorme balcão negro de bar. Não era de madeira ou metal, mas parecia muito espesso para vidro. Quando as luzes giratórias tocaram o bar, Leslie viu tiras de cor – roxas e verdes – bruxuleando sobre ele e sentiu dificuldade para respirar.

– Obsidiana – disse uma voz muito grave em seu ouvido. – Mantém os fregueses calmos.

Uma garçonete usando um traje colado ao corpo com escamas de prata que tremeluziam por suas pernas e braços postou-se ali. Ela deu uma volta por trás de Leslie e cheirou seu cabelo.

Leslie deu um passo para se distanciar dela.

Embora nem Niall nem Seth tivessem pedido ainda, a garçonete entregou drinques aos dois – um vinho dourado para Niall e uma cerveja de fabricação própria para Seth.

– Não tem idade mínima para beber aqui? – O olhar de Leslie vagava pelo ambiente. As pessoas com roupas estranhas estavam todas bebendo, embora algumas delas parecessem mais novas do que ela. Dreads estava com um grupo de quatro outros rapazes com os *dreads* castanhos. Eles estavam compartilhando uma jarra que parecia conter o mesmo vinho dourado que Niall bebia.

Uma jarra de vinho?

– Agora você vê por que prefiro vir aqui. Seth também não pode relaxar no Ninho do Corvo, e eles não oferecem meu vintage preferido – Niall encheu seu copo e bebericou – em nenhuma outra boate.

– Bem-vinda ao Forte, Leslie. – Seth se inclinou para trás em sua cadeira e fez um gesto na direção da pista de dança, onde várias pessoas de aparência quase normal dançavam. – Mais bizarro do que qualquer outro lugar que você possa vir a conhecer... se tiver sorte.

A música imediatamente aumentou, e Niall tomou um gole de seu copo de novo.

– Você poderia relaxar mais, Seth. Algumas das garotas...

– Vá dançar, Niall. Se não tivermos notícias de Ash nas próximas duas horas, precisaremos levar Leslie ao trabalho.

Niall parou ao lado dela. Pousou seu copo metade cheio na mesa e fez um gesto em direção à pista de dança.

– Venha se juntar à dança.

Com as palavras dele, Leslie sentiu uma necessidade sussurrante de recusar e um simultâneo puxão de impaciência para ir até o pequeno grupo de pessoas fantasiadas que dançavam de forma quase maníaca. A música, o movimento, a voz dele – todos a convidavam, puxavam-na como se fosse uma marionete com cordinhas demais. Mais adiante, junto à multidão de corpos que se balançavam e sacudiam, encontraria prazer. Um oceano de luxúria e risadas flutuava pelo ar ao redor dos dançarinos, e ela queria nadar nele.

Para ganhar um instante a fim de acalmar seus nervos, pegou o copo de Niall. Quando o ergueu para levá-lo aos lábios, estava vazio. Ela ficou olhando para o copo, virando-o em sua mão, segurando-o pela frágil haste.

– Não bebemos isso quando estamos com raiva ou medo. – Niall pôs a mão sobre a dela, de forma que ambos segurassem seu copo.

Ela não sentia raiva nem medo; apenas desejo. Mas não diria isso a ele. Não podia.

A garçonete surgiu de algum lugar atrás deles. Silenciosamente, despejou uma garrafa pesada no copo que Niall e Leslie seguravam. Assim de tão perto, o vinho parecia espesso como mel. Espirais de cores iridescentes tremeluziam como se preenchessem o copo. Era tentador, tinha um cheiro mais adocicado e frutado do que qualquer outra coisa que ela conhecia.

A mão dela ainda estava sob a dele quando Niall ergueu o copo até seus próprios lábios.

– Você gostaria de dividir o copo comigo, Leslie? Em sinal de amizade? Em celebração?

Ele a observou enquanto bebericava o drinque dourado.

– Não, ela não gostaria. – Seth deslizou a cerveja dele ao longo da mesa. – Se ela quiser um drinque, será do meu copo ou entregue pelas minhas mãos.

– Se ela quiser dividir o copo comigo, Seth, será escolha dela. – Niall baixou o copo, ainda segurando a mão dela sobre a haste.

O drinque, a dança, Niall – tentações demais se apresentavam para Leslie. Ela queria todas. Apesar do quão estranhamente Niall estava agindo, queria se jogar ao prazer. Os temores que trazia junto de si desde o estupro vinham perdendo a força ultimamente. *A decisão de me tatuar fez isso. Me libertou.* Leslie umedeceu os lábios.

– Por que não?

Niall ergueu o copo até que a borda tocasse os lábios dela, perto o bastante para que seu batom deixasse uma marca no vidro, mas não o virou, não despejou o vinho estranhamente doce na boca de Leslie.

– De fato, por que não?

Seth suspirou.

– Pense por um minuto, Niall. Você realmente quer lidar com as consequências?

– Nesse exato momento, mais do que qualquer outra coisa em que eu possa pensar, mas... – Niall afastou o copo dos lábios de Leslie e enroscou as mãos deles até que a marca do batom estivesse contra seus próprios lábios. – Você merece mais respeito, não merece, Leslie?

Ele virou o copo e o pousou na mesa, mas continuou segurando a mão dela.

Leslie quis fugir. A mão dele ainda segurava a dela sobre o copo, mas a atenção de Niall já não era tão intensa. Leslie sentiu sua autoconfiança diminuir. Talvez Aislinn tivesse bons motivos para manter a família de Keenan longe dela: Niall oscilava entre fascinante e bizarro. Ela umedeceu seus lábios subitamente secos, sentindo-se negada, rejeitada e furiosa. Ela se desvencilhou da mão dele.

– Sabe de uma coisa? Não sei que joguinho é esse que você está jogando, mas não estou interessada em participar.

– Você tem razão. – Niall baixou o olhar. – Não tive a intenção de... Não quero... Desculpe. Não tenho sido eu mesmo nos últimos dias.

– Tanto faz.

Ela recuou, mas Niall pegou suas mãos, gentilmente, para que ela pudesse puxá-las se quisesse.

– Dance comigo. Se você ainda estiver infeliz, te levaremos para casa. Seth e eu, juntos.

Leslie olhou para Seth. Ele estava sentado em uma boate cuja existência ela desconhecia, cercado por gente com roupas excêntricas e comportamento bizarro, e ainda assim estava calmo. *Diferente de mim.*

Seth cutucou o piercing em seu lábio, enrolando-o em sua boca, como fazia quando estava pensando. Em seguida ele fez um gesto em direção à pista.

– Dançar não tem problema. Só não beba nada que ele te oferecer, ou que qualquer outra pessoa ofereça, tá?

– Por quê? – Ela se forçou a fazer a pergunta: apesar de sua aversão instantânea em perguntar, em saber.

Nem Niall nem Seth responderam. Ela pensou em insistir no assunto, mas a música a convidava, incentivando-a a se deixar levar, a esquecer suas dúvidas. As luzes azuis que vinham de cada canto da boate giravam pelo chão, e ela quis girar com elas.

– Por favor, dance comigo. – A expressão de Niall estava cheia de necessidade, desejo e de ofertas não ditas.

Leslie não conseguia pensar em nenhuma pergunta – ou resposta – que valesse recusar aquele olhar.

– Sim.

E com isso Niall a girou para dentro de seus braços e para a pista.

Capítulo 12

Várias músicas depois, Leslie sentiu-se agradecida pelas longas horas servindo como garçonete. Suas pernas doíam, mas não tanto quanto doeriam se ela estivesse fora de forma. Jamais conhecera ninguém que pudesse dançar como Niall. Ele a guiou por movimentos que a fizeram rir e lhe ensinou estranhos passos que requereram dela mais concentração do que ela jamais pensou que uma dança casual precisaria.

Em meio a tudo, ele era curiosamente cuidadoso com ela. Suas mãos nunca saíam das zonas seguras. Como no museu, ele estava meio distante ao segurá-la. Se não fosse por umas poucas observações maliciosas, ela suspeitaria ter imaginado aquele olhar delicioso que ele lhe deu ao convidá-la para dançar.

Niall finalmente parou.

– Preciso falar com Seth antes que – ele afundou seu rosto no pescoço dela, seu hálito dolorosamente morno na garganta de Leslie – eu ceda ao meu desejo totalmente irracional de pôr minhas mãos em você de verdade.

– Não quero parar de dançar... – Ela estava se divertindo, sentia-se livre, não queria correr o risco de dar fim ao prazer.

– Então não pare. – Niall acenou para um dos rapazes de *dreads* que estava dançando por perto. – Eles podem dançar com você até eu retornar.

Leslie estendeu a mão e então um garoto de *dreads* puxou-a para seus braços e a girou ao longo do ambiente. Ela estava gargalhando.

O primeiro rapaz passou-a para outro rapaz de *dreads*, que a girou em direção ao próximo. Cada um deles idêntico ao anterior. Não havia interrupções em seus movimentos. Era como se o mundo tivesse começado a girar em um ritmo diferente. Era fabuloso. Pelo menos duas músicas se passaram, e Leslie ficou se perguntando quantos rapazes havia ali – ou se ela estava dançando com os mesmos dois sem parar. Não tinha certeza se eles realmente eram idênticos ou se a ilusão era resultado de ser girada de modo tão rápido. Mas então ela cambaleou em uma pausa. A música não havia parado, mas o movimento atordoante sim.

Os moços de *dreads* pararam de se mover e então ela percebeu que havia cinco deles.

Um estranho percorreu a pista até ela, movendo-se com uma graça lânguida, como se ouvisse uma música diferente da que ela ouvia. Os olhos dele eram cercados por sombras escuras. *Ele* parecia rodeado por sombras escuras, como se as luzes azuis passassem de raspão, sem tocá-lo. Uma corrente prateada cintilava contra sua blusa. Pendurada na corrente estava uma lâmina de barbear. Ele fez desdenhoso um gesto com a mão para os rapazes de *dreads* e disse:

– Xô.

Ela piscou ao perceber que estava encarando.

– Eu te conheço. Você esteve uma vez no Rabbit... Nós nos conhecemos.

A mão dela vagou até o topo da espinha, onde estava sua tatuagem ainda incompleta. De repente ela pulsou como uma batida de bateria sob sua pele.

Ele sorriu como se pudesse ouvir a batida imaginária. Dois dos cinco rapazes de *dreads* mostraram os dentes. Os outros estavam rosnando.

Rosnando?

Ela os olhou e então voltou-se para ele.

– Irial, não é? Esse é o seu nome. Lá do Rabbit...

Ele se aproximou dela por trás, deslizou suas mãos pela cintura de Leslie e a puxou para seu peito. Ela não sabia por que estava dançando com ele, por que estava ainda sequer dançando. Ela queria sair da pista de dança, encontrar Niall, encontrar Seth, ir embora, mas não podia se desligar da música.

Ou dele.

Imagens estranhas passavam como flashes por sua mente – tubarões nadando em sua direção, carros adernando fora de controle ao seu encontro, presas de serpente se afundando em sua pele, asas sombrias se enrolando em volta dela em uma carícia. Em algum lugar de sua mente ela sabia que precisava se afastar dele, mas não podia, não conseguia. Sentiu-se do mesmo jeito na primeira vez que o viu: como se pudesse segui-lo para onde ele quisesse. Não era um sentimento de que ela gostasse.

Irial a girou contra seu peito, segurando-a firmemente ao combinar seus movimentos aos dela. Ela não queria gostar daquilo, mas gostava. Pela primeira vez em meses, o medo intenso que estava sempre sob a superfície desaparecera completamente, como se nunca o houvesse sentido. A tranquilidade era o bastante para fazer com que ela quisesse ficar perto de Irial. Era gostoso – natural, como se o surto de fealdade que ela constantemente lutava para não sentir se dissipasse quando ele a tomou em seus braços. As mãos dele estavam sobre sua pele, sob a bainha de sua blusa. Ela não o conhecia, mas não conseguia encontrar qualquer palavra para fazê-lo parar. *Ou começar.*

Sorrindo suavemente, ele deslizou as mãos pelos quadris dela, os dedos dele enterrando-se firmemente em sua pele.

– Minha adorável Garota Sombria. Quase minha...

– Não estou certa sobre quem você pensa que sou, mas não sou essa pessoa. – Ela se afastou com um ridículo acúmulo de esforço. Sentiu-se como um animal encurralado. Leslie o empurrou. – E eu *não* sou sua.

– Você é – ele pôs a mão sobre a dela, segurando-a quando do Leslie o empurrou com força –, e vou cuidar muito bem de você.

Parecia que o recinto girava, se inclinava, e ela quis fugir. Sacudiu a cabeça vigorosamente e disse:

– Não. Não sou. Me deixa.

Então Niall estava ao lado deles e disse:

– Pare.

Irial pressionou os lábios contra os de Leslie em um vagaroso beijo de boca aberta.

Ela não gostava dele, mas não se afastaria por nada nesse mundo. Sua raiva tornou-se algo territorial. O dúbio desejo entre resistir a ser declarada propriedade dele e a declará-lo propriedade dela se espalhou por seu corpo. Irial deu um passo para trás, encarando-a como se fossem as únicas duas pessoas ali.

— Em breve, Leslie.

Ela o fitou, incerta se queria empurrá-lo novamente ou puxá-lo para si. *Essa não sou eu. Eu não sou... o quê?* Ela não tinha as palavras para aquilo.

Niall observava, e atrás dele estavam todos os rapazes de *dreads* e um grande grupo de pessoas que ela não notara antes. *De onde eles vieram?* A boate parecera vazia, mais cedo; agora estava lotada. E ninguém parecia amigável.

Niall tentou movimentá-la atrás de si, murmurando:

— Afaste-se dele.

Mas Irial passou as mãos pela cintura de Leslie. Os polegares dele deslizaram sob a bainha da blusa dela para acariciar sua pele. Os olhos dela se embaçaram com o prazer causado por aquele toque casual — não era raiva, não era medo, era apenas *desejo*.

Irial perguntava a Niall:

— Você não pensou que ela fosse sua, pensou? Como nos velhos tempos. Você as encontra e eu as tomo de você.

Leslie piscou, tentando focar a vista, lembrar o que ela devia estar fazendo. Ela deveria estar com medo. Ela deveria estar furiosa... ou algo assim. Ela não devia estar olhando para a boca de Irial. Tropeçou ao tentar se afastar dele.

Niall se eriçou. Leslie poderia jurar que seus olhos, de fato, lampejaram. Ele chegou mais perto de Irial, a mão em posição de ataque. Não atacou. Ele apenas reforçou:

— Fique longe dela. Você está...

— Ponha-se no seu lugar, rapaz. Você não tem autoridade nenhuma sobre mim ou sobre o que é meu. Você deixou sua opinião sobre *isso* bem clara. — Irial puxou Leslie para si até que ela estivesse de volta ao lugar onde estivera quando eles dançaram, nos braços dele e assustadoramente sem poder, *sem querer*, se mover.

Seu rosto estava pegando fogo, mas ela não pôde se mexer por vários instantes.

– Não – disse ela, forçando a palavra a sair. – Me deixa.

Niall deu um passo para a frente.

– Deixe ela em paz.

Os olhos dele realmente *lampejaram*.

– Ela é amiga da *nossa* corte, de Aislinn, minha. – Niall se aproximou o máximo que pôde de Irial sem tocá-lo.

Corte?

– Minha garota, reivindicada pela sua família? – Irial puxou-a até que ficassem cara a cara e a olhou como se houvesse segredos escritos na pele dela. – Ela não foi reivindicada pela sua.

Reivindicada? Leslie olhou para ele, para Niall, para os estranhos ao seu redor. *Este não é meu mundo.*

– Me solte – disse ela. Sua voz não era forte, mas estava lá.

E ele a obedeceu. Irial a soltou e se afastou tão repentinamente que ela teve que agarrar o braço dele para não cair no chão. Leslie estava mortificada.

– Tire ela daqui – disse Niall. De algum lugar na multidão atrás dele, Seth deu um passo à frente, pegou a mão dela, um gesto atipicamente amigável de sua parte, e a afastou de Irial.

– Logo, amor – disse Irial de novo ao fazer uma reverência a ela.

Leslie estremeceu. Se suas pernas adiantassem alguma coisa naquele momento, ela teria disparado para fora daquela boate. Em vez disso, o melhor que podia fazer era cambalear, apoiada em Seth.

CAPÍTULO 13

Leslie e Seth percorreram vários quarteirões antes que ela se sentisse capaz de olhar para ele. Não eram amigos – por escolha dele –, mas ela ainda confiava mais nele do que na maioria dos outros rapazes. Ainda valorizava a opinião dele.

Eles estavam quase na Universo dos Quadrinhos quando ela falou:

– Me desculpe.

Ela olhou para ele ao dizer isso, mas desviou o olhar ao notar a raiva em seu rosto. Suas mãos estavam apertadas em punhos. Ele não a machucaria – Seth não era desse tipo –, mas ela ainda se encolheu um pouco quando ele esticou a mão e segurou o pulso dela.

– Desculpe pelo quê? – Ele ergueu a sobrancelha.

Ela parou de andar.

– Por fazer uma cena, por agir como uma vadia na sua frente e na frente de Niall, por...

– Pare. – Seth sacudiu a cabeça. – Aquilo não foi sua culpa. O Irial é um problema. Só... só saia do caminho dele se ele vier em sua direção, está bom? Se puder, só saia. Não corra, mas vá embora.

Sem falar nada, ela assentiu, e Seth largou o pulso dela. Como no Forte, Leslie tinha certeza de que ele sabia de coisas que não estava dizendo. *Será que é alguma coisa de gangue?* Ela não tinha ouvido sobre nenhuma gangue de verdade em Huntsdale, mas isso não significava que não houvesse nenhuma. O que quer que fosse que Seth soubesse, ele não estava falando, e ela não sabia como perguntar. Em vez disso, falou:

— Aonde você está indo?

— *Nós* estamos indo para a minha casa.

— Nós?

— Você tem algum outro lugar seguro para ir até a hora do trabalho? - Sua voz era gentil, mas ela tinha certeza de que aquela não era, de fato, uma pergunta.

— Não - disse ela, desviando o olhar da expressão de "sei demais" dele.

Seth não disse nada mais, mas ela notara o entendimento nos olhos dele. E, nesse instante, ela teve a certeza de que ele - e, por consequência, Aislinn - sabia como as coisas estavam feias em sua casa. Eles sabiam que Leslie vinha mentindo para eles, para todo mundo.

Ela respirou fundo e disse:

— Ren provavelmente está em casa, então... você sabe, não é exatamente o lugar mais seguro para se estar.

Seth assentiu.

— Você é sempre bem-vinda para ficar na minha casa quando precisar.

Ela tentou rir de tudo aquilo.

— Não é...

Ele ergueu a sobrancelha.

Leslie suspirou e parou de mentir.

– Vou me lembrar disso.

– Você quer conversar?

– Não. Não hoje. Talvez depois. – Ela piscou para conter as lágrimas em seus olhos. – Então Ash sabe?

– Que Ren bate em você ou sobre o que aconteceu com o traficante dele?

– Certo. – Ela sentiu como se fosse vomitar. – Ambos, acho.

– Ela sabe. Ela já passou por uma situação ruim, sabe? Não é a mesma coisa, não tão... – Ele parou. Não ofereceu a ela um abraço ou fez nenhuma dessas coisas carinhosas que um monte de gente faria, coisas que a fariam desmoronar.

– Certo. – Leslie cruzou os braços sobre o peito, sentindo seu mundo se revirando em algum lugar lá dentro, e sabendo que não podia fazer nada para melhorar a situação.

Por quanto tempo eles sabiam?

Seth engoliu em seco de modo audível antes de acrescentar:

– Ela vai ficar sabendo sobre Irial também. Você pode conversar com ela.

– Como ela conversa comigo? – Leslie sustentou o olhar dele então.

– De uma forma ou de outra, não é da minha conta, mas... – Ele mordeu sua argola de lábio e a torceu dentro da boca. Encarou Leslie por vários segundos antes de dizer: – Faria muito bem a ambas se vocês começassem a ser sinceras uma com a outra.

O pânico cresceu dentro dela, uma bolha negra apertou sua garganta. *Como se apertara quando suas mãos... Não.* Ela não estava pensando sobre aquilo, não podia pensar sobre isso. Ultimamente, os sentimentos horríveis tinham estado tão distantes. Ela desejou que eles continuassem assim. Desejou ser tomada pelo entorpecimento. Começou a andar mais rápido, quase correndo, os pés batendo na calçada com um *constante barulho abafado*.

Se eu pudesse afugentar as lembranças... Ela não podia, mas era melhor pensar que seu coração acelerara pela corrida do que pelo terror oculto em suas memórias. Ela correu.

E Seth correu num ritmo constante ao lado dela, nem atrás e nem na frente, mantendo o mesmo passo que ela. Não tentou fazer com que ela parasse, ou fazer com que conversasse. Apenas disparou junto dela como se correr pelas ruas fosse perfeitamente normal.

Eles já estavam no limite da linha do trem onde ele vivia quando conseguiu parar. Respirando fundo, ela fitou um dos edifícios escurecidos pelo fogo do outro lado da rua. De pé, ali no caminho de grama que não deveria vicejar no terreno sujo, ela se recompôs para a conversa que não queria ter. Perguntou:

– Então o quanto... o que... o quanto você sabe?

– Ouvi dizer que Ren armou para cima de você para se livrar de problemas.

Mãos, machucados, risadas, o cheiro enjoativo e doce do crack, vozes, a voz de Ren, sangue. Ela deixou que as memórias a inundassem. *Eu não me afundei. Não me entreguei.*

Seth não desviou o olhar, não vacilou.

E nem ela. Ela podia gritar quando os pesadelos a encontravam, mas não por escolha, não quando ela estava acordada.

Leslie inclinou a cabeça para trás e forçou sua voz a continuar firme.

– Eu sobrevivi.

– É verdade. – As chaves de Seth tilintaram quando ele as sacudiu para encontrar aquela que destrancava a porta de casa. – Mas se todo mundo soubesse o quão ruins as coisas estavam antes que Ren... – Ele se interrompeu, parecendo sofrido. – Nós não sabíamos. Estávamos tão envolvidos com... coisas, e...

Leslie se virou. Ela não disse nada – não *conseguia*. Manteve-se de costas para ele. A porta rangeu ao ser aberta, mas não bateu, o que significava que ele estava lá, esperando.

Ela limpou a garganta, mas sua voz soou tão chorosa quanto de fato estava.

– Eu vou entrar. Só preciso de um segundo.

Ela lançou um olhar na direção dele, mas ele fitava o ar vazio a sua frente.

– Eu vou entrar – repetiu ela.

A única resposta foi o som da porta se fechando gentilmente.

Ela sentou-se no chão do lado de fora do trem de Seth e deixou que seu olhar vagasse pelos murais que o decoravam. Eles iam do anime ao abstrato – entontecendo, embaçando enquanto ela tentava seguir as linhas, se concentrar nas cores, na arte, qualquer coisa menos nas memórias que não queria enfrentar.

Eu realmente sobrevivi. Ainda estou sobrevivendo. E não vai acontecer de novo.

Doía, no entanto, saber que seus amigos, pessoas quem ela respeitava, sabiam o que *eles* tinham feito com ela. A lógica dizia que não devia se sentir envergonhada, mas era como se sentia.

Dói. Mas ela não queria permitir isso. Se levantou e passou a mão em uma das esculturas de metal que floresciam como plantas do lado de fora do trem. Ela a apertou até que as pontas afiadas de metal se enterrassem em sua palma, até que o sangue começasse a escorrer entre seus dedos e a pingar no chão, até que a dor em sua mão fizesse com que ela pensasse sobre o *agora*, não no depois, não em outras dores que a deixavam soluçando em posição fetal.

Pense sobre esse sentimento, esse lugar. Ela abriu a mão, olhando para o grande corte na palma, os menores nos dedos. *Pense sobre o* agora.

Nesse exato momento ela estava a salvo. Era mais do que ela podia dizer às vezes.

Ela abriu a porta e entrou, cerrando novamente a mão para que o sangue não pingasse no chão. Seth estava sentado em uma das estranhas cadeiras curvadas na parte da frente do trem. Sua jiboia estava enrolada em seu colo, uma espessa volta se arrastando na direção do chão como a bainha de um cobertor.

– Já volto – disse ela ao passar por ele em direção ao segundo vagão, onde ficavam o pequeno banheiro e o quarto. Ela quase acreditou que ele não notara como apertara sua mão.

Em seguida, Seth gritou:

– Há bandagens na caixa azul, no chão, se você precisar. Deve ter alguns restos de antisséptico também.

– Certo. – Ela enxaguou a mão na água gelada e pegou papel higiênico para estancar. Não queria secar suas mãos ainda sangrentas nas toalhas de Seth. Depois de fazer um curativo, ela retornou.

– Está melhor? – Ele estava brincando com a argola de seu lábio de novo.

Aislinn já havia mencionado que o gesto de morder a argola do lábio era um gesto de fuga – não que Aislinn espalhasse segredos, mas ela parecia achar tudo acerca de Seth fascinante. Leslie sorriu um pouco, pensando sobre eles. Aislinn e Seth tinham algo real, algo especial. Podia não ser fácil de achar, mas era possível.

— Um pouco — disse Leslie, sentando-se no sofá surrado de Seth. — Eu provavelmente deveria passar uma água na, hmmmm, escultura.

— Mais tarde. — Ele fez um gesto na direção do cobertor que pusera no braço do sofá. — Você deveria tirar um cochilo. Aqui ou lá — ele indicou o corredor que levava ao quarto dele —, no lugar em que você se sinta confortável. Pode trancar a porta.

— Por que você está sendo tão legal? — Ela o encarou, odiando ter que perguntar, mas ainda assim precisando saber.

— Você é amiga de Ash. *Minha* amiga agora. — Ele parecia um sábio esquisito, sentado na cadeira bizarra com uma jiboia no colo e uma pilha de livros velhos ao seu lado. Era em parte uma ilusão produzida pelos detalhes surreais, mas não completamente. O jeito como ele a observava, observava a porta. Ele sabia o tipo de gente que esperava do lado de fora.

Ela tentou suavizar o clima.

— Então quer dizer que somos amigos, hein?! Quando isso aconteceu?

Seth não riu. Ele a encarou por um momento, acariciando a cabeça da jiboia enquanto ela rastejava em direção ao ombro dele. Em seguida, disse:

— Quando percebi que você não era uma idiota como Ren, mas vítima dele. Você é uma boa pessoa, Leslie. Pessoas legais merecem ajuda.

Não havia nenhum jeito de tornar essa conversa mais leve. Ela desviou o olhar.

Nenhum deles falou nada por um momento.

Finalmente, ela pegou o cobertor e se levantou.

– Tem certeza que você não se importa se eu deitar lá atrás?

– Tranque a porta. Não vou ficar magoado se fizer isso e você vai dormir melhor.

Ela assentiu e se afastou. No corredor, ela parou e disse:

– Obrigada.

– Durma um pouco. Mais tarde, você tem que conversar com a Ash. Tem outras coisas... – Ele parou de falar e suspirou. – Ela deve ser a pessoa a te contar. Está bom?

– Tá bom. – Leslie não podia imaginar que tipo de coisas Aislinn poderia dizer que seria algo pior ou mais bizarro do que aquilo que Leslie já sabia, mas ela ficou nervosa com o tom na voz de Seth. Ela acrescentou: – Depois. Não essa noite.

– Logo – insistiu Seth.

– Sim, logo, prometo. – Em seguida ela fechou a porta do quarto de Seth e trancou a porta, odiando se sentir compelida a fazer aquilo mas sabendo que se sentiria mais segura assim.

Ela se esticou na beira da cama de Seth, sem puxar as cobertas, mas se enrolando no cobertor que ele lhe dera. Deitou-se lá, no quarto escurecido, e tentou se concentrar em pensamentos com Niall, do quão cuidadosamente ele a segurara quando estavam dançando, a risada suave contra sua garganta.

Mas não foi com Niall que ela sonhou quando adormeceu: foi com Irial. E não era um sonho. Era um pesadelo que superava os piores que já tivera: os olhos de Irial a encaravam do rosto dos homens que a haviam estuprado, os homens que a imobilizaram e fizeram coisas que faziam a palavra *estupro* parecer de alguma forma branda.

Era a voz dele que ecoava na cabeça dela quando lutava para despertar e não conseguia. *"Logo, a ghrá", ele sussurrava na boca daqueles outros homens. "Logo estaremos juntos."*

Capítulo 14

Uma vez que o Rei do Verão estava procurando por ele em toda parte, Irial fora para o lugar onde os queridinhos da corte mais provavelmente estariam, o Forte e Ruínas. *Melhor cozinhar Keenan um pouco mais antes de encontrá-lo.* Quanto mais os regentes do Verão entrassem em pânico, mais passionais se tornariam, e Irial faria bom proveito de uma boa refeição. No meio-tempo, ele tivera a diversão de assistir a Niall rosnar por Leslie com um ataque possessivo que pouco tinha a ver com a Corte do Verão.

Fazia sentido que o Gancanagh já tivesse sido atraído para Leslie. O crescente laço dela com Irial era o suficiente para torná-la tentadora a todos na Corte Sombria. Por mais que Niall tivesse rejeitado a Corte Sombria tantos anos atrás, ele ainda estava conectado a eles. Era sua corte de direito, à qual ele pertencia, não importando se ele aceitasse isso ou não.

Assim como Leslie. Ela podia não saber disso, podia não perceber isso, mas algo nela reconhecera Irial como um par apropriado. Ela o escolhera. Nem mesmo cavalgar com os

Hounds de Gabriel era tão satisfatório quanto saber que a pequena mortal em breve seria dele, quanto saber que ele a teria como condutor para beber as emoções dos mortais. As provas e gostinhos que ele já tivera por meio dela foram um adorável começo de como as coisas seriam em breve. A Corte Sombria se alimentara apenas de criaturas mágicas por tanto tempo que encontrar alimento nos mortais já não era uma opção para eles – até que Rabbit começou a fazer as trocas de tinta. Então muito mais melhoraria logo que essa troca estivesse concluída. *E ela seria forte o bastante para lidar com aquilo.* Agora ele apenas tinha que aguardar, esperar pelo tempo certo, preencher as horas até que ela fosse completamente dele.

De modo indolente, Irial alfinetou Niall:

– Você não deveria ter um tutor ou algo assim, garoto?

– Eu poderia perguntar o mesmo a você. – A expressão e o tom de voz de Niall eram de desdém, mas suas emoções estavam em polvorosa. Ao longo dos anos, o Gancanagh continuara a se preocupar com o bem-estar de Irial, embora Niall nunca pudesse admitir isso em voz alta, e alguma coisa fez esse temor muito mais pronunciado do que o normal. Irial pensou em pedir a Gabriel que investigasse aquilo. – Um rei sábio tem guardas – acrescentou Niall. Sua preocupação tinha uma ponta genuína de temor agora.

– Um rei fraco, você quer dizer. Reis Sombrios não precisam ser adulados. – Irial tentou encontrar uma nova distração: Niall era muito facilmente provocável agora, e Irial sentia muita afeição por ele. Na melhor das hipóteses, era um agrado amargo experimentar as emoções de Niall.

Uma das garçonetes, uma aparição com luas crescentes brilhando nos olhos, parou. *Uma do bando de Far Dorcha.* Criaturas da morte não costumavam vagar pela Corte do Verão, que era alegre demais para elas. Aqui estava outra adorável distração. Ele acenou para que ela se aproximasse.

— Querida?

Ela deu uma olhada nos filhotes, nos guardas que se assemelhavam a árvores e na face brilhante de Niall – não por ansiedade, mas para ter certeza de onde eles estavam. Aparições podiam se virar em quase qualquer conflito: ninguém escapa do abraço da morte, não se a morte realmente quiser você.

— Irial? – A voz da aparição vagou pelo ar, tão revigorante quanto um gole da lua, tão pesada quanto o solo do jardim da igreja em sua língua.

— Você poderia buscar um bom chá quente para mim – Irial fez um gesto de pitada com dois dos dedos –, com um beijinho de mel nele?

Após uma mesura, ela flutuou pelas criaturas reunidas e foi para trás do bar.

Ela seria adorável em casa. Talvez ela quisesse dar uma volta.

Com um sorriso preguiçoso para o grupo carrancudo, Irial a seguiu. Nenhum deles se meteu em seu caminho. Eles não podiam. Ele podia não ser o rei deles, mas era um rei. Eles não podiam – *não conseguiam* – atacá-lo ou impedi-lo, não importa o quanto ele tivesse ofendido suas delicadas sensibilidades.

A pequena aparição serviu o chá dele na escorregadia placa de obsidiana usada como bar.

Ele puxou um banco e posicionou-o de forma a dar as costas aos guardas da Corte do Verão. Depois voltou sua atenção à aparição.

— Linda, o que você está fazendo com essa gente?

— É a minha casa. – Ela acariciou o pulso dele com dedos úmidos de túmulo.

Diferente do restante das criaturas mágicas na boate ou nas ruas, a aparição era imune a ele: ele não provocava nenhum medo nela. Mas ela podia provocar isso nos outros: era de um tipo de beleza desagradável que todos eles temiam – e às vezes desejavam.

– Por obrigação ou por escolha? – provocou ele, incapaz de resistir a persuadi-la, não quando ela seria um ganho tão grande para sua corte.

Ela deu uma risada, e algo quase próximo à sensação de vermes deslizando nas veias dele o acometeu.

– Cuidado – disse ela naquela voz enluarada. – Nem todo mundo é indiferente aos *hábitos* de sua corte.

Ele ficou levemente tenso, observando-a através do arco-íris de cores refletido no bar de obsidiana. Entre as camadas de roxo refletindo da pedra e as luzes azuis do bar, ela parecia mais amedrontadora que vários de seus próprios seres encantados em seus melhores dias. E ela inspirou medo nele com sua insinuação de conhecimento. Durante os séculos de crueldade de Beira, o apetite peculiar da Corte Sombria não era difícil de esconder. Violência, devassidão, terror, luxúria, raiva – todas as refeições favoritas estavam amplamente disponíveis, como se flutuassem no ar. Esses novos dias de paz crescente arruinaram isso, tornaram necessária uma caça mais cuidadosa.

A aparição se inclinou para a frente e pressionou seus lábios contra a sua orelha. Embora ele já devesse saber, imagens de serpentes se enroscaram na pele dele enquanto ela sussurrava:

– Segredos do túmulo, Irial. *Nós* não somos tão desmemoriados ou distraídos quanto aqueles que são felizes. – Em seguida ela se afastou, levando com ela a sensação ofídia e oferecendo um sorriso genuinamente perturbador. – Ou tão falantes.

– De fato. Vou me lembrar disso, minha cara. – Ele não olhou atrás de si, mas sabia que todos estavam olhando, assim como sabia que ninguém perguntaria à aparição o que ela dissera. Descobrir os segredos de uma criatura da morte era se arriscar a pagar um preço muito alto para qualquer ser mágico. Ela meramente disse:

– A oferta está feita, se você algum dia quiser mudanças.

– Estou satisfeita aqui. Faça o que tem que fazer antes que o rei chegue. Tenho negócios a tratar. – Ela se afastou para secar o bar com um pano que parecia um resquício de uma mortalha.

Ela seria verdadeiramente uma recompensa encantadora.

Mas o olhar que ela lhe deu deixou claro que ela achava toda a situação mais divertida do que persuasiva. O bando de Far Dorcha podia não ser organizado como uma corte, mas não era necessário que fosse. Criaturas da morte andavam livremente em qualquer casa, separadas das brigas e tolices das cortes, parecendo rir de todos eles. Se ele a divertisse o bastante, ela poderia querer visitar sua casa qualquer dia. O fato de ela escolher perambular pela corte de Keenan dizia muito sobre o jovem reizinho.

Entretanto, isso não mudava o que Irial precisava, o que ele tinha vindo procurar – alimento. Ele andou à toa, mexendo com as outras garçonetes, incitando os olhares dos filhotes e dos homens-árvore. Finalmente, as garçonetes observavam-no com olhares pesadamente cerrados; os guardas postaram-se tensos e furiosos, fitando-o. As tendências sombrias combinadas – à violência e à luxúria – do grupo ainda não eram o bastante para oferecer uma refeição apropriada, mas aplacaram um pouco sua fome.

Ele suspirou, odiando sentir falta da última Rainha do Inverno – não *dela*, mas do alimento que dera a ele durante todos esses anos. O preço dela fora doloroso, mesmo para os padrões das criaturas sombrias, mas ele raramente tivera uma refeição decente desde a morte dela. A troca de tinta com Leslie mudaria isso.

Talvez aproveitar uma porção decente de caos com a Corte do Verão também.

Com esse pensamento feliz, ele se levantou e fez uma reverência com a cabeça para a aparição, que agora observava atentamente.

– Minha querida.

Com a face tão sem emoção quanto quando ele chegou, a criatura fez uma cortesia.

Irial se virou para Niall e para os guardas carrancudos.

– Diga ao reizinho que o encontro amanhã de manhã.

Niall assentiu, obrigado pelo laço de lealdade a seu rei a transmitir as palavras, obrigado por lei a tolerar a presença de outro regente, a não ser que a mesma ameaçasse seus próprios.

E odiando.

Irial empurrou a cadeira e foi até Niall. Com uma piscadela, sussurrou:

– Acho que vou ver se consigo encontrar aquela gracinha que estava aqui dançando. Uma coisinha linda, não é?

As emoções de Niall afloraram, ciúme misturado a possessividade e desejo. Embora não transparecesse na expressão de Niall, Irial podia sentir isso. *Como canela.* Niall sempre fora uma boa diversão.

Gargalhando, Irial perambulou para fora da boate, sentindo-se quase satisfeito com o quão inesperadamente bom o dia tinha se tornado.

Capítulo 15

Na hora em que Irial foi embora, Niall estava certo de que o Rei Sombrio tentaria ver Leslie de novo – se não por outra razão, para provocar Keenan. *Ou a mim.* Irial não podia atacar Niall ativamente por ter recusado a oferta de sucedê-lo, mas ambos sabiam que esse fora um insulto imperdoável. Leslie era duplamente vulnerável, por ser Amiga de Aislinn e por ser *algo* de Niall. Não sua amante, mas talvez sua amiga – isso era algo que ela podia ser. Ele podia desfrutar sua companhia, estar perto dela; ele podia ter todas as coisas que quisesse – exceto uma. *Se ela estiver fora de perigo...* O melhor que Niall podia esperar era que o caminho de Leslie nunca mais cruzasse o de Irial de novo. *Mas ter esperança não é o bastante.*

Uma comoção à porta anunciou a chegada de Aislinn e Keenan.

– Onde está Seth? – Keenan não cruzara a extensão da sala antes de perguntar aquela que era uma questão de extrema importância para a corte. – Ele está a salvo?

Aislinn não estava ao lado de Keenan. Ela fora emboscada pelos filhotes para permitir que Keenan conversasse antes com Niall. Era um ardil fraco, mas ganharia um breve momento para o rei.

– Eu o mandei embora com Leslie. Bem escoltado, mas... – Niall se interrompeu quando a Rainha do Verão se aproximou, sua pele brilhando com óbvia irritação. – Minha rainha.

Ele fez uma pequena reverência.

Ela o ignorou, seu olho pousado apenas em Keenan.

– Isso está perdendo a graça, Keenan.

– Eu... – O Rei do Verão suspirou. – Se Seth estava em perigo, eu quis proteger...

Ela se virou para Niall.

– Ele está?

Niall manteve sua expressão indecifrável ao lhes contar:

– Felizmente, Seth não atraiu a atenção do Rei Sombrio, mas Leslie, sim.

– Leslie? – repetiu Aislinn. Ela empalideceu. – Essa é a terceira vez em que ele a encontra, mas não pensei... Ele não prestou atenção nenhuma nela no Rabbit, foi desdenhoso no Verlaine, e ela disse que ele não estava... Sou uma idiota. Eu... deixa pra lá. – Ela sacudiu a cabeça e tornou a se concentrar no tópico em questão. – O que houve?

– Seth levou Leslie embora. Os guardas seguiram, mas... – Ele não olhou para Aislinn, mas para Keenan, esperando que os séculos de companheirismo pesassem a seu favor. – Deixe-me ficar mais próximo dela até que Irial vá embora de novo. Não posso tocá-lo, mas ele tem...

Niall não podia dizer isso, mesmo agora, com tudo o que havia acontecido; ele sabia como terminar essa sentença. Os momentos aleatórios de bondade de Irial não eram algo de que Niall gostasse de tomar conhecimento.

Uma expressão de breve entendimento atravessou o rosto de Keenan, mas ele não respondeu às perguntas óbvias. Não chamou atenção para o fato de que Niall pisava em solo inseguro. Ele meramente assentiu.

Aislinn falou suavemente:

– Ela já esta interessada em você, Niall. Não quero que ela perca a vida mortal por causa de uma atração passageira.

Isso era um aviso. Ele sabia disso, mas já era uma criatura mágica quando sua rainha respirou pela primeira vez. Esperando que Keenan não interferisse, ele perguntou:

– Quais são as suas condições?

– Minhas condições? – Ela olhou para Keenan.

– As condições segundo as quais ele pode acompanhá-la – esclareceu Keenan.

– Nada nunca é simples, né? – Aislinn afastou as mechas douradas e escuras de seu cabelo, parecendo o tipo de divindade todo-poderosa que os mortais uma vez acreditaram que as criaturas mágicas eram.

– Vou concordar com qualquer coisa que você me propuser, contanto que me permita mantê-la em segurança. – Niall olhou para Aislinn, mas ele falou para Keenan também. – Não peço por muitas considerações.

Aislinn se afastou alguns passos deles. Para uma monarca mágica novata, a rainha se saía excepcionalmente bem, mas Keenan e Niall estiveram juntos nas cortes por séculos. Havia hábitos, leis, tradições que Aislinn não podia nem começar a entender tão cedo.

Niall olhou para seu rei enquanto Aislinn ficava de costas.

Keenan não ofereceu garantias. Em vez disso, falou suavemente com Aislinn:

– Você pode impor condições para a presença de Niall na vida dela. Ele quer proteger a garota, mantê-la em segurança. Eu permitiria que fosse até ela.

– Então eu só preciso pensar no quanto ele pode se envolver na vida dela? – Aislinn olhou de Niall para Keenan, seu olhar observador dando a entender que ela sabia que havia nuances na conversa que ela estava perdendo.

– Exatamente – disse Keenan. – Nenhum de nós colocaria uma criança nas mãos da Corte Sombria por vontade própria, mas se Irial não afrontou nossa Corte, não é problema nosso, por lei. Não posso agir, não diretamente, a menos que ele viole as leis.

Depois o rei dele se afastou, tendo dito a Niall o que ele precisava saber, o que ele já sabia: Keenan não ia tomar nenhuma atitude. O Rei do Verão não aprovava as predileções de Irial, suas crueldades, ou nada do que acontecia na escuridão da corte do Rei Sombrio, mas isso não significava que ele estivesse disposto a entrar em uma briga com a outra corte, a menos que pudesse justificá-la pela lei. Essas eram as condições *dele*, não importando se ele as pronunciara abertamente em negociações ou não.

A Corte Sombria – como qualquer das cortes – tinha volição. Se Leslie pertencesse à Corte do Verão, as coisas seriam diferentes. Mas ela não pertencia a corte alguma, portanto, era livre para qualquer criatura mágica que a quisesse. Anos atrás, Keenan proibira suas criaturas de capturar mortais. Donia estabelecera a mesma regra ao assumir o trono de Rainha do Inverno. A Corte Sombria, entretanto, não tinha tal escrúpulo. Músicos que eram particularmente tentadores "morriam jovens" para o mundo mortal. Artistas se aposentavam para lugares ignorados. O notável, o incomum, o sedutor – eles foram roubados para os prazeres das criaturas sombrias. Essa era uma tradição antiga, que Irial sempre permitira aos seres de sua corte. Se ele a quisesse para si, Leslie não teria defesa.

Niall caiu de joelhos em frente à sua rainha.

– Deixe-me contar a ela sobre nós. Por favor. Vou contar a ela, e ela vai jurar lealdade à nossa Corte. Ela estará segura então, longe do alcance dele.

A Rainha do Verão mordeu o lábio. Ela quase recuou diante da aproximação dele.

– Não quero *meus amigos* sob meu domínio. Não quis nada disso...

– Você não sabe como é a Corte Sombria. Eu sei – disse Niall à sua rainha. E ele não queria que Leslie soubesse. Tocou conscientemente a cicatriz em seu rosto. As criaturas de Irial a fizeram para lembrá-lo deles todos os dias.

– Quero que ela fique livre de tudo isso. – Aislinn gesticulou para as criaturas que se divertiam no Forte. – Que tenha uma vida normal. Não quero que esse mundo seja a vida dela. Ela já foi tão ferida...

– Se ele a levar com ele, vai machucá-la mais do que você pode sequer começar a imaginar. – Niall vira os mortais que a Corte Sombria levara à sua *alcova*, vira-os após deixarem a colina encantada, comatosos em hospitais, mudos e assustados em todas as cidades, estremecendo em sanatórios.

Aislinn olhou ao longo da sala, infalivelmente encontrando o Rei do Verão onde ele se postara esperando. Ela mordeu seu lábio inferior nervosamente, e ele soube que ela considerava a questão.

Niall pressionou Aislinn:

– Se Irial decidiu reclamar a posse dela para si, você e Keenan são os únicos que podem detê-lo. Eu não posso tocá-lo. Ele é um rei. Se você a convidar para nossa corte primeiro, peça a ela que jure lealdade a você...

– Ela tem melhorado ultimamente – interrompeu Aislinn. – Parece mais feliz e mais ela mesma, mais forte. Não quero impedi-la e introduzir toda essa confusão na vida dela... Talvez ele esteja apenas mexendo com a gente.

– Você se arriscaria a isso? – Niall estava espantado que sua rainha estivesse sendo tão cabeça-dura. – Por favor, minha rainha, deixe-me ir até ela. Se não vai trazê-la até você, permita que eu tente mantê-la em segurança.

Keenan não se aproximou – mantendo a distância, deixando claro que era a rainha que estava no comando –, mas se pronunciou:

– Talvez haja algo nela que nós desconhecemos, alguma razão para que Irial a esteja perseguindo. E, se não houver, Niall estaria lá para tentar mantê-la fora do alcance dele, talvez distraindo Leslie para que ela não vá por vontade própria até Irial.

Keenan entendeu e sustentou o olhar de Niall. Embora Aislinn não pudesse ver isso, Keenan assentiu para Niall; o rei ofereceu permissão, consentiu a ação. Mas Niall ainda precisava que Aislinn consentisse.

– Ela é *sua* amiga, mas estou... imensamente apegado a ela também. Deixe-me mantê-la em segurança até que ele vá embora. Lembre-se do quanto foi difícil para você quando Keenan a perseguiu também. E ela não pode vê-lo, não como você nos via.

– Quero ela a salvo de Irial – Aislinn olhou de volta para Keenan então, encarando o Rei do Verão com um resquício do antigo medo no olhar –, mas não a quero aprisionada a este mundo.

— Você realmente pensa que existe uma escolha? – perguntou Keenan, sua voz deixando claro que ele não achava que houvesse. – Você quis manter seus laços com o mundo mortal. Com isso vêm os riscos.

— *Sempre* há escolhas. – A Rainha do Verão endireitou os ombros. A flutuação em sua voz, o brilho de medo em seus olhos, tudo tinha sumido agora. – Não vou tomar as decisões por ela.

Keenan não discordou, embora Niall o conhecesse bem o bastante para perceber que ele também sabia que as opções de Leslie tornavam-se cada vez mais limitadas. A diferença era que Keenan não se importava; ele simplesmente não podia se envolver na vida de todo mortal que era incomodado por uma criatura mágica. Essa em especial não importava para Keenan, não de fato.

Para Niall, entretanto, ela era mais importante do que qualquer mortal jamais fora. Ele perguntou:

— Quais são as condições, minha rainha?

— Você não pode contar a ela sobre mim ou sobre as criaturas mágicas ou sobre o que você é. Precisamos descobrir mais antes de fazer isso... Se houver uma forma de mantê-la a salvo de nosso mundo, mantê-la inconsciente, nós faremos isso. – Aislinn observou o rosto dele, obviamente procurando reações, tentando avaliar o entendimento das suas condições.

Niall tinha séculos de experiência, entretanto. Ele a encarou, sem piscar.

— Eu concordo.

— Você pode distraí-la, passar tempo com ela, mas sem sexo. Você *não pode* dormir com ela. Se o interesse de Irial for passageiro, você sairá da vida dela – disse Aislinn.

Keenan interveio.

— Não comece nenhuma guerra sem meu consentimento. Ela pode ser importante para você e para Aislinn, mas eu não começarei uma guerra por causa de uma mortal.

Ela é mais do que apenas uma mortal. Niall não estava certo do motivo disso ou por que isso importava. Ele assentiu, contudo.

Em seguida, Keenan, com um meio sorriso, acrescentou:

— Seja fiel a si mesmo, Niall. Lembre-se de quem e o que você é.

Niall quase abriu uma brecha para seu rei, mas ele passara muito tempo treinando como camuflar suas emoções. Ele simplesmente deixou exalar sua respiração. As insinuações de Keenan conflitavam diretamente com os desejos expressos por Aislinn.

Ele sabe o que eu sou. Viciante para mortais, deixando-as com vontade de dizer ou fazer qualquer coisa por mais um toque, outro encontro...

Inconsciente disso, Aislinn olhava atentamente Niall, com um brilho tão intenso que nenhum mortal poderia olhar para ela sem que sua vista doesse. Pequenos oceanos tremeluziam nos olhos dela; golfinhos saltavam ao longo deles, rompendo a superfície azul.

— Esses são meus termos. Nossos termos.

Niall pegou a mão de Aislinn, virando-a para dar um beijo em sua palma.

— Você é uma rainha generosa.

Aislinn permitiu que ele segurasse sua mão por um instante, depois fez com que se levantasse e perguntou:

— Por que sinto que não percebi algo importante?

— Porque você é também uma rainha sábia, minha senhora. — Ele baixou a cabeça para que ela não pudesse ver a expressão em seu rosto.

Em seguida ele deixou o Forte, não querendo perder o precioso tempo para listar todas as outras condições que ela poderia ter imposto a ele: limite de tempo; alianças que ele poderia formar com outras cortes e com seres encantados solitários; votos que ele poderia fazer a Leslie que não revelariam o que eles eram, mas que, ainda assim, poderiam protegê-la mais; renunciar à Corte de Verão e aliar-se a outra corte para garantir a segurança de Leslie; oferecer a si mesmo no lugar de Leslie.

Keenan deveria ter levantado algumas dessas questões durante a negociação. Deveria ter dado a Niall limites mais rigorosos. *Por que não fizera isso?* Deveria ter apoiado a vontade de Aislinn; em vez disso, sugerira a Niall que seduzisse Leslie. Niall não podia fingir que não entendera a importância das palavras e atitudes de Keenan; Keenan podia fingir que não sugerira tal coisa. Contudo, tudo isso levava a uma espécie de mentira, uma fraude que deixava Niall desconfortável.

Capítulo 16

Quando Leslie despertou com pesadelos ainda a rondando, passou por aquele horrível primeiro momento em que não sabia onde estava. Em seguida ouviu Seth falando, provavelmente ao telefone, já que não havia voz alguma respondendo.

Segura. Na casa de Seth, e segura.

Após dar uma parada no pequeno banheiro, foi até a sala da frente.

Seth fechou o telefone e olhou para ela.

– Dormiu bem?

Ela assentiu.

– Obrigada.

– Niall está vindo para cá.

– Para cá? – Ela passou a mão pelo cabelo, tentando desembaraçá-lo. – Agora?

– Agora. – Seth exibia uma expressão divertida, bem parecida com o olhar que dera a ela quando Leslie pediu sua orientação no Forte. – Ele é um bom... é alguém em quem você pode confiar nas coisas que importam. Ele é como um irmão para mim. Um *bom* irmão, não como Ren.

— E? — Ela odiou isso, mas estava envergonhada. Só de pensar no fiasco com Irial e Niall ela ficava ansiosa.

— Ele gosta de você.

— Talvez ele *gostasse*, mas depois do que aconteceu... — Ela se forçou a encarar Seth. — Não importa. Ash foi bem clara na mensagem de "fique longe".

— Ela tem os motivos dela. — Ele apontou para uma cadeira.

— Pensei que ele fosse uma boa pessoa — argumentou Leslie, ignorando a oferta para que se sentasse.

— E é, mas ele — Seth brincou com um dos bastões na curva de sua orelha, uma expressão contemplativa no rosto — está em um mundo complicado.

Leslie não sabia o que dizer. Se sentou em silêncio com Seth por uns poucos minutos, pensando sobre aquele dia tão estranho. Apesar dos comentários de Seth, ela não ansiava por encontrar Niall. Não agora. E isso não importava, de qualquer forma: ela precisava de suas roupas de trabalho, que estavam em casa.

— Preciso ir para a minha casa.

— Por que Niall está vindo?

— Não. Não tenho certeza. Talvez.

— Espere por ele. Ele te acompanhará. — Seth manteve o tom de voz casual, mas a desaprovação em relação à partida dela estava presente da mesma maneira. — Não precisa criar nenhum elo com ele, Les; ele pode ser apenas uma pessoa que vai te levar em segurança até onde você precisa estar.

— Não. — Ela fechou a cara.

— Você prefere que eu te acompanhe?

— Eu *moro* lá, Seth. Não posso simplesmente não ir para casa ou levar gente comigo o tempo todo.

— Por quê? — Ele soou bem mais ingênuo do que ela sabia que era na realidade.

Leslie mordeu o lábio e engoliu sua resposta irritada, limitando-se a dizer:

— Não é realista. Nem todo mundo tem a boa sorte de... — Ela parou de falar, não querendo discutir nem ser desagradável quando ele estava tentando apenas ser seu amigo. — Não importa agora. Por ora, vou para casa. Preciso me trocar para trabalhar.

— Talvez Ash tenha roupas aqui que...

— Elas não serviriam em mim, Seth. — Ela se levantou e apanhou sua mochila.

— Ligue para mim ou para Ash se você precisar de qualquer coisa. Põe meu número no seu celular também. — Ele esperou até que ela pegasse o celular, e ditou seu número.

Leslie apertou os dígitos e deslizou o telefone para dentro do bolso de novo. Evitando qualquer outra objeção, disse:

— Preciso ir ou vou chegar atrasada ao trabalho.

Seth abriu a porta e deu uma olhada no quintal vazio. Pareceu acenar para alguém, um tipo de gesto de convocação, mas ela não viu ninguém.

— Vocês estão todos comendo cogumelos ou algo assim, Seth? — Ela tentou dar à voz um tom gozador, sem querer brigar, não depois de ele ter demonstrado tanta bondade com ela.

— Sem cogumelos. — Seth deu um sorrisinho maldoso. — Também não lambi nenhum sapo.

— Então como você explica essa coisa de ficar olhando para o nada que todos estão fazendo?

Ele encolheu os ombros.

– Comungando com a natureza? Me conectando com o invisível?

– Sei. – O tom era sarcástico, mas ela sorriu.

Em um gesto fraterno, ele pôs a mão no ombro dela – sem contê-la, mas segurando firme.

– Fale logo com a Ash, tá? Tudo fará mais sentido.

– Você está me assustando – admitiu Leslie.

– Que bom. – Ele fez um gesto na direção do fim do quintal de novo e voltou a atenção para ela. – Lembre-se do que eu disse sobre Irial. Fuja dele se o vir.

Em seguida ele voltou para o interior de sua casa-trem antes que ela pudesse pensar no que dizer.

Quando entrou em casa, Leslie não se surpreendeu de fato em ver um monte de gente grunge na cozinha com Ren.

– Irmãzinha! – chamou Ren de um jeito que fez com que ela percebesse que ele estava no auge de sua doideira.

– Ren. – Ela o cumprimentou com o sorriso mais amigável que pôde. Não demorou o olhar nas pessoas que o acompanhavam. Não foi a primeira vez que ela desejou que houvesse uma forma fácil de distinguir se eram apenas amigos doidões ou se algum deles era traficante, não que isso importasse. Quando as pessoas estavam sob o efeito das drogas, tornavam-se imprevisíveis. Quando não estavam doidonas, mas desesperadas seja lá pelo que usassem, eram ainda piores.

O irmão dela complicava as coisas ao se meter com drogas demais e, consequentemente, com os mais variados drogados. Hoje, contudo, não havia necessidade de adivinhar o que estavam usando: o cheiro doce e enjoativo do crack tomou a cozinha do jeito que aromas de refeições caseiras uma vez haviam feito.

Uma garota magrela com o cabelo escorrido deu um sorrisinho maldoso para Leslie. Estava sentada com uma perna em cada lado de um cara que não parecia estar nem um pouco drogado. Tampouco partilhava sua aparência esquálida. Sem tirar os olhos de Leslie, pegou o cachimbo da mão da garota esquelética, pousando-a em sua virilha. Ela não hesitou – ou desviou o olhar do cachimbo que ele ergueu fora de seu alcance.

É ele que devo temer.

– Quer um trago? – Ele estendeu o cachimbo para Leslie.

– Não.

Ele deu um tapinha em sua própria perna.

– Quer sentar?

Ela olhou para baixo, viu a mão da garota magra se movendo lá e começou a se afastar.

– Não.

Ele estendeu a mão como se fosse agarrar o pulso de Leslie.

Ela se virou, correu escada acima para seu quarto e fechou a porta para as gargalhadas e os convites grosseiros que ecoavam por sua casa.

Quando estava pronta para o trabalho, Leslie entreabriu a janela e jogou uma perna para fora. Não era uma queda grande, mas quando ela caía de maneira errada doía bastante. Ela suspirou. Não podia servir mesas com um tornozelo torcido.

Eu poderia voltar para dentro, descer as escadas correndo e fugir.

Cuidadosamente, ela deixou que sua mochila caísse no chão.

– Vamos lá.

Ela sentou-se com ambas as pernas para fora da janela, depois se virou de forma que sua barriga estivesse na madeira e ela estivesse olhando a casa. Lentamente Leslie chegou para trás, se firmando com os pés na lateral da casa e as mãos na esquadria de madeira da janela.

Odeio isso.

Ela tomou impulso, se preparando para o impacto, que não aconteceu. Em vez disso, ela estava nos braços de alguém antes de tocar o chão.

– Me solta. Me *solta*! – Ela não conseguia ver o rosto de quem a segurara, pois estava virada. Ela tentou chutar para trás e se virou para olhá-lo.

– Relaxe. – O homem que a segurava a pôs delicadamente no chão e deu um passo para trás. – Você parecia precisar de ajuda. É uma queda grande para uma coisinha como você.

Ela se virou para encará-lo e precisou erguer o pescoço para ver seu rosto. Era um homem mais velho, não tão velho como um avô, mas mais velho do que as pessoas que andavam com Ren, e completamente desconhecido. Tinha uma aparência diferente também. Pesadas correntes de prata balançavam de seus pulsos. O jeans era gasto e cortado nas panturrilhas para revelar a beirada de botinas de combate arranhadas. Tatuagens de cães zoomórficos cobriam seus antebraços. Ela deveria ter medo, mas não tinha: em vez disso, sentiu-se firme, calma, como se quaisquer que fossem as emoções que se agitavam dentro dela tivessem parado de se conectar com o mundo que a cercava.

Ela apontou as tatuagens nos braços do homem.

– Legal.

Ele sorriu com o que parecia ser um jeito amigável.

– Meu filho que fez. Rabbit. Ele tem um estúdio...

– Você é o *pai de Rabbit*? – Ela olhou-o fixamente. Não havia nenhum traço familiar que ela pudesse reconhecer, especialmente quando ela se deu conta de que isso significava que ele era também o pai de Ani e Tish.

O homem abriu um sorriso ainda mais largo.

– Você o conhece?

– E as irmãs dele.

– Eles parecem com as mães. Todos eles. Meu nome é Gabriel. Prazer em te conhecer... – Ele fechou o semblante então, fazendo com que ela desse um passo para trás e tropeçasse, não por medo, nem mesmo nesse momento, mas por prudência.

Mas sua cara fechada não era direcionada a ela. O assustador traficante de antes contornou a casa e disse:

– Volte para dentro.

– Não. – Ela recolheu sua mochila da grama onde caíra. Suas mãos tremiam quando ela agarrou a bolsa e tentou não olhar para o traficante, que vinha em sua direção ou na de Gabriel. O medo aumentou. Atrasado e difuso como estava, ainda assim fazia com que ela tivesse vontade de fugir.

Gabriel está aqui para ver Ren? Rabbit nunca falara sobre seu pai; nem Ani ou Tish. *Será ele um traficante também? Ou apenas um viciado?*

Gabriel se colocou na frente do traficante.

– A garota vai embora.

O traficante esticou a mão na direção de Leslie. E sem pensar, ela agarrou o braço dele, passou os dedos ao redor de seu pulso e o manteve imóvel e longe de seu corpo.

Eu poderia esmagá-lo. Ela parou um instante com seus pensamentos, com a estranha calma que se instalava nela, a estranha autoconfiança. *Eu poderia fazer isso. Quebrá-lo. Fazê-lo sangrar.*

Ela apertou um pouco mais, sentindo o osso sob a pele, frágil, na palma de sua mão. *Meu para fazer o que quiser com ele.*

O traficante não estava perturbado pelo aperto de Leslie, ainda não. Estava falando com Gabriel.

– Está tudo certo, cara. Ela mora aqui. Não é...

– A garota *está indo embora agora*. – Gabriel olhou para Leslie e sorriu. – Certo?

– Com certeza – disse ela, olhando desapaixonadamente para sua mão, que apertava o pulso do traficante. Ela apertou ainda mais forte.

– Sua vadia. Isso dói. – A voz do traficante ficou mais estridente.

– Não use esse tipo de linguagem na frente da menina. É rude. – Gabriel fez uma voz de nojo. – Hoje em dia as pessoas não sabem o que são boas maneiras.

Há algo de errado aqui.

Leslie apertou mais forte novamente. Os olhos do traficante se reviraram. Ela sentiu ossos se estilhaçando e viu branco aparecendo através da pele rasgada.

Não sou forte o bastante para fazer isso.

Mas ela permaneceu lá, segurando o pulso do traficante em sua mão, ainda espremendo. Ele desmaiou devido à dor, caiu no chão. Ela o soltou.

– Para onde você vai? – Gabriel entregou a Leslie um pano escuro.

Ela limpou a mão, observando o homem imóvel aos seus pés. Não sentia nem tristeza nem piedade. Não sentia... nada. *Mas deveria.* Ela sabia disso, mesmo sem sentir.

– Por que você está aqui?

– Para te resgatar, claro. – Ele deu um riso forçado, exibindo dentes que pareciam ter sido afiados. – Mas você não precisava ser resgatada, não é?

– Não. – Ela cutucou o traficante com o pé. – Não precisava. Pelo menos, não desta vez.

– Então deixe eu te dar uma carona, já que meus serviços de resgate não foram necessários. – Ele não tocou nela, mas pôs a mão atrás dela como se fosse pousá-la nas suas costas.

Ele não está mentindo. As palavras dele soaram sinceras, embora não fossem toda a verdade, não eram tudo o que havia para ser dito, mas ele não estava mentindo.

Ela assentiu e se afastou da casa.

Alguma parte dela pensou que deveria estar com raiva, ou assustada, ou envergonhada, mas não conseguia sentir nada disso. Sabia que havia mudado, de alguma forma, com tanta certeza quanto sabia que Gabriel não havia mentido.

Ele a conduziu em volta da lateral da casa até um Mustang vermelho gritante, um conversível clássico com assentos em vermelho e preto e detalhes vibrantes no exterior.

– Entra aí. – Gabriel abriu a porta, e ela viu que o que inicialmente pensara serem chamas nas laterais do carro eram, na verdade, vários animais em disparada, cães estilizados e cavalos com musculatura estranha, com o que parecia uma fumaça se contorcendo em volta deles. Por um breve momento, a fumaça pareceu se mover.

Gabriel seguiu o olhar dela e assentiu.

– Agora, *isso aí* foi obra minha. O garoto pode parecer com a mãe, mas herdou de mim o dom para a arte.

– É maravilhoso – disse Leslie.

Ele bateu a porta atrás dela e deu a volta até o lado do motorista. Depois de encaixar a chave na ignição, deu a ela um sorriso que era exatamente a mesma expressão que vira no rosto de Ani antes de fazer algo inevitavelmente estúpido.

— Não. Maravilhoso é o quão rápido ela corre. Aperte o cinto, garota.

Ela apertou, e ele deu a partida com uma cantada de pneus que mal podia ser ouvida sobre o som de seu motor obviamente modificado. Leslie deu uma risada com a excitação de tudo aquilo, e Gabriel deu a ela outro sorrisinho como o de Ani.

Ela se deixou levar por aquela sensação inebriante e sussurrou:

— Mais rápido.

Foi a vez de Gabriel dar uma risada.

— Só não conte às meninas que você teve a oportunidade de dar uma volta antes delas, está bom?

Ela assentiu, e ele acelerou até atingir o máximo do velocímetro e deixar Leslie no trabalho notavelmente adiantada – e rindo.

Capítulo 17

– Leslie? Leslie! – Sylvie agitou a mão na frente do rosto de Leslie. – Diabos. O que você andou fumando?

– Hã? – Leslie inclinou o copo de refrigerante, derramando um pouco para que não transbordasse. Pensamentos sobre Niall, seus pesadelos com Irial, sobre sua promessa de conversar com Aislinn, sobre toda aquela gente estranhamente vestida, sobre o encontro surreal com o pai de Rabbit, sobre seu ataque ao traficante em casa, eles se misturavam e giravam em sua mente a ponto de ela não ter certeza nenhuma do que realmente acontecera. *Eu quebrei o braço dele?*

– Durma um pouco ou faça seja lá o que for hoje à noite. Você está horrível. – Sylvie fez um som de nojo. Em seguida apontou para a mesa principal. – O casal na seção três precisa da conta. Agora.

– Certo. – Leslie arrumou os drinques na bandeja e tomou a direção do salão do restaurante.

O restante do turno passou como um borrão. Leslie sorriu e se manteve no piloto automático. *Traga a bebida. Jogue conversa fora. Sorria. Sempre se lembre de sorrir. Soe sincera.* Ela estava cansada, exausta, na verdade, mas fez o que tinha que ser feito. Mesa por mesa, pedido por pedido, cumpriu com sua obrigação. Era como a vida funcionava: apenas siga em frente, e vai passar.

Quando seu turno acabou, ela sacou suas gorjetas, enfiou o dinheiro – *minha poupança para a tatuagem* – em seu bolso e fez uma anotação mental para não deixá-lo onde seu pai ou Ren pudessem vê-lo. Desceu a Trestle Way, cansada demais para se importar em ver quem estava fora e o que estava fazendo. *Tudo o que quero é cair na cama.* Já havia percorrido algumas quadras quando encontrou Ani e Tish.

– Leslie! – gritou Ani com a voz esganiçada. Ela definitivamente era incapaz de falar em um volume razoável. – Meu deus do céu, você está péssima.

Tish deu um empurrão na irmã.

– Cansada. Ela quis dizer que você parece *cansada*. Não é, Ani?

– Não. Ela parece, você sabe, alguém que precisa ir a algum lugar relaxar. – Ani não pedira desculpas, como sempre. – Estamos indo ao Ninho do Corvo. Topa?

Leslie reuniu suas forças para esboçar um sorriso.

– Não sei se conseguiria andar tanto hoje à noite... Ei, conheci o pai de vocês hoje mais cedo. Ele é legal.

Enquanto andavam, Leslie contou a elas a história com detalhes escolhidos – omitindo a carona que Gabriel lhe dera até o trabalho e sua própria violência impossível. Sentiu os joelhos vacilarem quando dobraram na Harper. *Estou cansada demais para isso.* Deu umas poucas respiradas, parou de ser mover. Perto dela havia várias pessoas se curvando de medo, as costas na parede como se algo horrendo as olhasse com maldade. Uma chorava, implorando piedade. Leslie não conseguia se mexer.

– São apenas vagabundos, Les. Drogas de má qualidade ou algo assim. Venha. – As irmãs continuaram andando, levando-a com elas.

– Não. – Leslie sacudiu a cabeça. Havia algo a mais. Ela tentou ver o que era, certa de que algo estava lá, como uma sombra que se deitava por cima das demais.

Ela começou a caminhar em direção às sombras, como se uma corda tivesse sido atada ao meio de seu estômago e estivesse sendo puxada. Um homem dançava de forma afetada em uma escadaria, o que já era estranho o bastante, mas ele também parecia estar coberto por espinhos, como o caule de uma rosa, tremeluzindo verde.

Ani passou um braço ao redor da cintura da Leslie.

– Vamos, garota sonolenta. Vamos nos divertir. Você vai se revigorar quando começar a se mover de novo.

– Você viu aquele homem? – Leslie andou aos tropeços.

Tish bateu palmas.

– Ah, espere até você ver os novos jogos de dardo que Keenan comprou para a boate. Ouvi que tudo o que a namorada dele disse foi que queria tentar jogar dardo, e *bum*, havia três novos jogos no dia seguinte.

– Ela não é namorada dele – murmurou Leslie, dando uma olhada para trás, no corredor. O homem cheio de espinhos acenou para ela.

– Tanto faz. – Ani puxou Leslie para a frente. – Eles têm novos jogos de dardos.

Leslie não estava na boate há mais de meia hora quando Mitchell – seu ex tagarela – apareceu. Para variar, estava bêbado.

– Lezzie, garota! – Deu a ela um sorriso cruel. – Cadê o brinquedinho de hoje à noite? Ou – baixou a voz – você tem cuidado disso apenas com pilhas esses dias?

Os amigos idiotas dele riram.

– Sai pra lá, Mitchell – disse Leslie. Lidar com ele nunca era agradável. Depois que sua mãe fora embora, Leslie e Ren haviam ambos feito escolhas ruins, buscando algo que preenchesse o vazio. A solução de Ren custara muito a Leslie, mas mesmo antes disso, ela mesma fizera algumas escolhas que lhe custaram muito. Tentou esquecer onde estava, o quão erradas as coisas estavam. Isso fez com que ela tivesse algumas atitudes estúpidas. Mitchell fora uma delas.

Do nada, Niall estava lá.

– Você está bem?

– Vou ficar. – Leslie se virou para se afastar de Mitchell, mas ele agarrou seu braço. Sem convite, a imagem do traficante se contorcendo até o chão com a mão dela em seu pulso veio à mente. *Isso seria errado.* Ela ficou olhando para a mão de Mitchell em sua pele. *E daí? Ele está errado.*

– Não toque em Leslie – disse Niall. Ele não se moveu, mas a tensão em seu corpo era óbvia o bastante para que as pessoas se afastassem.

– Niall? Está tudo bem. Eu cuido disso. – Ela soltou o braço da mão de Mitchell, mas quando se virou, Mitchell deu um tapa em sua bunda. Os amigos dele riram de novo, mas dessa vez soaram um pouco nervosos.

Leslie fez meia-volta, a mão fechada em um punho, irada em um grau que fez com que se sentisse obscenamente bem. Por um momento, sua visão apagou. Gente pela boate toda a observava, mas não pareciam pessoas. Garras, espinhos, asas, chifres, pelos, feições deformadas, tantas pessoas pareciam ter *algo de errado*. Isso fez com que ela parasse.

Niall se meteu na sua frente e perguntou:

– Você está bem?

Ela se sentia tudo menos bem. Seu pulso estava acelerado como se ela tivesse tomado pílulas de cafeína com doses de café-expresso. Sua vista estava tão confusa quanto suas emoções. E ela não tinha vontade de dizer nenhuma dessas coisas em voz alta. Em vez disso, falou:

– Estou bem. Estou bem... Está tudo... bem. Você não precisa...

Ele a interrompeu.

– Ele não devia desrespeitar você dessa maneira.

Leslie pôs a mão no ombro de Niall.

– Ele não é ninguém. Venha.

Mitchell revirou os olhos. Ela esperava que ele fosse embora, mas ele estava muito bêbado para ter o bom senso de manter a boca fechada. Ele se apoiou em Niall.

– Você não precisa agir como um herói para transar com ela, cara. Ela vai abrir essas pernas magras para qualquer um. Não vai, Lezzie?

O som que saiu da boca de Niall foi mais animal do que humano. Ele se lançou para a frente, o corpo em um ângulo estranho, como se algo estivesse fisicamente o impedindo. Mitchell recuou. Leslie foi atrás dele. Depois esticou as mãos e pegou o rosto de Mitchell, puxando-o em sua direção como se fosse beijá-lo. Quando ele estava perto o bastante para sentir as palavras dela em seus lábios, Leslie sussurrou:

– Não faça isso. Não essa noite. Nunca mais. – Ela espremeu o rosto dele até que lágrimas surgissem em seus olhos. – Eu vou acabar com você. Entendeu?

Em seguida o soltou, e ele andou aos tropeços para trás. As pessoas que a observavam, aquelas que há um momento pareciam emplumadas ou estranhamente desproporcionais ou algo mais incomum ainda, sorriram. Alguns balançaram a cabeça para ela, assentindo. Outros aplaudiram. Ela desviou o olhar deles. Eles não importavam. O que importava era que a batida de seu coração estava calma novamente.

Uns poucos passos distante, Mitchell gaguejava:

– Ela... ela... você viu... essa vaca ameaçou...

Neste instante, Leslie se sentiu invencível, como se pudesse entrar no meio de uma briga e não ser tocada, como se houvesse alguma energia extra zumbindo em seus ossos. Isso fez com que quisesse se mexer, andar, testar o quanto poderia aguentar. Começou a se mover, mas Niall tocou gentilmente seu braço.

– Existem muitos perigos lá fora. – Ele captou seu olhar e o devolveu. – Seria mais seguro se eu te acompanhasse.

Segurança não era bem o que a atraía naquele momento. *Segura* não era como se sentia. Invencível, no controle, *poderosa* – essas palavras pareciam mais próximas à verdade. Fosse lá o que fosse essa falta de medo, essa força, essa diferença, estava começando a gostar. Ela deu uma risada.

– Não preciso de proteção, mas aceito a companhia.

Embora Niall tivesse ficado quieto durante a maior parte do tempo enquanto caminhavam pelas ruas escuras, o clima não era de estranheza ou desconforto entre eles. As sensações ruins dela, seus medos e temores usuais pareciam ter sumido. Era uma sensação boa. Ela se sentia bem. A escolha de mudar a si mesma, de ter sua pele decorada, fora um ponto de mudança.

Niall segurou a mão dela enquanto andavam.

– Você fica na casa de Seth essa noite? Eu tenho a chave.

Ela quis perguntar por que ele se importava onde ela dormiria, mas a chance de ficar em algum lugar seguro era razão bastante para não questionar. Ela podia se sentir invulnerável, mas não estava completamente estúpida. Então perguntou:

– E o Seth, onde está?

– No *loft* com Aislinn.

– E onde você pretende ficar?

– Do lado de fora.

– Então você vai dormir no quintal? – Ela olhou em volta, e ao fazer isso o viu com o canto do olho. O rosto que ela reconhecia não estava lá. Os olhos dele não estavam somente castanhos: brilhavam com a pátina de madeira bem envelhecida, o resplendor de algo acariciado com frequência. Sua cicatriz estava vermelha, como uma ferida ainda sensível, alta como se um animal tivesse lascado sua pele com uma garra. Mas não foram essas coisas que a fizeram prender a respiração tão repentinamente: ele brilhava de leve, como se estivesse sendo iluminado por uma brasa interna.

Como no Ninho do Corvo, o que ela vira um momento atrás e o que via agora não era, de forma alguma, a mesma coisa. Estremeceu, olhando fixamente para ele, esticando a mão para tocar as espessas sombras negras que se demoravam em sua pele. Essas sombras negras se avolumaram em direção à mão dela, como se fosse magnética.

– Leslie? – sussurrou Niall seu nome, e era a voz do vento percorrendo o beco, não um som feito por uma pessoa.

Ela piscou, esperando que ele não fosse uma dessas pessoas que perguntavam "O que você está pensando?". Ela não tinha certeza do que responderia. As sombras pressionaram seus dedos esticados e ela teve um lampejo da tinta no estúdio de Rabbit: aquelas sombras do pote destampado de tinta quiseram rastejar na direção dela.

Niall voltou a falar:

– Quero ficar com você, mas não posso.

Ela o encarou hesitante, tão aliviada por ele parecer normal de novo. Olhou para a rua. Tudo parecia bem. *O que acabou de acontecer?* Ela estava quase virando a cabeça de novo, para descobrir se ele estava diferente de novo, mas ele ergueu a mão dela até seus lábios e pressionou um beijo na parte interna de seu pulso.

Ela se esqueceu de olhar para ele com a visão periférica, se esqueceu das sombras que se moviam furtivamente em sua direção. Era uma escolha. Ela podia olhar para a feiura, a estranheza, a discordância, ou podia se permitir aproveitar a vida. Ela queria isso, prazer em vez de feiura. Niall oferecia isso a ela.

Ele se inclinou mais para perto, seu rosto pairando sobre a pulsação em sua garganta agora. Soou como se ele houvesse dito:

– Você sabe do que eu abriria mão para estar com você?

Mas em seguida ele se afastou e a distância retornou à sua voz.

– Deixe que eu te leve até a casa de Seth esta noite. Ficarei ao seu lado até você dormir, se você quiser, se você me permitir.

– Tudo bem. – Leslie se sentiu tonta, e se inclinou na direção dele.

Niall segurou o rosto dela.

– Leslie?

– Sim. Por favor. – Ela se sentia inebriada, em êxtase. Era muito gostoso, e ela queria mais.

Os lábios dele estavam próximos o bastante para que ela sentisse seu hálito em cada palavra.
— Me desculpe. Eu não devia...
— Eu disse sim.
E ele acabou com a distância entre eles e a beijou. Ela sentiu a mesma torrente de ventos violentos que pensara ter ouvido na voz dele. Sentiu aquilo se enroscar à sua volta como se o ar tivesse se tornado sólido e a tocasse em todos os lugares de uma só vez, ao mesmo tempo suave e firme. O chão pareceu diferente, como se pudesse haver um musgo espesso embaixo de seus pés se ela olhasse. Era eufórico, mas em algum lugar lá dentro, o pânico tentava forçar sua saída para a superfície. Ela começou a se desvencilhar dele, abriu os olhos.
Ele apertou ainda mais seu abraço e sussurrou:
— Está tudo bem. Vai ficar tudo bem. Eu posso parar. Nós podemos... parar.
Mas parecia que ela estava na beira de um abismo, uma massa rodopiante de sabores e cores que não sabia poderem existir. O pânico desapareceu, e tudo em que ela conseguia pensar era como alcançar aquele abismo, para mergulhar nele. Não havia dor lá. Não havia nada a não ser êxtase, entorpecente, que saciaria sua alma.
— Não quero parar — murmurou ela, e pressionou seu corpo contra o dele.
Isso não está certo. Ela sabia disso, mas não se importava. Pequenas lascas de sombras dançavam no limite de sua visão, girando como se pudessem se esticar até consumir a lua. *Ou a mim.* E, nesse momento, torceu para que conseguissem.

Capítulo 18

Enquanto Niall conduzia Leslie pela rua em direção ao trem de Seth, ficou se perguntando quanto tempo aguentaria ficar cercado por tanto aço. Essa parte da cidade era dolorosa para qualquer criatura mágica que não fosse da corte. Era por isso que ele queria Leslie lá, a salvo dos olhos intrometidos das criaturas de Irial. Isso não impediria o próprio Irial, mas manteria Leslie segura do restante da Corte Sombria – mesmo que isso fizesse com que Niall adoecesse.

Contudo, eu mereço isso, adoecer. Ele testara os limites dela, cruzou linhas que sabia que não deveria ultrapassar. Depois de todo esse tempo, ele chegara perto de ceder ao que era – e ela morreria por causa disso se ele levasse tal postura adiante.

– Você ainda está comigo?

– Estou. – Ele se virou para olhá-la e os viu: Bananach e vários dos seres encantados menos obedientes de Irial. Não estavam perto o bastante para ver Leslie, mas em breve estariam se Niall não a deslocasse. Ele a empurrou para dentro de um portal sombrio e a virou de costas para a rua, mantendo

Leslie fora da vista deles. Ela não resistiu. Em vez disso, levantou a cabeça para que ele pudesse beijá-la de novo. *Só mais um beijo.*

Quando ele se afastou, foi mais cuidadoso dessa vez, curtindo o deslumbre nos olhos dela, a consciência de que fizera com que ela se sentisse tão próxima de cair, mas mantendo seu feitiço firmemente no lugar. Quis perguntar-lhe o que tinha ouvido, o que vira mais cedo, mas não era uma conversa que pudesse começar – não com as regras de Aislinn em vigor, e não com Bananach nas ruas atrás deles.

Era nisso que ele deveria estar se concentrando – na ameaça que Bananach representava. Niall virou a cabeça para ver melhor as criaturas mágicas famintas por guerra, tentando pensar em opções seguras de retirada. Sua mente estava confusa, entretanto. Bananach parecia muito bela, como sempre, a cabeça penada de corvo de sua verdadeira imagem rivalizando com seu feitiço de cabelos negros e macios. Ela era uma das menos comportadas das criaturas da corte de Irial. Fora quem uma vez derrubou Irial e frequentemente procurava uma forma de repetir o feito – não para conter a corte, mas para disseminar a guerra dentro dela. Ela estar vagando pelas ruas com vários Ly Ergs a tiracolo não cheirava bem.

Devemos ir. Agora. Nós devemos...

Leslie pressionou o corpo contra o dele. Ele inspirou profundamente mais uma essência que era curiosamente só dela. Mortais sempre tinham cheiros tão diferentes. Quase esquecera o quanto gostava disso. Beijou o pescoço dela para que Leslie não achasse estranho ele pousar o rosto ali. *Bananach não nos viu. Temos mais alguns momentos.* Entre beijos, ele disse a Leslie:

– Eu ficaria sempre com você se pudesse.

E ele dizia aquilo de coração. Naquele instante, ele realmente estava sendo sincero. Fora parte da Corte do Verão por tempo demais para dizer para sempre, e antes disso era menos capaz ainda de ser fiel, mas naquele momento, enquanto sentia seu corpo contra o dela, era tão fervorosamente sincero quanto era possível.

Que mal há em permitir que ela passe um tempo comigo? Se eu for cuidadoso... Ela só ficaria doente se ele a deixasse. Ele poderia ficar com ela por algumas décadas.

Atrás dele, Niall sentiu a rua tremer quando Gabriel e vários Hounds apareceram. Niall ficou tenso. Ele não era capaz de fazer frente a Bananach, Ly Ergs e Gabriel.

E como explico isso a Leslie?

Mas, quando ele olhou de volta, Gabriel e os outros estavam todos invisíveis. Leslie não podia ver nem ouvir nenhum deles.

Gabriel despachou vários Hounds cujos nomes Niall não se recordava – ou não se importou em memorizar – e eles foram atrás dos Ly Ergs alegremente. Em seguida, ele disse:

– Vá indo, rapaz, a não ser que você queira ajudar.

Niall sustentou o olhar de Gabriel, já que responder era impossível.

– Tire ela daqui, Gancanagh. – Gabriel se inclinou para a esquerda quando Bananach voou para ele. Ela estava gloriosa, movendo-se com uma elegância que poucas criaturas mágicas poderiam igualar. Em vez de sair de seu caminho, contudo, Gabriel se postou entre Bananach e Niall.

A mulher-corvo arrancou uma lasca de carne do braço de Gabriel, onde as ordens de Irial estavam escritas.

O rosnado de Gabriel fez as paredes tremerem quando ele se virou para Bananach.

– Vá.

Niall se virou quando Leslie se inclinava contra ele, seus olhos desfocados. Ela os fechou e foi para a frente como se fosse cair. A vergonha o tomou. Os beijos deles a feriram e o haviam distraído além do razoável. Se Gabriel não estivesse lá, Bananach os pegaria em instantes.

O que está acontecendo comigo? Ele deveria ser capaz de resistir a uma garota mortal, especialmente na presença de uma ameaça fatal. Sempre fora viciante para mortais, mas elas nunca foram viciantes para ele. Elas o deixavam bêbado, tão intoxicado que mal podia ficar de pé, mas nunca eram impossíveis de resistir. Ele olhou para Leslie. Era bonita, mas ele havia visto um monte de garotas bonitas ao longo dos anos. Beleza não era razão suficiente para que ele perdesse o controle daquela maneira. Nada fazia sentido. Ele precisava se afastar. Não estava mantendo Leslie segura das criaturas de Irial – ou de si mesmo.

Ele a manteve de pé com seu braço enquanto andavam. Atrás deles, podia ouvir os sons horripilantes do confronto entre as criaturas sombrias. Havia muito tempo desde a última vez em que os rosnados de Gabriel foram um som bem-vindo, mas essa noite o Hound salvara ele e Leslie.

Por quê?

Um guincho alegre de Bananach fez com que ele girasse Leslie para dentro de um portal. Ele sentiu a agourenta onda do movimento de Bananach na direção deles.

As costas de Leslie estavam pressionadas contra uma alta cerca de ferro. Ela o encarou com a franqueza de tantas mortais ao longo dos anos, os lábios entreabertos para um beijo que ele sabia que não deveria dar.

– Niall?

– Só... – Não havia palavras que ele pudesse dizer. Desviou o olhar, contando cada respiração medida, se concentrando em não tocar nela. Atrás deles ouviu os Hounds de Gabriel se aproximando. Bananach não mais comemorava. Em vez disso, ela proferia insultos aos Hounds. Até que, então, havia somente silêncio na rua.

E ele podia ouvir a respiração desencontrada de Leslie, que se igualava à dele, prova de que ambos estavam mais excitados do que deveriam. *Ela não deveria estar embriagada assim por causa de alguns beijos.* Não era como se ele a tivesse tocado de alguma maneira realmente íntima. *Ainda.* Ele queria, mais do que podia se lembrar de ter desejado uma mortal. Pôs as mãos contra a cerca de ferro atrás de Leslie: a dor que isso lhe causava ajudava a afastar os pensamentos irracionais.

Ele olhou para trás para avaliar se era seguro se moverem. Bananach fora embora. Os Hounds também. Nenhuma outra criatura mágica vagava pela rua. Havia apenas eles dois. Ele soltou a cerca e abriu a boca para encontrar uma desculpa que explicasse por que ele a empurrara contra a parede e a beijara – uma desculpa que freasse as coisas antes que elas piorassem.

Tais palavras existem?

Mas a mão de Leslie deslizou sob a camisa dele, tímida mas lá. Ele podia sentir as elevações dos cortes na palma da mão e nos dedos dela enquanto deslizava sua mão pela espinha dele.

Ele se afastou.

Incapaz de manter a mão nas costas dele, ela a deslizou em seu peito, perambulando por debaixo da camisa de Niall. Os dedos dela traçaram o caminho até o seu coração.

Nenhum dos dois falou ou se mexeu por um tempo. A pulsação de Leslie voltara ao normal. Sua paixão se acalmara. A culpa dele, por outro lado, não iria embora tão rápido. Não havia nada que ele pudesse dizer para voltar atrás, mas também não podia avançar. Seu plano de se aproximar como amigo estava falhando horrivelmente. Ele disse:

– Nós devíamos ir.

Ela assentiu, mas seus dedos continuaram traçando linhas no peito dele.

– Você tem um monte de cicatrizes – disse ela, sem fazer perguntas, mas deixando o comentário no ar, para que ele respondesse ou não.

Responder a essa pergunta implícita era algo que ele não fazia, não quando seu rei era jovem demais para perceber que esta era uma pergunta que não se fazia, não quando levava qualquer criatura para sua cama, não quando sua nova rainha o vira pela primeira vez nas práticas de guarda e olhou para ele com lágrimas nos olhos. Mas Leslie tinha suas próprias cicatrizes, e ele sabia o que causara as dela.

Ele beijou cuidadosamente suas pálpebras e disse:

– Isso foi há muito tempo.

A mão de Leslie permanecia onde pousara, sobre o coração dele. Se pensou algo a respeito dos seus batimentos cardíacos inconstantes, não falou nada.

Finalmente perguntou:

– Foi um acidente?

– Não. Foi de propósito, e muito. – Ele trouxe a mão livre dela até a cicatriz em seu rosto. – Nenhuma dessas foi acidental.

– Sinto muito. – Ela se ergueu e beijou a bochecha dele. Sua gentileza era ainda mais perigosa que sua paixão.

Se ele pensasse a respeito, podia sentir a dor tão vívida quanto quando aconteceu. A memória da dor clareou sua mente, o ajudou a se concentrar onde estava e o que ele precisava ser para Leslie: forte, cuidadoso, um *amigo*. Ele disse:

– Eu sobrevivi. Não é o que importa? Sobreviver?
Ela desviou o olhar.

– Espero que sim.

– Você está decepcionada comigo?

– Não. Meus deuses, não.

– Algumas pessoas ficariam.

– Eles estão errados. Seja lá quem tenha machucado você... – Ela sacudiu a cabeça e fez um olhar homicida. – Espero que tenham sofrido pelo que fizeram.

– Não sofreram. – Então ele desviou o olhar. Se ela soubesse o quão mal eles lhe fizeram, sentiria piedade dele? Pensaria nele menos como um homem por não ter tido a força necessária para escapar deles? Ele tivera, depois. Naquele tempo ele poderia alegremente ter se tornado uma sombra, desaparecer em vez de suportar outro momento daquela dor, daquelas memórias. Teria sido mais fácil desistir, dar um fim àquilo. Em vez disso, o último Rei do Verão o encontrara, o levara para a Corte do Verão e lhe dera o espaço para que recuperasse seu orgulho, para que reconstruísse sua mente.

– É terrível pensar que eles estão por aí, em algum lugar. – Ela olhou dele para as ruas escuras, procurando por rostos nas sombras como ele a vira fazer tantas noites que andara invisível ao lado dela. – Eu nunca sei. Não lembro de alguns dos rostos deles... Eu estava drogada quando eles... você sabe.

– Estupraram você – disse ele, gentilmente. – E sim, eu sei bem.

A mão dela seguiu a cicatriz dele de novo, dessa vez hesitando um pouco mais. A expressão chocada no rosto dela confirmou o que entendera.

– Você?

– Foi há séculos.

Os olhos dela se encheram de lágrimas.

– Algum dia isso vai sumir? O pânico?

E ela olhou para ele com uma esperança tão grande que ele desejou que criaturas mágicas pudessem mentir. Ele não podia. Então disse:

– Melhora. Alguns dias, alguns anos, é quase como se não tivesse acontecido.

– Já é alguma coisa, não é?

– Em alguns dias é quase tudo. – Ele a beijou delicadamente, apenas um roçar de lábios, não procurando por paixão, mas oferecendo conforto. – E às vezes você conhece alguém que não te vê de uma maneira completamente diferente quando você conta. *Isso* é tudo.

Silenciosamente ela descansou o rosto no peito dele, e ele a abraçou e admitiu para si mesmo a verdade: *Por esta mortal eu desobedeceria minha rainha, abandonaria meu rei, a corte que me protegeu durante todos esses anos. Tudo isso.* Se ele a tomasse em seus braços, ficaria com ela. Não deixaria que ela sofresse da forma como outras mortais sofreram quando as deixou. Ficaria com ela, com ou sem a permissão de sua corte. Irial não colocaria as mãos nela, e Keenan não poderia ficar entre eles.

Capítulo 19

Leslie acordou no meio da noite e viu Niall deitado ao seu lado, febril, sua pele úmida e brilhando de suor. Ele não estava agitado, e sim perfeitamente imóvel. Seu peito não parecia estar se movendo de forma alguma.

Ela agarrou o ombro dele e o sacudiu:

– Niall?

Ele piscou para ela, mas não levou muito tempo para que se sentasse e olhasse em volta.

– Você está ferida? Tem alguém aqui?

– Não. – A pele em que ela punha a mão estava quente ao toque, muito mais quente do que parecia possível. – Você está doente, Niall. Fique aqui.

Ela foi ao banheiro e pegou uma toalha de mão. Após empapá-la com água gelada, voltou. Niall tinha fechado os olhos e estava novamente deitado na enorme cama de Seth. Se ele não parecesse estar à beira de um desmaio, seria uma ótima visão. Ela ajoelhou na cama e umedeceu o rosto e o peito dele com a toalha gelada, mas não houve nenhuma reação. Seus olhos permaneceram fechados. Seu batimento cardíaco estava rápido o bastante a ponto de ser possível vê-lo na garganta dele.

– Você acha que pode andar até a sala da frente? Posso chamar um táxi – murmurou Leslie, procurando o celular pelo quarto.

– Táxi? Para onde?

– Para o hospital. – A tolha molhada já estava morna ao toque, e o corpo dele não estava nem um pouco mais frio.

– Não. Não vamos para lá. Vamos ficar aqui ou vamos para o *loft*. – Ele abriu os olhos e olhou para ela. Não havia como confundir aquele olhar com algo remotamente são.

Ela suspirou, mas manteve a voz gentil ao dizer:

– Querido, você está *doente*. Você sabe o motivo?

– Alergia.

– Alergia a quê? Você tem algum desses aplicadores de antialérgico? – Ela apanhou a blusa dele no chão e procurou no bolso da frente. Não havia nada. Largou a blusa. *Onde mais?* Não havia nada nas mesas de cabeceira. Ela enfiou a mão dentro dos bolsos do jeans, que ele ainda vestia.

Niall segurou a mão dela.

– Não te trouxe aqui para transarmos, e nem mesmo me sinto bem o suficiente para isso, mas – ele a puxou para si até que ela estivesse esparramada em seu peito – não significa que eu esteja imune ao seu toque.

Apoiando a mão na parede, ele se levantou.

– Me ajude a ir lá para fora. Preciso de ar. Arejar a cabeça antes que eu diga algo que não posso.

– Algo que você *não pode*? – Ela se levantou e ficou ao lado dele, oferecendo seu apoio. Ele envolveu seus ombros com o braço; ela passou o braço pela cintura dele.

Mais conversando consigo mesma, Leslie disse:
— Seth. Ash. Todo mundo está guardando segredos. — Ela olhou para Niall. — Vou continuar fazendo perguntas a vocês até arrancar algumas respostas de alguém.

Ela se concentrou em conduzir Niall pelo trem e para fora. Ele sibilou quando esticou a mão e tocou a porta. Ambos se desequilibraram quando ele recuou.

— Você está legal?

— Não — disse ele. — Não muito. Mas vou ficar.

Sem saber o que dizer ou fazer, Leslie olhou em volta e viu uma das cadeiras de madeira de Seth.

— Venha — chamou ela.

Niall se apoiou pesadamente enquanto ela arrastava a cadeira para longe do trem em direção às sombras do jardim. Era difícil e desconfortável, mas Leslie tinha muita prática em manobrar o pai bêbado até o quarto dele. Niall sentou-se na cadeira. Ela acabara de se afastar um pouco dele quando Keenan apareceu. Ele pareceu se materializar no terreno sombrio. Não estivera em lugar nenhum à vista, e de repente estava na frente deles — e furioso.

— O que você estava pensando? — perguntou Keenan.

Niall não respondeu.

Leslie ficou tensa, sentindo um impulso de fugir quando ele se aproximou. Não sabia ao certo de onde ele viera ou por que estava lá. Não podia imaginar como ele poderia ter chegado tão inesperadamente ou por que se sentia tão inquieta em sua presença. Tudo que sabia era que ele a assustava e que queria que Keenan fosse embora.

— Eu não sabia que ele era alérgico a... — Leslie olhou para Niall. — A que você é alérgico?

– Ferro. Aço. Ele é alérgico a ferro e aço. Todos nós somos. – Keenan fechou a cara. – Isso não faz sentido nenhum, Niall.

Leslie se aproximou de Niall, muito desconfortável com a hostilidade na voz de Keenan. *Sal para fúria, como água do mar em minha boca.* Ela tocou o ombro de Niall e achou a pele dele bem mais fresca agora.

– Este não é o lugar – murmurou Niall.

Mas Keenan continuou.

– Se Irial a quer...

Leslie perdeu a cabeça.

– Eu estou bem aqui, seu idiota. E quem você acha que é para falar com ele desse jeito? Você deveria pensar...

– Leslie. – Niall pousou a mão sobre a dela.

– Não. Por que você está aguentando tudo isso? – Ela desviou o olhar rapidamente para Niall e depois voltou para Keenan. – Não fale sobre mim como se eu não estivesse aqui. Não aja como se ter um psicopata amigo seu dando em cima de mim significasse...

– Fique quieta para variar, será possível? – Keenan se aproximou dela; seus olhos pareciam brilhar com minúsculas chamas. – Você não tem ideia do que está falando.

– Vai se danar. – Leslie tentou erguer a mão para arrancar com um tapa a expressão condescendente do rosto dele, mas Niall agora agarrava suas mãos.

– Não sei ao certo por que ele quer essa aí, mas – Keenan deu de ombros – se ela é importante para ele, quero saber por quê. Você se ferir por causa dela deixaria Aislinn chateada e não teria nenhuma serventia para mim.

A boca de Leslie se escancarou quando Keenan falou: não soava em nada como era quando estava com Aislinn, nada parecido com quando ele entrou na Bishop O.C. durante aquelas poucas semanas no outono. Ele parecia velho, bem mais velho do que poderia ser, e insensível.

– Seja mais cuidadoso e aproveite o tempo que tem, meu *amigo Gancanagh*. – Então, depois de dar a Leslie uma breve examinada que fez com que ela se sentisse tão exposta que quis se esconder, Keenan foi embora.

Leslie ficou olhando para o quintal sombrio. Apesar da escuridão, ela podia ver o falho contorno do corpo de Keenan quando ele se foi.

Ao lado dela, Niall observava as sombras em silêncio.

Leslie ficou ao lado dele. Ela tocou sua testa, seu pescoço, seu peito: a febre baixara. Ele parecia fisicamente saudável – cansado, mas bem.

– Keenan tem boas intenções, mas se preocupa...

– Ele é grosso. Exigente. Não é a pessoa que finge ser quando está perto de Aislinn. Ele... – Ela se interrompeu e ajustou o tom. – Se houver alguma razão para ser legal com ele, agora seria uma boa hora para me dizer qual é.

– Não posso. Ele está sob pressão. Aislinn ajuda, mas há muita coisa que não posso contar a você. Eu contaria, se pudesse. Te contaria tudo. Você provavelmente não iria querer me ver depois, mas... – Ele a puxou para seu colo e a encarou.

– Mas o quê? – Ela passou os braços em volta dele. E sua raiva de Keenan, sua desconfiança, sua dificuldade... Tudo se foi.

Niall disse:

– Eu espero que você queira me ver depois que todos os nossos segredos forem expostos. Será uma escolha *sua*, mas realmente tenho esperança de que você ainda me queira por perto.

Ela não tinha certeza se queria saber, mas *precisava*. Gostava de Niall, muito mais do que deveria depois de tão pouco tempo, mas não estava interessada em se envolver mais se ele estivesse fazendo algo criminoso. Ela já tinha o bastante disso em sua vida.

– Você está envolvido em algo ilegal?
– Não.
– Tráfico de drogas? – Seu corpo ficou tenso enquanto aguardava a resposta.
– Não eu. Não.
– Keenan?

Niall soltou uma gargalhada.

– Aislinn jamais toleraria isso, mesmo que ele tivesse inclinações nesse sentido, o que não tem.

– Ah. – Ela pensou sobre isso: o fato de que Keenan raramente ia a qualquer lugar sozinho, a boate bizarra, a alergia estranha, o segredo do qual Aislinn e Seth eram parte, de alguma forma. Nenhuma dessas coisas se encaixava direito; não fazia sentido, não importava o quanto ela analisasse.

O que deveria me deixar apavorada. Mas suas emoções não cooperavam nem um pouco com esse raciocínio. *O que também deveria me apavorar.*

Ela sustentou o olhar de Niall e perguntou:
– Do que ele te chamou?
– Gancanagh. É um tipo de nome de família. Mas eu não posso explicar nada além disso agora. – Niall suspirou e a trouxe mais para perto. – Essa noite farei o melhor que puder para responder qualquer questão sua, mas... Aislinn precisa conversar com você primeiro. Sem mais perguntas até hoje à noite. Explicarei a ela que nós, que você... Ela vai entender. Me encontre no Ninho do Corvo? Nós conversaremos com ela.

Ela quis pressionar Niall para que contasse tudo a ela imediatamente, mas podia perceber pela tensão dele e pelo tom apreensivo em sua voz que ele não cederia. Ela se virou para ficar cara a cara com ele.

– Promete que vai me contar tudo? Essa noite.

– Prometo. – Em seguida, Niall sorriu.

Leslie o beijou cautelosamente. Sabia que ele contaria a ela, tinha certeza disso, estava certa em relação a ele.

Mas ele se afastou do beijo quase imediatamente e perguntou:

– Então, posso ver como está a tatuagem? Ou é em algum lugar impróprio?

Ela riu.

– É nos meus ombros...Que mudança de assunto sutil.

Funcionara, contudo – ou talvez tenha sido o beijo dele que tinha feito com que se sentisse tão relaxada. Ainda que ele estivesse se contendo, ela sentia o próprio corpo reagindo de um jeito que pensou que jamais reagiria novamente.

– Então, posso ver a tatuagem? – Ele começou a inclina-la para a frente, ainda a abraçando.

– Hoje à noite. Rabbit vai terminar a tatuagem hoje à noite, depois do trabalho. Aí você poderá vê-la, quando estiver terminada. – Ela não sabia bem por que, mas desde o momento em que saíra do estúdio de Rabbit, desenvolvera uma forte aversão a exibir sua tatuagem para qualquer pessoa. *Ainda não.*

– Outra razão para aguardar ansiosamente nosso encontro, então. Conversar, ver sua obra de arte, e... – ele lançou um olhar que fez com que sua pulsação disparasse – qualquer outra coisa que faça você feliz.

Ele a beijou gentilmente na testa, nas bochechas, nos olhos, nos cabelos.

– Não quero que você vá embora – sussurrou Leslie, achando mais fácil admitir isso na escuridão. – Mas o que Keenan falou. O jeito como ele... Quero você aqui comigo agora mesmo. Quero você comigo há meses.

Ele a beijou de fato nesse momento, não de maneira delicada como antes, mas com força.

Depois disse a ela:

– Eu deixarei Keenan e Aislinn se for preciso. Vou abrir mão de tudo, de todos, pela chance de estar com você...

Mesmo sem entender muito bem o que estava acontecendo, ela entendeu que Niall oferecia renunciar à sua família para ficar com ela. *Por quê? Por que estar com ela seria tão importante?* Leslie passou as pontas dos dedos no seu rosto.

Ele disse:

– Se você me quiser em sua vida, estarei aqui. Pelo tempo que você quiser. Lembre-se disso. Vai ficar tudo bem. Ficarei com você e ficaremos bem. Aconteça o que acontecer, não importa o que você venha a saber, lembre-se disso.

Ela assentiu, embora sentisse como se tivesse ingressado em um mundo bizarro onde tudo que acreditava saber houvesse evaporado. Mas mesmo com toda a bizarrice, estar nos braços de Niall fez com que ela se sentisse segura, amada, como se o mundo não fosse horrível. Entretanto, ela não podia ficar em Huntsdale, vivendo com Ren e seu pai, onde tudo fora tão horrivelmente ruim.

– Não posso pedir a você que abra mão de tudo quando nem mesmo eu tenho certeza de onde estarei no ano que vem. Faculdade. E nós não nos conhecemos, não de verdade. E...

– Você quer que a gente se conheça? – perguntou gentilmente Niall.

– Quero.

– Então daremos um jeito. – Ele se levantou, com ela em seus braços, e andou em direção ao trem. A mais ou menos um metro de distância, ele a pôs no chão. – Entre e durma. Estarei aqui quando você acordar. Esta noite Aislinn conversará com você... ou eu farei isso.

E, quando Leslie se aninhou na cama, percebeu que estava acreditando em Niall, neles dois, acreditando que tudo realmente poderia dar certo. Aqueles sonhos de encontrar alguém que se importasse com ela, que a visse como uma pessoa... talvez não fossem tão impossíveis quanto pareciam.

Capítulo 20

A manhã mal havia começado quando Irial entrou na Pinos e Agulhas, observando os mortais do lado de fora da loja com um novo interesse. Leslie daria a ele o suficiente da mortalidade dela para que se tornasse capaz de se alimentar deles, se fortalecesse. Funcionara com algumas das criaturas de cardo, funcionara para a criatura dos dentes verdes e suas irmãs. Ele não podia se enfraquecer mais. Não podia permitir que suas criaturas ficassem mais fracas e encontrassem seu fim pelas mãos de mortais. Essa não era uma opção. Ele teria sua mortal e se nutriria – por meio dela – para alimentar sua corte. Se estivessem fortes o bastante, ele e sua mortal, sobreviveriam a isso. Se ela não fosse tão forte quanto ele imaginava, morreria ou acabaria louca; ele passaria fome, se desvaneceria ou pior: falharia com sua corte.

Mas ela é uma mortal forte. Ele esperava que ambos pudessem sobreviver. Nunca se importara com algum deles; havia umas poucas criaturas semimágicas, como Rabbit, que tinham alguma importância –, mas não mortais de fato.

– Iri. – O rosto de Rabbit se iluminou com a alegria inexplicável que ele parecia sentir quando Irial o visitava.

– Menino-coelho.

– Cara, você realmente precisa parar de me chamar assim. Ani e Tish estão por aqui, em algum lugar. Você sabe como elas são – falou Rabbit, fazendo cara feia.

– Eu sei. – Irial deu um sorrisinho forçado. Não conseguia ver Rabbit como um homem feito, apesar da prova que se postava na frente dele. – Como estão as crianças?

– Me preocupando.

– Eu avisei. Está tudo no sangue. – Irial puxou o livro que trouxera consigo. – Gabriel manda seus melhores pensamentos.

– Ele tem pensamentos bons? Seria legal se elas tivessem herdado isso. – Rabbit pegou o livro, folheando-o tão ansiosamente quanto se fosse a primeira vez que Irial tivesse lhe dado imagens das criaturas mais reclusas. Os símbolos e rascunhos toscos eram o princípio do que seriam tatuagens que ligariam mortais à Corte Sombria. Rabbit as recriaria de uma maneira que as criaturas mágicas não eram capazes, captando os defeitos e a beleza até que pulsassem na página e buscando o mortal que pudesse usá-las. Era uma habilidade inquietante, sobre a qual nenhum dos dois falava.

Depois Ani e Tish apareceram na sala, guinchando daquele jeito superexcitado delas.

– Iri!

– Como está papai?

– Ele mandou alguma coisa? Ele esteve aqui.

– Ele conheceu Leslie.

– Rabbit não me deixa mais ir à praça.

– Você já viu as novas rainhas? Nós conhecemos a Rainha do Verão.

– Nós não *conhecemos* ela. Nós *fomos apresentadas* a ela. É diferente.
– Não é, não.
– Deixem Irial falar. – Rabbit suspirou. Ele podia reclamar um pouco, mas tomava conta das garotas com um cuidado que o pai delas não teria. Halflings eram tipicamente frágeis demais para viver na Corte Sombria, mortais demais, mas a Alta Corte acabaria com seu espírito, impediria suas paixões naturais com restrições não naturais. A corte de Sorcha ficara com aqueles que tinham a Visão e com todos os halflings, sem o conhecimento das Cortes do Verão e do Inverno, mas a Corte Sombria tentava manter sua descendência mortal fora de tal rígido domínio. Rabbit retribuíra esse segredo cuidando dos outros halflings que Irial encontrara.
– Tenho bijuterias dos Hounds. – Irial ergueu uma bolsa. – E uma das parentes de Jenny mandou aquelas roupas que vocês queriam.
As garotas arrancaram a bolsa de suas mãos e saíram correndo.
– Monstrinhas exaustivas. – Rabbit esfregou a mão no rosto e gritou: – Sem boates essa noite, vocês me ouviram?
– Prometemos – gritou Tish de algum lugar nos fundos.
Ani voltou correndo para a sala. Sorrindo como uma louca, ela derrapou até parar a uma distância mínina de Irial.
– Você gostou de Leslie? Aposto que gostou. Ela é bem gata. – As palavras dela tropeçavam umas nas outras. Em seguida ela mostrou a língua para Rabbit. – Nós vamos amanhã, então. Promete?
Quando Rabbit pôs a mão sobre os olhos, Irial se pegou oferecendo:
– Eu levo elas.

Rabbit enxotou Ani com um gesto, depois virou a placa na porta para "fechado".

– Agora, vamos tentar.

A sala estava exatamente como sempre estivera, imaculada e imutável. Rabbit envelhecera um pouco, não tão rápido quanto os mortais, mas agora parecia mais próximo dos vinte anos do que da adolescência.

Rabbit indicou a cadeira preta onde os clientes se sentavam.

– Você está legal?

Irial apertou o antebraço de Rabbit e admitiu:

– Cansado.

Depois de ter passado a Rabbit as tiras que Gabriel mandara, Irial se sentou na cadeira e esticou as pernas para a frente.

– Eu ouvi falar sobre Guin. – Rabbit puxou três agulhas e o mesmo número de frascos.

– Gabriel colocou os Hounds para patrulhar: eles acham que ainda estão imunes. As fadas-amantes foram instruídas a ficarem afastadas. – Irial se inclinou para trás na cadeira de tatuagem e fechou os olhos enquanto Rabbit o atava com as tiras. Irial sempre se descobria conversando livremente com Rabbit. Em um mundo de enganos cuidadosamente planejados, havia poucas pessoas em que Irial podia confiar sem reservas. Rabbit herdara toda a lealdade de seu pai, mas também a tendência mortal de pensar demais sobre as coisas, de conversar em vez de lutar.

– Acho que a troca de tintas vai ajudar. – Rabbit enrolou a manga de Irial. – Vai doer.

– Doer *em mim* ou na garota? – Irial abriu brevemente os olhos. – Eu a vi, a mortal.

— Em você. Leslie só vai sentir a tatuagem, acho. Ela aguentou bem o contorno. As lágrimas e o sangue da corte são mais fáceis para um mortal. Suas emoções ficarão instáveis, passageiras por enquanto. Mas ela está superando. Seu sangue será mais difícil para ela... — As palavras dele ficaram no ar. Ele pegou o potinho de vidro marrom que continha a estranha tinta que misturara para as trocas. — Não tenho certeza de como ela vai reagir, já que é *você*. Ela é gente boa.

— Vou cuidar dela — prometeu Irial. Ela ficaria ligada a ele, mas ele se certificaria de que fosse bem cuidada, satisfeita. Ele podia fazer isso.

Rabbit amarrou outra tira ao redor do braço de Irial para ajudar a erguer uma veia. Diferente das que o atavam à cadeira, isso era algo simples — uma faixa de borracha, como aquelas usadas em hospitais mortais.

— Vai dar tudo certo. — Irial testou as ataduras, depois assentiu para Rabbit. Havia poucas criaturas em que ele confiaria a ponto de ficar imobilizado.

Silenciosamente, Rabbit localizou a veia na parte interior ao cotovelo de Irial.

— Ela é mais forte do que você imagina, ou então não teria me escolhido.

Rabbit injetou uma agulha grossa e oca no braço de Irial.

— Pronto?

— Estou. — Mal era uma picada, em nada tão dolorosa quanto ele temera.

Depois Rabbit acrescentou o pequeno filtro que só ele podia fazer à agulha.

A espinha de Irial se curvou. Seus olhos se reviraram. *Isso me fortalecerá. Alimentará minha corte. Protegerá minhas criaturas.* Mas a extração de sangue e essência era tão terrível quanto um pesadelo, como se pequenos bisturis fossem programados para vagar por dentro de seu corpo, rasgando e dilacerando-o em lugares em que coisas afiadas nunca deveriam entrar.

— Mantenha as crianças fora do meu alcance. — Arfou quando sua vista começou a embaçar. — Você precisa... — O estômago de Irial se contraiu. Seus pulmões se apertaram, como se todo o ar que já respirara estivesse sendo sugado de uma só vez.

— Irial? — A voz de Ani veio da porta. Longe o bastante para que ele não pudesse alcançá-la; ainda assim, perto demais.

As mãos dele se cerraram.

— Rab...

— Ani, sai daqui. — Rabbit se posicionou na frente de Irial, bloqueando sua visão dela.

— Vai passar, Iri. Sempre passa. Diga a ele, Rabbit, diga a ele que vai ficar legal. — A voz de Ani foi desvanecendo enquanto ela se afastava.

— Ela está certa.

— Fome. — Irial cravou os dedos na cadeira até rasgar o couro. — Você está me destruindo. Minha corte.

— Não. Isso passa. Ani tem razão. Isso passa. — Rabbit removeu o tubo com um *pluc*. — Descanse agora.

— Comida. Preciso. Chame Gabriel.

— Não. Não até que eu termine a tatuagem. Nada até lá. Ou não funcionará. — Em seguida Rabbit saiu, trancando a porta atrás de si, deixando Irial preso à cadeira.

Capítulo 21

Meio temerosa de que a noite anterior tivesse sido um sonho, Leslie olhou pela janela. *Ele ainda está lá.* Niall estava fazendo algum tipo de alongamento no quintal. Ou já acordara há algum tempo e estava entediado ou estava cumprindo sua rotina de exercícios. Tirara a blusa, e à luz do dia a teia de cicatrizes que cobria seu torso era difícil de olhar. Linhas brancas e finas cruzavam marcas mais grossas, maiores e desiguais, como se garras houvessem rasgado sua pele. Ver toda a extensão dos machucados fez com que Leslie quisesse chorar por ele. *Como é que ele pode sequer estar vivo?* Mas estava. Era um sobrevivente, e isso fazia com que ele parecesse ainda mais bonito.

Fazendo o mínimo de barulho possível, Leslie abriu a porta.

– Ei.

Ele parou no meio do alongamento, ficou tão quieto que parecia congelado, como se tivesse sido esculpido em alguma rara pedra escura. Apenas a voz dele provava que se tratava de um ser vivo.

– Devo te levar à escola?

– Não. – Ela sacudiu a cabeça enquanto caminhava na direção dele. Até então não havia decidido, mas olhando para ele, sabendo que fosse lá o que tivesse acontecido, poderia significar uma mudança em relação a como estavam naquele momento, soube que desperdiçar aquele dia seria tolice. Passar o dia na Bishop O.C... simplesmente não fazia sentido para ela.

– O que você vai fazer hoje? – perguntou Leslie quando chegou ao lado dele. Espontaneamente, sem pensar muito sobre isso, ergueu a mão, deixando que as pontas de seus dedos tocassem levemente as cicatrizes no peito dele, como se seguisse o mapa do caos, linhas cortando linhas, sulcos se ramificando em rugas e ondulações.

Ele não se movera ainda, ficando tão quieto como quando a vira caminhando em sua direção.

– Dar um longo mergulho num rio gelado?

Ela se aproximou mais um pouco.

– Não.

Ele engoliu em seco.

– Se eu continuar sugerindo coisas, você continuará dizendo não?

– Talvez. – Ela sorriu, sentindo-se corajosa, confiante com ele de um jeito que não se sentia com alguém há mais tempo do que queria pensar. – Você quer que eu continue?

– Sim. Não. Talvez. – Ele deu a ela um sorriso fraco. – Eu quase esqueci como essa dança era divertida, esse querer e não ter.

– Tudo bem se eu conduzir? – Ela chegou a enrubescer ao dizer isso. Estava longe de ser inocente, mas ele fazia com que Leslie sentisse que isso importava, que *eles* importavam.

— Na verdade, estou até gostando disso. — Ele limpou a garganta. — Não que correr atrás de você...
— Shh.
— Está bom. — Ele a observou cheio de curiosidade. Ainda não se movera, pés e mãos exatamente na mesma posição em que estavam quando ela se aproximou. Era estranho.
— Você frequentou a escola militar ou algo assim? — perguntou Leslie antes que pudesse impedir a si mesma. *Que pergunta mais idiota!*
Mas ele não estava rindo dela ou agindo como se tivesse estragado o momento. Respondeu, sério:
— Não da forma como você está pensando, mas tive que aprender uma variedade de coisas porque o pai de Keenan achou necessário. Treinamento... É bom saber como se proteger e àqueles que são importantes para você.
— Ah.
— Posso te ensinar algumas coisas sobre como se defender. Não — ele sustentou o olhar dela — que isso vá te manter segura sempre. Há momentos em que, não importa o quanto você tenha treinado, não conseguirá impedir o que os outros querem fazer.
— Então por que... — Ela deixou a pergunta no ar.
— Porque isso me ajuda a dormir à noite, porque me ajuda a manter o foco, porque às vezes gosto de saber que, se eu estivesse em perigo de novo, isso talvez ajudasse. — Ele beijou sua testa. — E às vezes porque espero que isso me fortalecerá o bastante para ser amado e proteger aquela que eu poderia tentar amar.
— Ah. — Mais um vez ela estava perdida.
Ele deu um passo para trás.

– Mas você vai conduzir essa dança, então vou me concentrar em seguir... Depois de perguntar se poderíamos ir até o *loft* para que eu tome um banho.

E foi assim que ele aliviou todos os temores dela e trouxe a tensão de volta àquele confortável sentimento atordoante que partilharam antes que ele começasse a falar sobre violência e amor.

Uma hora depois, Leslie andava por Huntsdale com Niall – com a certeza de que, uma vez que se afastasse dele, a quase ilusória conexão que tinham terminaria. Era tão diferente da caminhada deles na noite anterior, quando eles pararam para se beijar em alcovas e portais escuros.

Eventualmente ele gesticulava para um velho e alto edifício na frente deles.

– Chegamos.

Eles pararam no limite de um pequeno parque que parecia proibido, como se o ar à sua frente tivesse tomado forma e feito uma barricada em volta do jardim. Árvores de todos os tipos floresciam em um tumulto de cores e odores contrastantes; a grama, contudo, era murcha de tão pisada, amarronzada talvez por uma feira ou aglomeração. O parque era bem limpo; não havia lixo ou restos. Também era vazio de pessoas: não havia sequer um vagabundo deitado em algum dos estranhos bancos de madeira que se espalhavam pelo parque. Antigas esculturas de pedra cintilavam como se pertencessem a um museu, e a água na fonte jorrava e soava como uma canção controlada por seu fluxo. Leslie ficou olhando sem parar, o parque curiosamente sedutor, imaginando como algo tão bonito poderia estar ali, sem uso.

– Podemos ir lá?

– No parque? – Niall olhou do rosto dela para o parque, para onde ela estivera olhando. – Acho que sim.

– Não é particular? – Ela observou enquanto o fluxo de água tremeluzia como uma garota ondulando em alguma dança que ela deveria lembrar, que seus ossos uma vez souberam.

Há *uma garota*. A mulher dançava, as mãos erguidas acima da cabeça, o rosto levantado como se ela estivesse falando com o sol ou a lua. Leslie se aproximou, inclinando-se no ar pesado que parecia impedir sua passagem, para deter sua chegada à fonte. Sem se preocupar com tráfego ou qualquer outra razão consciente, Leslie seguiu na direção do parque. Ela parou, capturada entre o desejo e o medo, e incerta se sentia de fato qualquer um dos dois.

– Leslie, você está comigo? – Niall pegou sua mão, impedindo Leslie de entrar no parque.

Ela piscou. A imagem da garota dançando se desfez. As estátuas pareceram escurecidas, e não eram nem de perto tantas quanto pensara. Nem as árvores floresciam: nem sequer havia tantas árvores quanto ela pensara também. Em vez disso, havia pessoas que, de alguma maneira, ela não tinha visto: garotas, muitas das quais pareciam estar observando ela e Niall, vagando pelo parque em pequenos grupos, dando risadinhas e conversando com os rapazes que estavam onde ela pensava que só havia árvores.

– Nada faz sentido, Niall. – Leslie sentiu uma ponta de pânico se apossando dela, mas era menos do que real, mais um murmúrio de emoção que cresceu e se desfez antes que tomasse forma. – Me sinto como... Não sei o que tenho sentido ultimamente. Não sinto medo, não consigo ter raiva por muito tempo. E quando sinto, é como se não fosse minha.

Vejo coisas fora do normal, pessoas com espinhos no rosto, tatuagens que se movem, chifres. Fico vendo coisas que não são reais; eu devia estar assustada. Em vez disso, eu desvio o olhar. Tem alguma coisa errada comigo.

Ele não ofereceu a ela promessas vazias de que tudo ficaria bem ou de que ela estava imaginando coisas; em vez disso, pareceu sofrido, fazendo com que Leslie acreditasse que ele sabia mais do que ela.

O que deveria me deixar furiosa.

Ela tentou se concentrar nisso, mas sua instabilidade emocional crescente se tornara tão pronunciada que era como se fosse uma visitante em seu próprio corpo. Calmamente, como se a questão não importasse, perguntou:

– Você sabe o que há de errado comigo?

– Não. Na verdade, não. – Ele parou. – Sei que alguém terrível está interessado em você.

– Isso deveria me assustar. – Ela assentiu, ainda calma, sem sentir medo. *Ele* estava com medo, entretanto. – Você tem gosto de medo, ciúme e – ela fechou os olhos por um momento, saboreando algum estranho emaranhado de emoções que quase podia sentir na língua – tristeza. – Ela abriu os olhos. – Por que eu sei disso, Niall?

Ele foi tomado por confusão; ela sentiu esse gosto também. Se essas emoções fossem verdadeiras, ele não sabia mais do que ela sobre sua nova habilidade.

– Você pode...

– Sentir o gosto dos seus sentimentos. – Ela o observou, *sentiu* ele tentando ficar calmo, como se suas emoções estivessem sendo armazenadas em caixas que ela não conseguia abrir. Vislumbres de sabores (chicória e mel, sal e canela, menta e tomilho) vagavam como sombras.

– É uma escolha incomum de palavras. – Ele aguardou, não era bem uma pergunta, mas muito próximo disso.

Então ela contou mais coisas que vinha sentindo.

– Tem explosões e ausências. Há tantas coisas que sinto e vejo que não consigo explicar. Isso deveria me assustar. Deveria ter me feito falar com alguém. Mas eu não tinha conseguido... até agora.

– Você sabe quando isso começou? – Ele estava preocupado. A língua dela pesava com um sabor prolongado de limão, e ela sabia que *preocupação* era o sentimento associado àquele sabor.

– Não tenho certeza, não de verdade... – Ela tentou se concentrar. Havia uma mistura de palavras, *o restaurante, o estúdio, o Forte, o museu, quando, por quê*, mas quando ela tentou falar, todas as palavras se foram.

– Irial – disse Niall.

A ira salgada e o ciúme canela voltaram até que a garganta de Leslie queimasse. Ela engasgou, quase tossindo. Mas, quando pensava em Irial, sentia tudo melhorar. Sentiu-se calma de novo. Os gostos se esvaneceram em sua língua.

Niall a apressou de volta para a rua e para dentro de um edifício antigo.

– Nós ainda vamos passar o dia juntos. Ele não virá aqui. Hoje à noite conversaremos com Aislinn e Keenan. Depois disso, você ficará segura. Podemos fazer isso?

A preocupação dele se alongou dentro dela, preenchendo-a, e em seguida deslizou para fora de seu corpo como se tivesse encontrado um túnel para escapar. No lugar disso, sentiu calma. Seu corpo se sentia tão lânguido quanto quando estava na cadeira de Rabbit. *Falar sobre isso não é necessário.* Ela deu de ombros.

– Ainda não temos nenhum plano, certo? Ficarmos juntos, trabalhar, ir ao Rabbit, ficarmos juntos de novo, não é? Claro.

– Só mais algumas horas, então, e tudo vai ficar bem. – Ele pegou a mão dela e começou a subir uma escada de pedra em espiral.

– Nada de elevadores? – Ela olhou em volta. O lado de fora também não era interessante, muito gasto como a maioria das coisas em Huntsdale, mas o interior do edifício era lindo. Como no Forte, obsidiana, mármore e madeira pareciam substituir o que em geral era metal.

– Aço não é permitido aqui – disse Niall distraidamente.

Ela o seguiu até pararem em uma porta que era bonita demais para ser exposta a um passante casual. Pedras – não joias lapidadas, mas pedras em estado bruto – encravadas na madeira criavam um mosaico. Ela esticou a mão, e deixou-a pairando no ar na frente da porta.

– É linda.

Niall abriu a porta de mosaico. O interior não era menos encantador. Plantas altas e cheias dominavam a sala. Inumeráveis pássaros se precipitavam pelo ar, aninhados em recantos posicionados em altas colunas que sustentavam o teto coberto por videiras.

– Bem-vinda ao nosso lar, Leslie – disse Niall.

As palavras pareceram estranhamente formais, deixando claro que esse não era o lugar adequado para ela, que fugir seria o certo. Mas Leslie ainda podia sentir as emoções de Niall – ele estava feliz e honrado – e no meio de tudo isso havia um genuíno fio de amor por ela. Então ela entrou um pouco mais na sala, respirando o aroma doce das flores de verão que cresciam em algum lugar do *loft*.

– Fique à vontade enquanto eu tomo um banho. – Niall fez um gesto na direção de uma cadeira estofada. – Depois farei um café da manhã para nós. Ficaremos aqui. Vamos entender tudo isso.

Ela pensou em responder, mas ele parecia estar falando consigo mesmo muito mais do que com ela. Leslie se acomodou na cadeira aconchegante, observando os pássaros dançarem no ar acima de suas cabeças. *Com Niall ou com Irial, é onde eu deveria estar.* Não tinha certeza do porquê, mas estava claro para ela agora. Todos os dias seus sentimentos se tornavam bem mais distorcidos do que o normal, e as emoções das outras pessoas eram cada vez mais identificáveis. Ela ouvira as desculpas que vinha usando para explicar as mudanças – e sabia que eram mentiras e autoenganações. Podia ver tudo isso com uma clareza peculiar. Alguma coisa, que vinha do mesmo lugar que as mudanças, a impedia de pensar muito a respeito das razões pelas quais ela estava mudando; era, de alguma forma, proibido. *Mas por que se preocupar?* O que quer que estivesse mudando fazia com que ela se sentisse bem, melhor do que se sentira em muito tempo. Em seguida, ela fechou os olhos e aproveitou a languidez que a tomara durante sua conversa com Niall.

Capítulo 22

Eles passaram o dia juntos, jogando videogames, conversando e simplesmente ficando juntos. Na hora em que Leslie teve que ir trabalhar, começou a abstrair por completo os temores dele e avisos murmurados. Ela simplesmente não *sentia* essas coisas. Ele estava preocupado – conseguia sentir isso em seu paladar –, mas *ela* se sentia bem.

Niall deixou Leslie na porta do Verlaine com outro lembrete para que não fosse a lugar nenhum com Irial ou com qualquer estranho.

– Claro. – Ela beijou seu rosto. – Te vejo mais tarde?

– Não acho que você devesse ficar andando sozinha. Vou te encontrar e te levar até o Rabbit, e depois posso te acompanhar até o Ninho do Corvo.

– Não. Posso ligar para Ani, Tish ou Rabbit para virem me encontrar aqui, ou pego um táxi. – Ela deu a ele um sorriso encorajador antes de entrar.

As horas de trabalho passaram em um borrão. Eles estavam ocupados o bastante para que ela tivesse uma boa quantia para acrescentar ao dinheiro que já estava na sua mochila. No fim do turno, ela sacou suas gorjetas e foi para a Pinos e Agulhas. Entre finalmente terminar sua tatuagem e a promessa de ver Niall – *de novo* – mais tarde, ela já estava quase se sentindo contente. Há muito tempo as coisas não saíam tão melhores do que o esperado.

Quando ela entrou pela porta do estúdio, todas as portas para as salas adjacentes ao salão principal, exceto uma, estavam fechadas. Da aberta veio a voz de Rabbit:

– A loja está fechada.

– Sou eu. – Ela entrou na sala.

Rabbit estava sentado em seu banco. Sua expressão era neutra.

– Você ainda pode mudar de ideia. Poderíamos fazer outra coisa com...

– Mudar o desenho no meio do caminho? – Ela fez uma careta. – Que idiotice. É sério, Rabbit, sua arte é linda. Nunca achei que você fosse inseguro.

– Não é isso...

– Então o que é?

– Só quero que você seja feliz, Les. – Ele coçou o cavanhaque, parecendo mais nervoso do que ela jamais o vira.

– Então termine minha tatuagem – disse ela gentilmente, deixando cair a blusa. – Vamos. Já tivemos essa conversa.

Com uma expressão indecifrável em seu rosto, ele indicou a cadeira.

– Você escolheu isso. Você vai ficar bem... Eu quero que você fique bem.

Com um largo sorriso, ela sentou com as costas voltadas para ele novamente.

— E vou ficar. Terei a mais bonita, mais perfeita tatuagem na minha pele: minha escolha, minha pele. Como isso poderia não dar certo?

Rabbit não respondeu, mas era comum ele ficar silencioso enquanto preparava seus materiais. Essa rotina era meticulosa. Isso fazia com que ela se sentisse bem, saber que ele se preocupava com a segurança dos clientes. Nem todos os tatuadores eram tão responsáveis.

Ela olhou para trás para observar Rabbit abrindo um frasco estranho.

— O que é isso?

— Sua tinta. — Ele não olhou para ela.

Ela olhou com atenção o frasco de vidro marrom: por um instante, poderia jurar que uma fumaça preta dançava como pequenas chamas acima da tampa do frasco.

— É linda, como sombras engarrafadas.

— É, sim. — Ele deu uma olhada na direção dela, rapidamente, o semblante impassível como ela jamais vira. — Se eu não gostasse tanto de sombras, não estaria fazendo isso.

— Tatuar?

Ele ergueu o frasco e o virou em uma série de tampinhas. Algumas delas já tinham um líquido cristalino no fundo. Na luz turva, era como se a tinta se separasse em vários tons de negrume conforme Rabbit derramava um pouco em cada tampinha.

Pequenas lágrimas negras, como um copo derramado em um abismo. Ela sacudiu a cabeça. *Eventos bizarros demais, fazendo com que eu pense coisas estranhas.* Ela perguntou:

— É o outro líquido ali que muda as cores? Como duas tintas se misturando?

— Eles se misturam e formam o que eu preciso para trabalhar em você. Vira para lá. — Rabbit fez um gesto para que ela olhasse para o outro lado.

Ela se virou, movendo o corpo até que suas costas estivessem na direção dele. Ele passou um pano umedecido na pele dela, que fechou os olhos — esperando.

Logo a máquina começou a zumbir, e em seguida as agulhas estavam em sua pele. Elas mal furaram a superfície, mas aquela leve picada mudou tudo. O mundo se transformou num borrão e entrou em foco; cores floresciam por trás de suas tampas fechadas. A escuridão aumentou e se espalhou em mil matizes de luz, e cada um desses tons era uma emoção, um sentimento que ela podia engolir e apreciar. Essas emoções a fariam viver, fariam todos eles tão mais fortes.

Nos nutrir, nos salvar, o corpo para a alma. Os pensamentos dela eram emaranhados com ondas de sentimentos que tremulavam dentro dela e se distanciavam, como os vestígios de um sonho perdido após o despertar. Ela se agarrou a eles, sua mente lutando para manter as emoções no lugar, para identificá-las. Essas não eram só as suas emoções: podia sentir os anseios de estranhos que passavam do lado de fora na rua — uma montagem de medos e temores, cobiças e irritações. Depois, vontades bizarras demais para visualizar jorraram sobre ela.

Mas assim que eles a tocaram, cada sentimento se foi espiralando rapidamente, por algum fio que ia dela até as sombras, até o abismo do qual a tinta na pele dela fora coletada.

Irial vagava em um repouso inquieto. Ele a sentiu — a sua Leslie — sendo ligada cada vez mais a ele com cada roçar das agulhas de Rabbit, atando-a a ele, tornando-a *dele*, de forma muito mais verdadeira do que qualquer outra de suas criaturas eram, do que qualquer um jamais fora.

E a sensação era como se as agulhas de Rabbit estivessem furando o coração de Irial, seus pulmões, seus olhos. Ela estava no sangue dele tão certamente quanto o sangue dele estava na pele dela. Sentiu sua ternura, sua compaixão, sua força, seu anseio por amor. Sentiu suas vulnerabilidades e esperanças, e quis mimá-la e amá-la. Era decididamente inapropriado ao rei da Corte Sombria sentir tanto afeto. *Se eu soubesse, teria feito a troca?*

Ele quis dizer a si mesmo que não, mas permitiria que coisas bem piores fossem feitas a ele para garantir a segurança de suas criaturas.

Em seus pesadelos, Leslie era a garota que ele carregava pelas ruas, sua Leslie, sangrando pelas feridas feitas nela por homens cujos rostos lentamente entravam em foco. Ele não tinha certeza do que era real e do que era distorcido pelo medo. Mas ela lhe contaria. Ele passearia pelas memórias dela quando se tornassem mais próximos. Ele a confortaria – e mataria os homens que a feriram.

Ela o fortaleceria, o nutriria ao alimentá-lo com emoções humanas com as quais não teria contato sem ela. E ele aprenderia a disfarçar o quanto de repente significava para ele, o quão repugnantemente mortal ele se sentia. *O que você fez comigo, Leslie?* Ele riu com a percepção de suas novas fraquezas: ao se fortalecer o bastante para liderar suas criaturas, ao mesmo tempo ele se afastara muito mais da Corte Sombria do que jamais fizera.

O que eu fiz?

Enquanto Leslie estava sentada ali – com os olhos fechados e aguardando –, ela ouviu a gargalhada de novo, mas isso não a incomodou daquela vez. Na verdade, foi uma sensação boa – até mesmo bem-vinda. Ela sorriu.

– É uma risada legal.

– Fique parada – lembrou Rabbit.

Depois ele voltou ao trabalho, o zumbido da máquina soando mais alto, como se a audição dela estivesse mais aguçada. Ela suspirou, e por um instante pôde quase ver os olhos negros que agora estavam gravados em sua pele – porém eles pareciam estar olhando de além da sala, apenas perto o bastante para que se perguntasse se os havia visto quando abriu os olhos.

Leslie notou que o zumbido parara, mas mal podia abrir os olhos enquanto Rabbit limpava suas costas.

Durma agora. Era apenas um sussurro, mas Leslie tinha certeza de que uma pessoa de verdade falava com ela – e não era Rabbit.

Quem?

E ele respondeu, seu interlocutor imaginário.

Você sabe quem sou, Leslie. Você pode ainda não gostar da resposta, mas você me conhece, amor.

Ao lado, Leslie ouviu a embalagem das ataduras sendo rasgada, sentiu pressão quando a proteção era aplicada sobre sua tatuagem.

– Só descanse por uns minutos, Leslie – murmurou Rabbit enquanto a ajudava a ficar de pé e a direcionava para a cadeira de novo, agora reclinada como uma cama.

– Eu já volto.

Ouça o Menino-coelho. Quero que você desperte, e você não quer despertar para isso. Confie em mim, amor. Quero mantê-la segura.

– Escutar quem?

– Você é forte, Leslie. Apenas se lembre disso. Você é mais forte do que pensa – disse Rabbit enquanto a cobria com uma manta. – Estarei de volta em alguns minutos. Só descanse.

Ela não tinha muita escolha: de repente estava mais exausta do que jamais estivera.

– Só uns minutos. Depois vou sair para dançar.

Capítulo 23

Irial acordou com um grito esboçado em seus lábios. Ele estava desamarrado, mas ainda na cadeira de Rabbit. Vergões vermelhos cruzavam seus braços e pernas. Uma ferida estendia-se ao longo de seu braço onde o tubo estivera. Ele tentou se sentar, o que gerou pontadas de dor por seu corpo todo.

Ani selou seus lábios com os dela, engolindo seu grito – e os outros que se seguiram.

Quando ela se inclinou para trás – os lábios vermelho-sangue, pupilas dilatadas, as bochechas coradas – ele ficou de boca aberta, estupefato. Halflings não se alimentavam, não podiam se alimentar de seres encantados. O sangue mortal superava a maioria de suas características mágicas. As características que sobravam nunca incluíam essa.

Mais problemas.

– Como? – perguntou Irial.

Ela deu de ombros.

– Ani, você não pode ficar aqui se você precisa se…

– Alimentar? – instigou ela, com um sorriso que era todo de Gabriel, perverso e predatório.
– Sim, *se alimentar*, como seu pai. Não é à toa que Rabbit tem tido tanto trabalho com você. – Irial se concentrou em se manter concentrado, em tentar não checar Leslie, em lidar com Ani primeiro. *Leslie não está pronta para conversar comigo. Não aqui. Não quando estou tão fraco.*
– Sua dor é como um enorme sundae. Sabia disso? – Ani lambeu os lábios. – De cereja. Com calda extra.
– E Tish? – Ele vestiu a camisa que Ani lhe dera. *Negócios primeiro. Depois Leslie.* De alguma forma, ela não parecia mais ser um negócio.
– Não. Só eu. – Ani se inclinou mais para perto. – Posso provar mais um pouquinho?
Ela mordeu o queixo dele, arrancando sangue com seus caninos afiados.
Ele suspirou e a empurrou. *Sem violência para disciplinar a filha de Gabriel.*
– Posso me alimentar de mortais sem a troca de tinta. Sem troca. Só eu. – Ela suspirou sonhadoramente. – Se eles estiverem no ponto, é como beber arco-íris. Arco-íris. Grandes arco-íris açucarados.
– Mortais?
Ela se inclinou para ele.
– Se eu encontrar um forte, dá tudo certo. É só quando escolho os errados que eles ficam estúpidos. Não muito diferente do que você está fazendo, né? – Ela se largou ao lado dele. – Ela está bem, você sabe. Leslie. Está descansando e tal.
– Rabbit! – gritou ele. Em seguida enviou uma mensagem mental para Gabriel. Eles precisariam ficar com Ani por um tempo.

– O que ela fez? – Rabbit se apoiou na entrada.
– Se alimentou.
Ele assentiu.
– Eu estava me perguntando se era por isso...
– Você estava *se perguntando*? Por que não me disse? Não me avisou? Ela poderia ter se ferido, ter se metido em problemas. – Irial o encarou. – E ela pode ter sido o que precisávamos para evitar... – Ele deixou as palavras no ar. A ideia de descobrir Ani mais cedo, de não estar com Leslie, fez com que seu estômago se contraísse em um pânico nada familiar. Essa solução viera só um pouco tarde demais, e ele se sentia perversamente agradecido por isso.

Ao lado de Irial, Rabbit estava sério, cauteloso, todas as coisas que Irial não sentia. Rabbit disse:

– Ela é minha irmã, Iri. Não ia entregá-la para testes, não quando você tinha um plano que poderia funcionar.

Ani tentou contornar Rabbit para sair. Ele ergueu a irmã, segurando-a no alto e longe de seu corpo como se ela fosse selvagem, mas a observando com a mesma afeição de quando Ani era apenas um filhotinho recém-nascido.

Ele mudou de assunto de propósito.

– Leslie está indo embora agora.

Para esconder apenas o quão confuso ele estava sobre os sentimentos que estava sentindo por Leslie, Irial se concentrou em Ani, que estava chutando o ar e rindo.

– Ani não pode ficar aqui – disse ele.

– Eu sei. – Rabbit beijou a testa da irmã. Os olhos dele brilharam quando acrescentou: – Papai vai passar por maus bocados com ela.

Irial sentiu a aproximação dos Hounds, sua pele aferroada em uma onda de terror que ele deixou jorrar sobre si como um bálsamo relaxante. Criaturas do lado de fora – não dele, mas seres da Corte do Verão – se curvaram à passagem dos Hounds. Ele se deixou nutrir pelo horror causado pela presença deles.

– Papai! – Ani deu um grito esganiçado, batendo os pés novamente.

Os Hounds ficaram do lado de fora – todos menos Gabriel. Ele assentiu para Rabbit.

– Filhote.

Rabbit girou os olhos para o pai e se virou para Niall.

– Você deve ir atrás de Leslie logo. *Papai* pode lidar com Ani. – Ele abriu um sorriso, então, parecendo cem por cento irmão de Ani. – Na verdade, vou arrumar a mala de Ani primeiro, para que ela possa partir com o comboio.

Ignorando o semblante de pânico que apareceu no rosto de Gabriel, Irial respondeu:

– Não deixe Ani perambulando enquanto isso.

Depois que Rabbit saiu, carregando uma sorridente Ani, Irial chamou Gabriel ao serviço.

– O que faço com ela? – Gabriel, o Hound que guiava algumas das mais terríveis criaturas que andavam na terra, soou absolutamente apavorado.

– Como eu... Ela é uma fêmea, Irial. Elas não têm *necessidades* diferentes?

– Ela não pode ser pior do que você quando era mais jovem. Peça conselhos a alguma de suas fêmeas. – Irial aproveitou para se nutrir o quanto pôde do pânico misturado à animação e ao orgulho de Gabriel. Irial precisava se estabilizar antes de ir atrás de Leslie, precisava estar bem alimentado para não tirar muitas emoções humanas por meio de Leslie por enquanto. *Deixe ela se habituar comigo primeiro, conversar comigo.* Ele sentiu preocupação por sua mortal. Se as outras criaturas sombrias tinham sentido essa fraqueza quando fizeram as trocas de tinta, não haviam admitido.

Gabriel ainda estava falando; Irial se forçou a escutar o Hound.

– ... e elas não são bons exemplos para a minha filha. Você tem visto elas ultimamente? Chela e sua ninhada não fizeram outra coisa senão chacinar representantes da corte de Sorcha na outra lua.

– Mês, Gabriel. No outro *mês*.

Gabriel abanou a mão, completamente revoltado com seu rei.

– Elas são muito brutas para Ani. Ela é tão pequena. – Ele começou a andar de um lado para o outro enquanto divagava sobre as Hounds fêmeas.

Elas eram verdadeiramente ferozes, mas Irial tinha dificuldade em se opor a qualquer coisa que mantivesse a corte de Sorcha afastada.

– Ela consegue *correr*? – Gabriel parou, à beira de uma explosão de orgulho que era quase doce demais.

Irial fechou os olhos e saboreou a onda com gosto de doce de laranja das emoções de Gabriel.

– Pergunte a ela.

– Antes, você precisa de alguma coisa? – Gabriel se interrompeu, tão parado quanto uma onda antes de arrebentar.

– Não. Apenas leve Ani para casa. Pegue o telefone de Rabbit para que você possa encontrá-lo se precisar de algum conselho sobre como lidar com ela.

Gabriel rosnou, mas apenas uma vez.

Irial não se abalou, aliviado por lidar com o familiar desafio que era o orgulho de Gabriel.
– Ele a criou. Você não a conhece. Anote o telefone.

A expressão no rosto de Gabriel deteria quase qualquer criatura mágica ou mortal. Aceitar ordens – mesmo de seu rei – ia contra seus instintos. Irial suavizou seu tom.
– Se *você* não precisar disso, tudo bem, mas eles deviam manter contato. Eles são um grupo bem próximo.

Gabriel curvou ligeiramente a cabeça.
– Você precisa de alguém mais para se fortalecer?

Irial ergueu a mão para o mais uma vez desconfortável Hound.
– Depois de você? Por quê?

Gabriel endireitou os ombros.
– Depois eu vou buscar minha filha. Minha filha – ele passou por outro surto de confusão – é a única, não é?

Irial segurou um sorriso.
– Só ela.
– Certo, então. Vou buscá-la.
– Mas se certifique de dizer olá a Tish – lembrou-lhe Irial. – Peça a ela que venha até mim. Nós vamos sair.

Preciso achar Leslie. Minha Leslie, minha salvação, minha força, minha Garota Sombria... minha.

Ele respirou fundo, satisfeito por perceber que sabia exatamente onde ela estava, podia vê-la se tentasse. Ela deixara o estúdio e descia a rua, seus passos seguros, seus lábios curvados no sorriso mais encantador que ele jamais vira.

Logo. Logo estarei lá. Ele passou as mãos pelo cabelo, alisando-o para trás, e checou se não havia sangue em sua camisa. Estava limpa, mas a calça era uma causa perdida. Abriu a porta e gritou:

– Tish! Cinco minutos.

Em seguida foi procurar sua mochila. *Minha mortal me ver desse jeito... não, não é o melhor jeito de seduzi-la, coberto de sangue.*

Capítulo 24

Leslie sentiu uma força correndo dentro dela, deixando-a com uma inexplicável necessidade de se mover. Sua pele estava esticada e latejando. Ela esticou a mão para as costas e rasgou o curativo que Rabbit colocara sobre a tatuagem. As bandagens estavam úmidas, não com sangue, mas com plasma e traços de tinta. A blusa estava grudando na pele úmida, provavelmente manchando o tecido, mas era insuportável ficar com aquela bela tatuagem presa.

Ela jogou as bandagens no lixo e rumou para a Avenida Crofter, em direção ao Ninho do Corvo, sorrindo para si mesma quando viu o letreiro da boate em néon vermelho. Alguns rapazes estavam parados no beco sombrio ao lado do prédio; era um atalho para o terreno da antiga linha do trem, mas a maioria das pessoas usava o local como fumódromo. Quando ela se aproximou, viu um rapaz empurrando um outro. Ela sorriu, sentindo uma prazerosa descarga de adrenalina quando os dois homens começaram a se bater sem reservas.

Na porta da boate, Glenn, o porteiro, a deteve. A atenção dele se voltou rapidamente para a briga no beco, e os piercings no seu rosto brilharam sob a luz vermelha do letreiro. Ele sacudiu a cabeça para a cena. Em seguida tornou a prestar atenção nela.

– Cinco dólares de couvert artístico hoje à noite.

– Pelo menos eles estão brigando aqui fora. – Ela puxou uma nota amassada do bolso e ergueu a mão para receber o carimbo.

– E vão continuar aqui fora. – Ele deu um sorriso para ela. – Você tem causado muitos problemas esses dias?

Ela riu, mas por dentro se perguntou se ele não tinha razão. Dentro da boate o vocalista da banda não fazia nada além de gritar suas músicas; Leslie recuou.

– O som deles não parece valer tudo isso.

– Poderia ser pior. – Glenn pôs o dinheiro na caixa e se inclinou para trás em seu banco. Eles ouviram a música com a pesada guitarra por um minuto; depois ele sorriu de novo.

– Ou não.

– Tem alguém aí? – Ela não podia ver direito a multidão.

– Seth e Ash estão na parede. – Ele inclinou o queixo na direção da parte mais escura da boate.

– Keenan está com eles?

– Sim, ele está lá também. – Glenn fechou a cara, mas não disse mais nada.

A porta se abriu atrás de Leslie. Glenn se virou para o novo visitante.

– Couvert artístico de dez dólares.

Leslie se inclinou para perto dele e perguntou:

– Inflação?

– Nah. Vantagens de ser porteiro. – Ele torceu a boca em um sorriso malandro.

Ela sacudiu a cabeça e começou a se afastar, mas Glenn pôs a mão no braço dela.

– Tome cuidado. Está cheio de gente bizarra hoje à noite.

Glenn deu uma olhada no salão cheio. Os rostos familiares de sempre estavam lá, mas havia um monte de estranhos na multidão também. Talvez fosse esse o motivo de todas as brigas: talvez gangues estivessem se mudando para cá.

Não. Parecia estranho pensar isso, mas de alguma forma ela suspeitava que as brigas estavam ligadas a ela. Parecia egocentrismo pensar assim, mas sentia que a ideia parecia ser verdadeira.

Ou estou ficando louca.

– Está legal? – Glenn aumentou a voz para ser ouvido apesar do ruído crescente, e ela sentiu uma onda de algo... *defensivo*... vindo dele. – Posso pedir a Tim que vigie a porta e...

– Não, estou legal. – Ela não se sentia nervosa, não essa noite, não mais. Sua mão desviou-se para a tatuagem, escondida embaixo da camisa. – De qualquer maneira, obrigada.

Ela se espremeu pela multidão até chegar perto de Seth e Aislinn. Eles estavam sentados tão próximos um do outro quanto podiam, embora ainda estivessem em cadeiras separadas.

Aislinn olhou para cima.

– Ei!

Ao lado dela, Seth assentiu e lançou um olhar cheio de significado para Aislinn. Depois se voltou para Leslie.

– Vocês deviam conversar.

– Claro. – Leslie deslizou para a cadeira que Seth empurrou em sua direção. Ela se inclinou mais para perto de Aislinn. – Seth disse que você tem algo para me contar. Abrir o coração e tudo o mais.

— Me desculpe por não ter te contado. Só quis te manter longe — Aislinn mordeu o lábio — de algumas coisas. Quando eu soube sobre Ren...

— Não — interrompeu Leslie, esperando que o pânico batesse, mas foi apenas um ruído rouco. — Você sabe meus segredos. Já saquei.

— Você tem razão. — Aislinn respirou fundo antes de olhar para Seth em busca de apoio.

Keenan se aproximou da mesa com refrigerantes para Aislinn e Seth e uma taça de vinho para si mesmo. Ele passou os drinques para Seth e se virou para ela.

— Niall ainda não chegou. O que posso pegar para você?

— Nada. — Ela não tinha muito dinheiro consigo, e aceitar qualquer coisa de Keenan a constrangeria, especialmente depois da outra noite.

Ele fechou a cara brevemente para a multidão entre ele e o bar.

— Refrigerante? Água? Chá?

— Nada.

— Posso...

— Nada — interrompeu ela com uma voz firme. Ela se levantou de novo. *Precisava* ficar longe de Keenan. *Agora*. Ela disse a Aislinn: — Me procure quando você resolver o que está tentando me contar.

Mas Keenan se aproximou mais, ao lado de Aislinn, colocando-se entre ela c Leslie.

Saia de perto dele. Ele é perigoso. Inimigo. Não é um de nós.

Leslie ficou olhando para o amontoado de corpos. A banda era horrível, mas ela queria se mover, queimar alguma energia, gastar qualquer que fosse a onda que estivesse experimentando por causa da tatuagem.

— Nós precisamos conversar, Leslie. — Aislinn soou muito séria e preocupada.

Leslie se forçou a olhar para Aislinn.

— Claro. Estarei na pista de dança quando você estiver pronta.

Leslie se afastou da mesa, sentindo a crescente pressão para se distanciar de Keenan, para fugir. Suas mãos tremiam na tentativa de ficarem paradas.

— Leslie, pare — disse Keenan ao agarrar a ponta da blusa dela.

Aislinn pegou o pulso dele mas não conseguia fazê-lo largar.

— O que você está fazendo?

Keenan pôs a outra mão no quadril de Leslie e a virou. Ele ergueu a blusa dela, desnudando as costas inteiras para Aislinn e qualquer um que estivesse próximo.

— Olhe.

Aislinn arfou.

— O que você fez, Les?

— Fiz uma tatuagem. Você sabia disso. — Leslie se desvencilhou de Keenan. — Um monte de gente tem tatuagem. Talvez você devesse estar perguntando ao idiota do seu namorado aqui o que *ele* está fazendo. Não gosto de ser tratada como...

— Ela não sabe, Aislinn. — Keenan soou estranhamente gentil, tranquilizador, como se brisas mornas acompanhassem sua voz.

Mas Leslie sentiu sua raiva crescendo com cada palavra que saía dos lábios dele. Essa ira não estava se dissipando ou sumindo.

Perigo. Ele é perigoso para nós. Ela parou. *Nós?*

Keenan tinha uma aparência inumana quando se aproximou dela. Algum truque das luzes da boate fazia com que ele brilhasse como uma efígie dourada que ganhara vida. A voz dele queimava a pele de Leslie quando ele exigiu:

– Quem fez isso?

Ela cruzou os braços, meio se abraçando, recusando-se a ceder ao impulso de fugir. Medo competia com raiva, mas ela levantou a cabeça para olhá-lo.

– Por quê? Você quer uma?

– Me diga. – Keenan lhe lançou um olhar tão predatório que Leslie sentiu seu estômago se revirar de medo. Era um olhar apavorante, mas ninguém mais viu. Aislinn e Seth estavam observando ela, não Keenan.

Era o bastante. Sua raiva e medo se inflaram de novo; ela sorriu com uma crueldade que não se lembrava de ter.

– Não se aproxime, Keenan. Não sou sua para comandar. Não agora, nem nunca. Não cruze meu caminho, reizinho.

Reizinho?

Aquelas não eram palavras dela. Não faziam sentido. Mas ela se sentiu melhor ao pronunciá-las. Se afastou e oscilou pela multidão até atingir a frente do palco. Ela se sentiu como se procurasse alguém, alguém que faria tudo ficar melhor. *Onde está você?* O pensamento se repetiu como um cântico em sua mente, tanto que ela deve tê-lo dito em voz alta.

Ele respondeu:

– Estou bem aqui.

E ela soube quem era sem nem mesmo olhar.

– Irial.

– Como você está esta noite, meu amor?

— Furiosa. E você? — Ela virou para olhá-lo cara a cara, deixando que seu olhar o evocasse, como ele fizera com ela no Forte. Ele estava ótimo, delicioso. Das pontas das botas de couro à estampa de sua blusa, ele estava deslumbrante, mas uma embalagem bonita não era motivo suficiente para esquecer seu quase ataque, para perdoar qualquer coisa. Ela reuniu sua raiva, seu constrangimento, seu medo. Em seguida olhou direto nos olhos dele e disse: — Não estou impressionada *nem* interessada.

— Mentirosa. — Ele sorriu então, e passou o dedo pelo pulso dela. Respirou fundo, como se estivesse tentando captar e manter para si uma essência ilusória, e de repente ela ficou calma. Ela não estava assustada, nem ansiosa, nenhuma dessas coisas que deveria sentir. Em vez disso, sentiu algo se espreguiçando dentro dela, uma forma sombria se esticando e retorcendo sob a pele.

Seus olhos começaram a se fechar; seu coração palpitava. *Não.* Ela deu um passo para trás e disse:

— Você devia ir embora.

— E deixar você à sua própria sorte? — Ele sacudiu a cabeça. — Ora, por que eu faria isso? Vou proteger você quando o reizinho, em um instante, resolver rondar essa área. O garoto é um incômodo.

— Tenho um encontro — disse Leslie, embora não tivesse muita certeza do quão bem a situação se desenrolaria agora. *Concentre-se nisso.* Niall vivia com Keenan, era seu guardião, e nesse momento, a ideia de seu caminho encontrar o de Keenan fazia com que ela quisesse bater em alguém. Então ela ficou paralisada, enquanto algo se encaixava. — Reizinho?

— O garoto. Mas não vamos falar sobre ele. — Ele pegou suas mãos. — Dance comigo, Leslie. Serei gentil. Até mesmo um cavalheiro. Vamos aproveitar nosso momento antes que os negócios interfiram.

Eu devia simplesmente ir embora. Mas se afastar de Irial era uma ideia que não a atraía nem um pouco. Todos a alertaram de que ele causava problemas, mas Irial não a assustava, não nesse momento. Era *Keenan* que a apavorava. Ter Irial ao seu lado parecia o certo, natural. Ela não se moveu – ou respondeu a ele.

Na voz mais sedutora que ela jamais ouvira, Irial disse:

– Ora, Leslie, Niall realmente se importaria se dançássemos uma música? Mais importante, *você* se importa?

– Eu deveria. – Mas não se importava. Ela cedeu brevemente ao impulso de fechar os olhos ao êxtase que começou a fazer seu corpo se mexer.

– Vamos dizer que seria um pedido de perdão? Eu assustei você no Forte, não assustei? – A voz dele parecia tão convidativa, guiando-a em direção à calma. – Uma música e depois sentaremos e conversaremos. Ficarei a uma distância adequada se você me pedir.

Ela ondulou na direção dele como uma cobra se movimentando ao som de um encantador de serpentes. Os braços dele deslizaram à sua volta.

A música ainda estava rápida, algo apropriado para se movimentar de forma quase louca, mas Irial parecia alheio a isso.

– Está vendo, amor? Que mal há, hein?

Eles dançaram, mas ela não se sentia encurralada. Sentia-se tonta, mas confiante, desvencilhando-se quando a música acabou.

Irial não tocou nela. Caminhou ao lado de Leslie. No canto mais escuro do ambiente, pegou duas garrafas de água com uma garçonete.

– Então, como você está se sentindo depois do trabalho do menino-coelho? – Ele se postou entre ela e o restante da boate.

Ela arrebentou o selo na garrafa de água e se apoiou na parede, divertindo-se com a sensação da batida retumbando sob sua pele.

– O quê?

Lentamente, ele esticou a mão na direção dela. Ele deslizou a mão direita por cima da blusa dela ao longo de sua espinha para repousar sobre a pele ainda sensível.

– A tatuagem. Nossa tatuagem.

– *Nossa* tatuagem?

Ele se inclinou para mais perto e sussurrou:

– Sei que você me ouviu, me viu observando enquanto Rabbit desenhava nessa pele delicada.

Ele pressionou a tatuagem até ela se contorcer. O coração de Leslie disparou como se tivesse corrido por horas, como se as coisas em seus pesadelos tivessem adentrado o recinto. *Ele está mentindo. Louco... Ele... não está.* As palavras de Irial tinham gosto de verdade, pareceram certas quando eram filtradas por sua mente.

– Senti cada toque da agulha, o desenho nos tornando mais e mais próximos. Meus olhos, Leslie, em sua pele. Minha essência, amor, enterrados dentro de você. – Irial se inclinou para trás, dando a ela um pouquinho de espaço, possibilitando a ela olhar dentro dos seus olhos. – Você é minha Salvação, minha Garota Sombria, meu banquete. Somente minha.

Ela deslizou meio caminho abaixo na parede e atingiria o chão se ele não a tivesse puxado mais para perto.

– Esse terror que você está sentindo agora – falou ele suavemente, os lábios pairando sobre os dela. – Posso fazer com que pare, fácil assim.

Quando disse *assim*, ele inspirou, e ela se sentiu perfeitamente calma, como se não estivessem discutindo nada de especial.

Sua mente não podia processar isso – *se recusava* a tentar fazer com que as palavras dele fizessem sentido. Foi inundada por clareza: todo o estranhamento dos últimos dias a levara até ali. *Ele é a mudança. Ele é a causa de eu estar... errada.*

– Não é possível – disse a ele, a si mesma.
– Você me escolheu. Rabbit disse que a tatuagem transformaria.
– Então Rabbit desenhou seus olhos, que azar. – Ela escorregou para o lado, distanciando-se um pouco dele. – Isso não nos prende um ao outro. É apenas tinta.

Com uma graça sinuosa, ele se virou para se apoiar no lugar que ela acabara de liberar, fazendo com que ficassem lado a lado. Em vez de olhar para ela, mirou as pessoas que dançavam enquanto dizia:

– Você não acredita nisso. Sabe disso muito bem. Em algum lugar dentro aí dentro, você *se sente* diferente. Sei disso tão claramente quanto sei que está procurando por Niall, esperando que ele realmente acabe comigo dessa vez.

Ela se virou para fitá-lo.
– O quê?
– Ele não vai fazer isso. Não pode. Poucos podem tocar em mim, e Niall não é um deles. Mas – ele respirou fundo e deixou que o ar saísse em um longo suspiro, movimentando fios do cabelo dela – eu gosto que você deseje isso. Senti-

mentos saudáveis, esses: raiva, desânimo, medo e um pouco de culpa misturada à tentação. Eles são gostosos.

Ele riu, um som sombrio se enrolando em volta dela como sombras tomando forma, como as sombras que ela imaginara – *não imaginara, mas realmente vira* – pairando sobre a garrafinha de tinta no estúdio de Rabbit. Ela olhou então, e viu sombras flutuando pelo ambiente, rastejando na sua direção, vindas dos corpos na pista de dança, se esticando como se tivessem mãos que pudessem acariciar sua pele – e ela realmente não queria isso. *Ou quero?* Ela lambeu os próprios lábios, sentindo o gosto de mel – *anseio* – e, com um impulso, se afastou da parede.

Por entre esses corpos envolvidos por sobras vinham Keenan, Aislinn e Seth. Nenhum deles parecia feliz, mas foi a expressão preocupada de Seth que a fez titubear. Leslie não queria nem que eles nem que as sombras a alcançassem. A raiva direcionada a Keenan aumentou violentamente, combinando com a nuvem de irritação, muito salgada, que veio pelo ar na frente dele como neblina vinda do mar.

Irial a rodopiou em seus braços e olhou para Leslie de uma forma que a fez estremecer de desejo.

– Hmmmm, gostei desse, mas – ele beijou carinhosamente a sua testa – preciso lidar com negócios agora. Teremos bastante tempo para isso em breve.

Ela se afastou dele, caminhando com dificuldade em meio à multidão, onde Keenan a segurou sem tirar os olhos de Irial. Mas ser pega por Keenan fez com que sua irritação aflorasse mais pura do que ela pensava poder sentir, substituindo o sangue em suas veias por sal.

– Não me toque – sibilou Leslie. – *Nunca mais* me toque, reizinho.

– Sinto muito, Les. Sinto tanto – sussurrou Aislinn para ela. Por um momento Leslie pensou ter visto lágrimas douradas descerem pelo rosto de Aislim, mas depois ela se virou e disse: – Seth?

– Eu cuido dela. – Seth a tomou de Keenan e a acomodou embaixo de seu braço de forma protetora. – Venha, Les.

Keenan pôs uma mão no ombro de Seth.

– Leve-a até Niall.

– Eu não vou a lugar nenhum – disse ela ao grupo reunido. – Não sei o que está acontecendo, mas eu...

– Vá para casa. Você ficará mais segura longe dessa gentalha. – Irial inspirou de novo, e Leslie pensou poder de fato ver sombras rastejando ao longo de uma videira retorcida de tinta, com penas onde deveria haver folhas, que cresciam de sua pele e vibravam no ar entre eles. Quando a videira sombria parou, repentinamente Leslie voltou a se sentir calma, em paz, quieta.

E ela não queria mais ficar ali.

Não falou com nenhum deles ao virar as costas e partir.

Capítulo 25

Irial observou Leslie se afastar com o mortal da Rainha do Verão. *O que ele diria a ela?* Na realidade não importava, não agora; ela era dele. O que quer que dissessem ou fizessem não mudaria isso.

– Se alguém tentar tirá-la de mim, ou se meter entre nós – ele desviou seu olhar de Keenan para a Rainha do Verão –, *você* entende, não entende?

Ela pareceu relutante ao responder.

– Aislinn? – Keenan pegou a mão dela na dele.

Ela não reagiu a nenhuma das criaturas.

– Ela é minha amiga. Leslie não é apenas uma mortal qualquer; é *minha amiga*. Eu deveria ter tomado uma atitude quando o vi no restaurante.

– Não teria mudado nada. Ela já era minha. Era por isso que eu estava lá. – Ele ergueu a mão como se fosse tocar a bochecha dela, a mão pairando sobre sua face beijada pelo sol, e sussurrou: – O que você faria para manter o seu mortal em segurança, Ash? Seu Seth?

– Qualquer coisa.

– Exatamente. Não queira tentar tirar a Leslie de mim. Seu pequeno reizinho *te contou* quem foi que limitou os poderes dele, não contou? – Irial esperou pelo jorro de preocupação, de irritação, de desespero, e ficou surpreso ao descobrir que a Rainha do Verão mantinha suas emoções sob um razoável controle. Parecendo mais com as filhas de Gabriel, a Rainha do Verão ergueu a cabeça.

– Ele contou.

Ela deu um passo à frente. Keenan não se moveu para impedi-la. Em vez disso, ele a observou com confiança, suas emoções equilibradas. A Rainha do Verão deixou um traço de luz do sol em sua voz, um lembrete do que ela era, do que era capaz de fazer. Estava perto o bastante para que o calor de deserto da sua respiração chamuscasse a face de Irial ao sussurrar:

– Não me ameace.

Irial ergueu as mãos.

– Não sou eu quem está começando a briga. Eu tinha negócios aqui: ela é parte dos meus negócios agora. – Ele se sentiu mal ao falar daquela maneira desprezível sobre ela, sua Leslie, sua vulnerável mortal. Então mudou de assunto. – Pensei em prestar meu respeito a você enquanto estava por aqui... e botar a conversa em dia com nosso Gancanagh. Ando sentindo a falta dele ultimamente.

Nenhum dos regentes do verão se moveu.

– E pensar em todos os anos que ele desperdiçou com vocês... – Irial sacudiu a cabeça. – O que vocês acham que seria preciso para levá-lo para casa, para mim?

Então ele esperou, aguardando ansiosamente para saciar sua fome de modo a conseguir algumas horas a mais para

Leslie se ajustar antes que ele começasse a afunilar todo o peso de seu apetite por meio dela.

Conforme a explosão de emoções de Keenan era filtrada para dentro de Irial, o Rei Sombrio caminhou para uma mesa vazia. Keenan e Aislinn seguiram, como ele sabia que fariam, e se sentaram de frente para ele. Ele passou um dedo pelos nomes – sinais feitos por mortais tentando deixar uma marca de sua passagem – que estavam entalhados na superfície. Uma garçonete parou para oferecer-lhes drinques, chamando Aislinn e Keenan pelos nomes.

Irial aceitou.

– O que quer que seja que eles costumam tomar aqui, e café para mim. Bem preto.

A garota foi embora, sorrindo para ele um pouco mais do que o necessário.

Se eu pudesse me alimentar deles sem um intermediário, como a filha de Gabriel... Com este pensamento, ele se interrompeu. *Se eu soubesse de Ani antes...* Mas ele não sabia. Ele estava nesse caminho, encontrara uma solução. Prestaria mais atenção em Ani depois.

Primeiro ele estabilizaria as coisas com Leslie. Se ela fosse forte o bastante, sobreviveria por algum tempo, mas no fim... no fim das contas, mortais sempre feneciam antes dos seres encantados. Eram criaturas tão finitas. Seu primeiro batimento cardíaco e sua primeira memória nada mais eram do que uma piscadela até a morte. Acrescentar o peso de nutrir sua insaciável corte em um tempo de paz era, inconscientemente, acelerar aquilo. A paz mataria sua Leslie cedo demais, mas guerra nunca era a saída mais sábia. Era o equilíbrio de que ele necessitava. Estar à beira da violência, mas não inserida nela era o que a Corte Sombria precisava.

Irial voltou sua atenção para o par diante dele. Aislinn murmurava algo para Keenan, tranquilizando-o.

— Fique calmo. Niall não vai a lugar algum... especialmente para a Corte Sombria. Ele está seguro...

— Minha cara, você me magoa. — Irial riu, imensamente divertido com tamanha credulidade ingênua, uma verdadeira raridade nas cortes. — Niall e eu fomos *próximos*, se você quer saber, antes que o jovem reizinho existisse.

A irritação de Keenan aflorou. Seus punhos estavam fechados tão firmemente que ele machucava a si mesmo.

— E ele passou séculos sofrendo por isso.

Irial se inclinou sobre a mesa.

— Você sabe o quanto ele luta para lidar com seu desejo ardente por Leslie? O quanto é difícil... — Ele parou, satisfeito por ver a expressão no rosto de Keenan. — Quem sabe não existe uma razão pela qual ele não contou isso a você? Talvez ele ainda seja mais da *minha* corte do que da sua. Talvez ele tenha me pertencido o tempo todo...

— Fique longe de Niall — disse Keenan. Ondas de calor do deserto irradiaram dele, pulsando contra todos ali.

Ao lado dele, Aislinn absorveu aquele calor tão rápido quanto Keenan o liberou.

— Keenan. Mas que droga. Precisamos discutir a situação de Leslie. Se acalme ou vá dar uma volta.

Que ótima ideia. Irial sorriu para Aislinn. Ele se virou novamente para Keenan, sustentando o olhar dele ao dizer:

— Ele poderia reinar na minha corte. O que você oferece a ele? Servidão? Criaturas mágicas? Ele é um *Gancanagh*, Keenan. Precisa do toque mortal ou algum foco para abrandar seu desejo. Ele negou a si mesmo por séculos para te proteger. O que ele deve fazer sem uma causa pela qual lutar? Bancar a babá das Garotas do Verão?

Keenan lutou – e fracassou – para esconder um lampejo de desespero. Um minúsculo banho de chuva começou na pista de dança. Os clientes guincharam e gargalharam, sem dúvida explicando-a por uma resposta mundana – uma falha no sistema anti-incêndio ou um cano furado.

– Niall está melhor comigo. A lealdade dele é para com a *minha* corte; é causa suficiente – disse Keenan.

– Você sabia que ele tem visto Gabe? – Irial diminuiu a voz em um tom conspiratório e acrescentou: – Ele tem sido vigiado por Bananach. Você acha que *ela* se importaria com ele se ele não fizesse parte da minha corte?

O calor exalado pela pele de Keenan fez com que a água no recinto se transformasse em vapor.

– Ele não é da Corte Sombria. O lugar dele é entre as criaturas mágicas que não o atormentam. Ele está mais feliz...

– Não. Não está. O melhor que podemos esperar, reizinho, é encontrar maneiras de ficar em paz com o que somos. Você entende isso, não entende? Ele está vacilando bem na beira do precipício. Você deu a Niall a chave para a sua própria destruição. – Irial observou Keenan, viu a conclusão a que ele sabia que o rei chegaria se fosse pressionado o bastante.

– Não faça isso. – Keenan não estava olhando para sua rainha, cuidadosamente, não admitindo que manipulara Niall e pusera Leslie em risco.

– Dê as costas para isso, reizinho – avisou Irial. – Essa não é uma conversa que você realmente quer ter. É?

O Rei do Verão fez um gesto como uma chicoteada, um vento afiado que queimou a face de Irial de um lado a outro, fazendo jorrar sangue na superfície. A intensidade da fúria tornou tudo aquilo mais nutritivo para Irial.

Aislinn beijou as bochechas de Keenan.

– Vá. Eu posso lidar com ele. – Ela balançou a mão para a multidão de mortais. Muitos deles estavam olhando, curiosos e ávidos. – Eles não precisam ver isso.

Keenan fez um gesto abrupto na direção de vários homens-árvore, e os guardas – que não eram em nada diferentes dos jovens homens agourentos nos becos escuros da maioria das cidades – se aproximaram. Eles se apoiaram em uma parede próxima, disparando olhares ameaçadores para Irial. Era uma exibiçãozinha encantadora, sua postura – como se qualquer criatura da Corte de Verão pudesse atemorizar o líder da Corte Sombria. Sem nenhuma outra palavra, Keenan desapareceu dentro da multidão ainda úmida na pista de dança.

Irial sorriu para a jovem Rainha do Verão.

– Agora que ele se foi, vamos nos conhecer melhor, eu e você.

Aislinn deu a ele um sorriso que oscilava entre a inocência mortal e a esperteza das criaturas encantadas.

Eu poderia gostar muito dessa aí. Naquele momento ela era uma adversária mais desafiadora do que Keenan.

– Você não deveria testar Keenan assim. Não sei ao certo quais segredos vocês dois estão trocando, mas essa é *minha* corte agora. Alfinetá-lo não vai ajudar. – Ela não se incomodou em manter o calor longe de sua voz, mas diferente de seu rei, o temperamento de Aislinn não era um tapa concentrado. Em vez disso, o calor muito elevado investiu contra Irial como uma rajada repentina, fazendo com que ele engolisse com dificuldade o gosto de areia em sua língua.

Delicioso. Ele bebeu o temperamento agridoce dela com deleite.

– Segredos? Keenan foi criado na ânsia pelo poder, poder que tomei dele com o consentimento da Corte do Inverno. Temos uma história... nem de perto tão gratificante quanto meu elo com Niall, você pode imaginar, mas o reizinho tem uns problemas de impotência em relação a mim.

– Eu sei o que a sua corte é. Sei o que você faz. Você é responsável pela perversidade...

– Perversidade? – Então ele gargalhou, deixando que cada pedacinho da verdadeira natureza de sua corte se incluísse no som.

A Rainha do Verão prendeu a respiração. Sua face ficou vermelha, e as ondas de irritação que irradiou causaram bolhas na pele dele.

– Não perversidade, criança, e prefiro que você não me insulte tanto – Irial se inclinou para mais perto, observando a face dela enquanto Aislinn se forçava a reorganizar suas emoções –, porque, por mais que eu goste da sua reação, você tem complicações demais para me interessar nesse sentido.

– Se Keenan ouvir...

– Conte a ele. Dê a ele uma razão a mais para me atacar. – Irial lambeu os lábios como se areia fosse verdadeiramente algo tangível, não simplesmente um sabor no ar.

Ela mudou o assunto.

– Por que você está tentando causar problemas entre ele e Niall?

– Porque é conveniente para mim. – Irial não viu razão para não ser honesto. – Entendo de vício: é uma das moedas da minha corte. O lugar de Niall não é junto a Keenan, não agora, não mais. Keenan o maltratou mais do que você sabe.

O sorriso plácido de Aislinn não vacilou, mas pequenos lampejos de luz do sol surgiram em seus olhos.

– Que diferença isso faz para você?

Ele se inclinou para trás e esticou as pernas no corredor, tão confortável quanto poderia estar na multidão de mortais entretidos.

– Você acreditaria que me importo com Niall?

– Não.

– Criaturas mágicas não mentem.

– Não abertamente – emendou ela.

– Bem, se você não acredita nisso – ele encolheu os ombros –, o que posso dizer? Eu gosto de provocar o reizinho. – Ele tentou pegar a mão dela. Diferentemente da maioria dos seres encantados, a Rainha do Verão tinha velocidade o bastante para evitar o toque dele, afinal, a luz do sol pode se mover tão rápido quanto as sombras, mas ela não. Keenan teria.

Rainhas são tão mais prazerosas de se lidar.

Irial foi acometido pelo calor do langor do verão, brisas vaporosas e um gosto estranhamente doce de ar úmido. Era adorável. Ele se apegou à mão dela, sabendo que ela sentia a essência da corte dele tão certamente quanto ele sentia a dela, observando sua pulsação tremular como uma coisa capturada, apanhada e lutando.

Ela corou e tirou a mão.

– Estar tentada não é o mesmo que estar interessada. Me sinto tentada por *meu* rei a cada momento do dia... mas não estou interessada em sexo por um prazer vazio, e se estivesse, não seria com você.

– Não sei ao certo quem eu deveria invejar mais, o rei ou seu brinquedinho mortal – disse Irial.

Lampejos iluminaram a boate quando o temperamento dela finalmente se tornou menos estável. Mas, mesmo com o estado de espírito vacilante, Aislinn não era tão temperamental quanto Keenan.

– Seth não é um brinquedo – ela o presenteou então com a objetividade que Keenan não tinha –, não mais do que Leslie é um para você. É isso que ela é?

– Keenan não vai entender isso. Quando ele escolhe mortais, toma sua mortalidade.

– E você?

– Eu gosto da mortalidade de Leslie do jeito que ela é. – Ele puxou um cigarro, batendo-o de leve na mesa. – Esse não é um segredo que você conseguirá de mim... não mais do que contarei sobre os segredos do reizinho ou de Niall.

– Por que você simplesmente não a deixa ir?

Ele a encarou, perguntando-se preguiçosamente se ela poderia acender seu cigarro. Miach, o último Rei do Verão, costumava criar curiosas diversões ao incendiar coisas. Por algum motivo, Irial duvidava que Aislinn fosse fazer isso, então sacou um isqueiro.

– Não vou responder isso, não agora, não sem uma razão. Ela é minha. É tudo o que importa.

– E se eu dissesse que nossa corte a tomaria de volta?

Ele acendeu seu cigarro, deu uma longa tragada e soltou a fumaça.

– Você estaria enganada.

Irial não mencionou que o Rei do Verão não ligava absolutamente nada para Leslie. A Rainha do Verão podia se importar com sua Leslie, mas Keenan? Ele não se importava verdadeiramente com ninguém a não ser com suas próprias criaturas e sua rainha. *E nem sempre isso é bom para os interesses deles.*

Irritada mas ainda no controle de suas emoções, Aislinn deu a Irial um olhar que faria com que a maioria das criaturas se ajoelhasse. Antes que ela pudesse falar, ele pegou uma de suas mãos de novo. Ela resistiu ao gesto, sua pele ficando cada vez mais quente, como aço derretido.

– Leslie me pertence, é tão certo quanto seu Seth pertence a você, como as Garotas do Verão pertencem a Keenan.

– Ela é minha amiga.

– Então você deveria ter feito algo para protegê-la. Você sabe o que foi feito contra ela? Como ela tem estado perdida? Como tem estado assustada? O quanto foi destruída?

Por mais que ele achasse tocante Aislinn se importar com a garota dele, não era razão suficiente para sacrificar Leslie. Eles não a protegeram, não a mantiveram em segurança, não a fizeram feliz. Ele faria tudo isso.

– Quando ela se ajustar às mudanças...

– Que mudanças? Você disse que ela ainda era mortal. O que você fez?

Pequenas nuvens de chuva se agruparam em volta deles até que a boate ficasse nublada. A conversa não iria acrescentar nada, então Irial se levantou e fez uma reverência.

– Minha corte lida com coisas mais sombrias do que a sua. O resto não cabe a mim dizer. Mais tarde, se ela quiser, contará a você.

Em seguida, ele deixou a Rainha do Verão e seu séquito de guardas carrancudos. Apesar da necessidade de sua corte de divergências entre os habitantes do mundo mágico, Irial não tinha paciência para política, não agora. Tinha algo – *alguém* – mais importante com que se importar.

Capítulo 26

Leslie e Seth já estavam a várias quadras da boate quando ela finalmente perguntou:
– Você sabe o que está acontecendo?
Sem perder um passo sequer, Seth disse:
– Eles não são humanos. Nenhum deles.
– Certo. – Ela franziu o cenho. – Obrigada. Me sacanear ajuda muito.
– Não estou brincando, Leslie. – Ele olhou através dela, como se alguém estivesse lá, e sorriu para a rua vazia. – Peça que Irial te dê a Visão. Diga a ele que você merece.
– A Visão? – Ela não bateu nele, mas queria. Sentia-se completamente indisposta, e ele ainda fazia pouco dela.
– E guardas – acrescentou ele. Em seguida parou e fez um gesto na direção do espaço aberto à frente dela. – Mostre a ela.
– Mostrar pra mim o...
Uma garota com asas negras de couro apareceu e sorriu de um jeito predatório.

– Uuuh, nós vamos brincar?

A voz de Niall veio por detrás dela.

– Vá dar uma volta, Cerise. Ela pertence a Irial agora.

– Irial pegou uma mortal? Verdade? Ouvi rumores, mas... Hummm, ela é um pouco magra demais, não é? – A garota alada pareceu pasma, entretida e curiosa, tudo de uma vez.

Leslie a encarou: ela não podia se virar para olhar para Niall, não conseguia fazer com que sua mente processasse o que ele acabara de dizer. *Pertence? E nós? E todas as coisas que ele sussurrou para mim? Pertence?* Uma explosão de ira consumiu a tristeza dela, mas se desfez imediatamente. *Pertence? Como um enfeite? Eu* pertenço *a mim mesma.* Mas ela não disse nada disso, não se virou para encará-lo com a confusão tão exposta em seu rosto. Em vez disso, aproximou-se da garota alada, Cerise.

Cerise bateu as asas.

– Elas são de verdade.

E com sua blusa frente única, era óbvio que as asas realmente brotavam da pele dela.

– Oh, docinho, você entrou nessa para se divertir. Aquele ali tem tanta estamina que você não acreditaria...

Então algo – invisível – agarrou Cerise por trás; ela começou a se mover para trás sem nenhum esforço evidente de sua parte. Ondas de desgosto por Cerise rolaram pelo ar vindas dessa coisa invisível para a pele de Leslie, preenchendo-a e fugindo antes de se assentarem.

– Tudo bem. Estou indo – retrucou Cerise. Deu um aceno ao desaparecer. Sua voz incorpórea falou: – Te vejo por aí, querida.

Leslie deslizou para a calçada. Andava aos tropeços, tremendo por seja lá o que houvesse de errado com ela. Não era apenas porque ela podia saber exatamente o que os outros estavam sentindo: ia além disso agora. Os sentimentos ao redor dela eram quase palpáveis, e serpenteavam sob sua pele.

— Ela tinha asas — disse Leslie.

Seth assentiu.

— E desapareceu? Ela realmente desapareceu? — Leslie tentou se manter concentrada. Em algum lugar nos apartamentos acima dela, uma mulher chorava um lamento tão profundo que fez com que Leslie pensasse estar engolindo cobre.

Niall esticou a mão para baixo e ajudou Leslie a se levantar. Ele se curvou de forma que seus lábios ficassem contra o rosto dela. Gentilmente, murmurou:

— Falhei com você novamente. Mas não vou desistir. Mantenha isso em mente: não permitirei que ele fique com você.

Leslie olhou dele para Seth. Queria que Seth dissesse a ela que isso era uma piada, que ele dissesse que as coisas não haviam chegado a um ponto tão desesperadamente bizarro. Seth estivera por perto durante todo o tempo que Leslie vivera em Huntsdale. Se ele dissesse que estava tudo bem...

Mas Seth sacudiu a cabeça.

— Peça a Irial a Visão e guardas para você.

— Guardas? Eles não podem protegê-la do que ela precisa ser protegida: *dele* — rosnou Niall antes de olhar de volta para ela. Sua expressão se suavizou então, e ele sussurrou:

— Não se esqueça: o que importa é sobreviver. Você pode fazer isso.

Tish se aproximou, vinda das sombras à frente deles.

— Você não deveria tocar em Leslie.

Leslie tentou se concentrar na garota. O mundo todo estava mudando, e Leslie começava a acreditar que ele não se estabilizaria tão cedo novamente. A sinfonia de sabores era levada pelo ar das paredes até ela, movia-se furtivamente na direção dela vinda das salas próximas, e maltratava sua pele. Ela fechou os olhos e tentou catalogar os sabores enquanto eles a percorriam. Havia muitos.

Niall deus passos lentos para trás, assegurando-se de que ela estivesse de pé e firme antes de soltá-la.

– Você está se sentindo mal? – Tish tinha suas pequenas mãos na testa e nas bochechas de Leslie. – É por causa da tatuagem? Me deixe dar uma olhada.

– Estou bem. – Leslie tirou a mão de Tish de sua blusa, nervosa com a ideia de partilhar sua tatuagem, *nossa tatuagem, minha e de Irial,* naquele exato momento. – O que você quer? Por que você está...

– Te vi na boate, mas não podia me expor lá. – Tish ainda encarava somente Leslie.

Se expor? Com o dilúvio de emoções a distraindo tanto, Leslie tinha dificuldade em formular o que dizer ou fazer. Tudo que pôde perguntar foi:

– Você conhece Seth?

Tish lançou um rápido olhar para Seth, analisando-o com um ar que teria deixado Ani orgulhosa.

– O brinquedinho de Ash?

Ao lado de Seth, Niall se retesou, mas Seth fez um gesto para impedi-lo.

– Não entendo, mas – Tish encolheu os ombros – não é problema meu.

Em seguida ela enlaçou os dedos nos de Leslie e começou a conversar com ela como se não houvesse mais ninguém ali.

– Você parecia estar se divertindo mais cedo, mas Rabbit vai acabar comigo se eu não te levar até ele. Você está abatida. O primeiro dia é duro para os humanos.

– Humanos? – Leslie quase riu com o quão surreal a noite se tornara. – O que isso faz de *você*?

Mas Tish ainda estava falando, ignorando a pergunta:

– Vamos dar uma olhada em você, para ter certeza de que estará cem por cento quando ele vier te buscar.

– Estou bem – insistiu Leslie, embora soubesse que não estava. – Mas claro, vamos ver Rabbit. Só para... Ele?

– Iri – disse alegremente Tish. – Você quer estar pronta para ele, não quer?

– Para Irial? – repetiu Leslie, olhando para trás, por sobre o ombro, para Niall. Ele tinha uma horrível expressão de dor em seu rosto. *Chicória emaranhada com um pesar com gosto de cobre.*

– Sobreviva – falou Niall, sem emitir som algum, ao tocar a cicatriz em seu rosto.

E ela parou, lembrando-se do jeito como sua visão mudara quando Niall a acompanhara até a casa de Seth. Virou a cabeça, olhando para Niall e Seth com o canto do olho: Seth tinha a mesma aparência de sempre. Niall não. Sua cicatriz brilhava como uma ferida recém-aberta; seus olhos refletiam as luzes da rua como os de um animal. Havia algo de errado com seus ossos, como se houvesse extensões e junções extras onde ela mesma não tinha. Os ossos de sua face estavam muito severos para os de um humano, muito angulados, e a pele dele brilhava como se iluminada por alguma luz vinda de dentro dele, como se sua pele fosse muito transparente, como pergaminho sobre uma chama. Ela tirou sua mão da de Tish e caminhou na direção dele.

– Ele não podia te contar – disse Seth.

Leslie não podia chegar mais perto, não encontrava palavras, fitando Niall fixamente enquanto ele brilhava.

Niall sustentou o olhar dela.

– Negociei com a minha rainha para que ela me permitisse proteger você. Sinto muito por ter falhado, Leslie. Eu... Eu sinto tanto.

– Sua rainha? – indagou Leslie, mas suspeitava da resposta antes de ouvi-la. Olhou para Seth.

– Ash – confirmou Seth. – Ela não queria você envolvida nesse mundo. A intenção dela era te proteger deles.

Ele fez um gesto para indicar o espaço atrás dela, onde havia agora dezenas de pessoas que não pareciam nem um pouco humanas. Como a multidão no Forte, todos aparentemente usavam fantasias elaboradas. Mas não eram fantasias.

– O que eles são? – perguntou Leslie.

– Seres encantados.

Leslie olhou para eles: ninguém era o que parecia ser poucos minutos atrás. Nada fazia sentido. *Estou furiosa agora. Estou com medo.* Ainda assim, não conseguia sentir essas coisas. Sentia curiosidade, surpresa, e uma vaga sensação de euforia que ela sabia – objetivamente – que deveria ser mais assustadora do que o resto.

– Ash governa uma das cortes de seres encantados, a Corte do Verão. Ela compartilha o trono com Keenan – disse Seth, sem nenhuma inflexão na voz, mas Leslie sentiu, *provou*, as apreensões dele, seus medos, sua ira, seu ciúme. Estava tudo sob a superfície.

Ela olhou para trás, para Niall – não com o canto do olho, mas completamente. Ele ainda parecia brilhar. Fez um gesto para ele.

– O quê? Por que agora eu posso te ver assim?

– Você já sabe. Não preciso usar um feitiço de disfarce. – Niall deu passos à frente, andando em direção a ela.

– Ela agora é de Irial. *Nossa.* – Tish fez um gesto na direção das sombras, e pelo menos seis dos homens cobertos de espinhos postaram-se na frente de Leslie, bloqueando Niall. Quando fizeram isso, os cinco rapazes com *dreadlocks* lá do Forte apareceram ao lado de Niall. Eles estavam grunhindo, e Niall também, com os dentes à mostra.

Enquanto ela observava, mais gente apareceu. *Não, não era gente, criaturas de algum tipo, surgindo do nada.* Algumas portavam estranhas armas – pequenas facas curvas que pareciam feitas de pedra e osso, longas lâminas de bronze e prata. Outras davam sorrisos forçados e cruéis, enquanto se enfileiravam para encarar uns aos outros, exceto por um pequeno grupo que a cercou e outro que cercou Seth.

Tish – cuja aparência não se modificara, apesar de se declarar parte de seja lá do que fossem essas bizarras criaturas – se aproximou lentamente, como um predador perseguindo sua presa.

– Essa noite venho em nome de Irial, para cuidar de Leslie e mantê-la segura para ele. Não tente nos desafiar, Niall.

A postura tensa de Niall – sua ira zumbindo por seus ossos como um elixir em que Leslie podia se afogar – expressava o que suas palavras não diziam: ele queria muito um confronto violento.

E Leslie, por toda a estranheza do momento, queria que ele quisesse. Queria que uns enfrentassem os outros. Desejava sua violência, sua excitação, sua rivalidade e animosidade. Era uma vontade que vinha do fundo dela, um apetite que não lhe pertencia. Sentiu que não conseguia se manter tão firmemente de pé quando as emoções deles se misturavam dentro dela.

Em seguida o círculo em volta dela se abriu. Tish inclinou um pouco a cabeça e pegou a mão de Leslie. Falou alto o

bastante para ser ouvida acima dos grunhidos e murmúrios da aglomeração.
— Você começaria uma guerra por causa da garota, Niall?
— Eu adoraria — respondeu ele.
— Você tem *permissão* para tal? — perguntou Tish.
Então se fez o silêncio. Finalmente Niall replicou:
— Minha corte me proibiu de fazer isso.
— Então vá para casa — disse Tish. Ela fez um movimento na direção das sombras. — Pai, você pode carregar Leslie?
Leslie se virou e viu Gabriel. As tatuagens nos braços dele se movimentavam sob a pouca luz, como se estivessem prontas para correr. *Isso também não é possível. Mas é real. E eles me querem... para quê? Por quê?* Ela não conseguia entrar em pânico. Sentia que ele estava lá, entretanto, um pânico logo ali, fora do alcance, a consciência de uma emoção. *O que eles fizeram comigo?*
— Ei, garota. — Gabriel sorriu gentilmente ao se aproximar dela. — Vamos dar o fora daqui, está bem?
E ela sentiu a si mesma sendo erguida, mantida no alto enquanto Gabriel corria pelas ruas mais rápido do que ela jamais se movera em sua vida. Não havia sons, não havia visibilidade, apenas escuridão, e a voz de Irial de algum lugar muito distante:
— *Agora descanse, querida. Te vejo mais tarde.*

Capítulo 27

Niall estava a apenas meio caminho adentro da sala da frente do *loft* quando disse:
– Leslie se foi. Não peço muito, nunca pedi em todos esses anos...
Keenan ergueu a mão, que brilhou com a luz do sol pulsante.
– Irial ainda tem influência sobre você, Niall?
– O quê? – Niall ficou imóvel enquanto freava suas próprias emoções.
O Rei do Verão fechou a cara, mas não respondeu. As plantas no *loft* se curvaram diante da força do vento desértico que ganhava velocidade a partir das oscilações emocionais de Keenan; os pássaros se retiraram para seus refúgios nas colunas. *Pelo menos as Garotas do Verão não estão aqui.* Keenan dispensara os guardas restantes com poucas palavras sucintas. Depois começou a andar pela sala. Redemoinhos de ar quente giravam pelo recinto, rodando e se espiralando como se figuras fantasmagóricas estivessem escondidas neles, apenas

para serem cortados pelos ventos quentes que já guinchavam ao redor – todos eles foram, então, levados pelas enxurradas de chuva. Tomando forma pelas emoções beligerantes do rei, os climas colidiram no pequeno espaço e deixaram desastres para trás.

Em seguida Keenan parou para dizer:
– Você pensa em Irial frequentemente? Tem simpatia por sua corte?
– Do que você está falando? – perguntou Niall.

Keenan agarrou as almofadas do sofá, claramente tentando encontrar uma forma de restringir suas emoções. A tempestade irrompeu pela sala, rasgando as folhas das árvores, fazendo com que esculturas de vidro despencassem no chão.

– Fiz as escolhas que tive que fazer, Niall. Não serei aprisionado novamente. Não voltarei para aquela situação. Não serei enfraquecido por Irial... – Luz do sol irradiava dos olhos e da boca de Keenan. As almofadas do sofá pegaram fogo.

– Keenan, o que você está dizendo não faz sentido nenhum. Se você tem algo a falar, fale. – O próprio temperamento de Niall não era tão instável, mesmo após séculos ao lado de Keenan, mas era muito mais cruel do que Keenan jamais poderia ser. – Irial levou Leslie. Não temos tempo para...

– Irial ainda está ligado a você. – Keenan tinha uma expressão pensativa ao formular a questão que não fizera diretamente até então: – Como você se sente em relação a ele?

Niall congelou, encarando seu amigo, sua causa, sua razão para *tudo* por tantos séculos. Causava-lhe uma dor aguda ouvir Keenan perguntar tal coisa.

– Não faça isso. Não me pergunte sobre *antes*.

Keenan não respondeu, não pediu perdão por jogar sal sobre antigas feridas. Foi até a janela e ficou admirando a paisagem enquanto a tempestade de areia arrefecia na sala. O Rei do Verão estava calmo novamente.

Contudo, Niall lutava para controlar as próprias emoções. Essa não era uma conversa que ele quisesse ter, não agora quando estava preocupado com Leslie e furioso com Irial. Uma vez, Niall depositara sua confiança em outro rei, e isso fora um erro. Naquele tempo, Irial revelara que sempre soubera que as mortais com quem Niall se envolvera adoeciam e se tornavam dependentes. Contou a Niall que essas mortais morreram – mas não antes que as criaturas sombrias as trouxessem à alcova deles para se divertirem. Explicou que a natureza viciante de Niall era simplesmente parte de ser um Gancanagh. Niall fugira então, mas Gabriel viera até ele. Trouxe Niall de volta à alcova da Corte Sombria, a colina mágica onde Irial esperava.

– Você poderia governar meu reino algum dia, Gancanagh – murmurou Irial ao trazer as mortais que se viciaram e estavam enlouquecidas pela necessidade de mais. – Fique conosco – sussurrou Irial. – Este é o lugar ao qual você pertence. Comigo. Nada mudou.

Em volta deles, as mortais viciadas pelejavam-se com as criaturas mágicas cheias de desejo, como se estivessem famintas pelo toque, doentes demais pela abstinência para pensar nas consequências do contato com corpos cobertos por espinhos e formas incompatíveis.

E Niall se decepcionou por nada mais fazer do que fornecer mortais à Corte Sombria, e Irial propôs a ele um trato:

– Você entretém a corte ou eles o fazem, Gancanagh. Medo e dor são as moedas para o resgate deles. Me importa muito pouco quem pagará. – Niall pensara em fazer a coisa certa, dando seu voto livremente em troca da liberdade das mortais viciadas. No fim, não importara: elas ainda desvaneciam, suplicando pela droga que estava na pele de Niall.

Keenan estava falando novamente:

– O que você é nunca foi usado como uma habilidade em nome de nossa corte. – Ele tinha um olhar distante, pensativo e calculista. – Se meu papel é manter nossa corte em segurança, preciso usar todas as suas habilidades.

Keenan destampou uma garrafa que estava depositada numa bandeja aquecida, serviu a bebida à base de mel em duas taças e estendeu uma.

Niall não conseguia responder, não conseguia falar. Apenas olhava fixamente para seu rei.

– Mesmo sob a influência de Irial, Leslie vai querer você, e *ele* ainda te quer. Podemos usar isso para descobrir os outros segredos que a corte de Irial tem escondido de nós. – Keenan ofereceu novamente a taça a Niall. – Vamos. Ele não vai te atacar. Talvez divida a garota com você, e...

– Você sabia. Que Leslie fora marcada por ele, que...

– Não. Eu sabia que havia mortais sendo marcados e levados por criaturas da Corte Sombria. Esperava já saber mais por agora, como, por exemplo, por que ou como eles estão se ligando aos mortais. Agora nós precisamos reconsiderar. Isso não está terminado. Ela quer você. Vi Leslie te observando mesmo antes de tudo isso começar. Não acho que o fato de Irial se declarar dono dela vá apagar isso. Isso pode ser melhor do que eu imaginava. Se ela sobreviver, estará em uma posição perfeita para descobrir muita coisa. Ela dirá a você. Fará o que você quiser só para tê-lo por perto. – Keenan ofereceu a taça pela terceira vez. – Beba comigo, Niall. Não permita que isso nos separe.

Niall pegou a taça e , observando Keenan, jogou-a no chão.

– Vivi para você, Keenan. Minha vida, todas as minhas decisões por nove malditos séculos. Como você poderia violá-la dessa...

– Não fui eu quem violou a garota. Não é o meu sangue sob a pele dela. Irial...

– Não era *Irial* quem estava me enganando dessa vez, era? – Niall baixou a cabeça enquanto sua raiva se misturava ao desespero. – Como você pôde *me usar*, Keenan? Como pôde esconder segredos de mim? Você me manipulou... – Com um passo, ele se aproximou de Keenan, abordando seu rei com irritação, tentado a levantar a mão para a criatura que jurara proteger e honrar até seu último suspiro. – Você *ainda* quer me usar. Você sabia, e...

– Eu tinha ouvido falar sobre a troca de tinta, suspeitei de que Leslie fosse uma das vítimas, mas descobrir os segredos da Corte Sombria não é nada fácil. Ela é apenas uma mortal. Não posso salvar todos eles, e se for preciso que um ou dois se percam para que possamos salvar todos os demais... Não é diferente do que sempre foi. – Keenan não retrocedeu, não convocou guardas para o seu lado. – Podemos usar isso para conseguir o que ambos queremos.

– Você encorajou meu interesse por Leslie, armou para que eu desobedecesse a Aislinn, minha rainha, *sua rainha*.

– É verdade.

Enquanto Niall ficou lá, tremendo de tanta raiva, todas as declarações que Keenan fizera ultimamente se chocaram contra ele; a verdade que Niall não enxergara, por confiança ou tolice, era de partir o coração.

— E você não sente nenhum remorso, sente? O que ela está sofrendo...

— Irial é uma ameaça à nossa corte. — Keenan deu de ombros. — A Corte Sombria é terrível demais para que a deixemos prosperar. Você sabe tão bem quanto eu o que eles fizeram. Você carrega as cicatrizes. Não deixarei que ele se fortaleça o bastante para ameaçar a nossa corte, especialmente a nossa rainha. Ele precisa ser mantido sob vigilância.

— Então por que não me contou? — Niall observava seu rei, esperançoso de que alguma resposta suspendesse o peso que ameaçava partir o espírito de Niall como a Corte Sombria fizera uma vez.

Mas Keenan não ofereceu tal reposta. Em vez disso, falou:

— Para que você fizesse o quê? Contasse à garota? Vi que você ficaria encantado por ela, como ficou. O meu plano era melhor. Precisava que você mantivesse o foco, e ela era um foco tão bom quanto qualquer um.

Niall ouviu a lógica nas palavras, escutara seu rei falando da mesma forma ao longo dos séculos ao seduzir as mortais que eram agora as Garotas do Verão. Não mudava nada: a lealdade e o companheirismo de Niall haviam sido retribuídos com desprezo e rejeição indiferente.

— Não posso aceitar... não aceitarei isso — disse Niall. — Para mim chega.

— O que você quer dizer?

Então Niall pronunciou as palavras que desfaziam sua promessa:

— Minha fidelidade à Corte do Verão está rescindida. Você não é mais meu rei. — Era uma coisa simples pôr fim no que deveria importar tanto. Umas poucas palavras e ele estava sozinho no mundo de novo.

– Niall, pense sobre isso. Não é algo que valha a pena abandonar. – Keenan não soou em nada como a criatura mágica que Niall pensara que ele fosse. – O que eu poderia fazer?

– Não isso. – Ele circulou Keenan. – Prefiro ser solitário, sem corte, não ter uma casa ou um rei... a ser usado.

Ele não bateu a porta, não se enfureceu, não derramou lágrimas. Simplesmente se foi.

Algumas horas depois, Niall ainda caminhava pelas ruas de Huntsdale. Estava acontecendo algum tipo de evento, o que fez com que as ruas ficassem cheias e barulhentas, o que combinava com o atordoamento que sentia dentro de si. *Não sou melhor do que Irial. Tornei-a viciada como os drogados que ela teme.* E seu rei sabia disso, usara isso. *Fracassei com ela.*

Não era frequente ele lamentar ser aquele que seguia e nunca liderava, mas ao andar pelas sujas ruas dos mortais, ele se perguntou se tinha tomado a decisão correta tanto tempo atrás, quando Irial ofereceu a Niall a possibilidade de torná-lo seu sucessor. *Pelo menos eu teria mais alternativas.*

Niall se movia com dificuldade em meio à multidão quase totalmente formada por mortais. As criaturas mágicas que se misturavam a eles saíam de seu caminho apressadamente. Quando a aglomeração se movia, Niall o viu: Irial passava ociosamente seu tempo na frente de uma loja.

– Ouvi dizer que você estava perambulando por aí – disse o Rei Sombrio –, mas estava começando a achar que minhas criaturas tinham se enganado.

– Quero falar com você – começou Niall.

– Sempre te receberei bem, Gancanagh. Isso não mudou. – Irial fez um gesto em direção ao pequeno parque do outro lado da rua. – Caminhe comigo.

Comerciantes vendiam doces em suas carrocinhas; mortais bêbados gargalhavam e gritavam. Um jogo de algum tipo ou talvez um concerto deviam estar acontecendo. As pessoas lotavam tanto as ruas que o trânsito ficou paralisado. O Rei Sombrio avançou por entre os carros parados e os motoristas que buzinavam furiosamente, por um grupo de mortais cantando muito mal e executando o que pareciam pensar ser uma dança.

Uma vez no parque, Irial indicou um banco de pedra que suas criaturas haviam acabado de desocupar.

– Esse é o seu tipo de lugar, não é? Ou você prefere ir?

– Está bom. – Mas Niall permaneceu de pé, apoiando-se contra uma árvore, desconfortável por estar de costas para as criaturas que vagavam pela rua.

Irial deu de ombros ao se acomodar graciosamente no banco, parecendo perversamente um ingênuo, alheio ao efeito que tinha sobre os mortais boquiabertos ao seu redor.

– Então – ele acendeu um cigarro –, imagino que você esteja aqui por causa da minha Leslie.

– Ela não é sua.

Irial deu uma longa tragada no cigarro.

– Você acha?

– Acho. – Niall se virou ligeiramente, observando vários seres encantados que se aproximavam pela esquerda. Ele não confiava em Irial nem nas criaturas solitárias que estavam de olho ou... Na verdade, ele não confiava em ninguém naquele momento.

Irial fez um gesto para que várias de suas criaturas se aproximassem e ordenou:

– Quero toda essa área vazia. – Depois voltou sua atenção para Niall. – Sente-se. Não permitirei que *nenhum* mal seja feito a você enquanto estiver sentado comigo. Dou a minha palavra.

Atordoado pela promessa generosa oferecida por Irial – *nenhum mal*, e ainda deixar claro que sua própria segurança era menos importante que a de Niall –, ele sentou e fitou o Rei Sombrio. Isso não mudava as coisas, entretanto: um momento de gentileza não desfazia a situação de Leslie ou a crueldade que Irial demonstrara tanto tempo atrás.

– Leslie não é sua – disse Niall. – Ela pertence a si mesma, independente de estar ligada a você ou não. Você apenas não percebeu isso ainda.

– Ah, você continua sendo um tolo, Gancanagh. – Irial soltou uma nuvem de fumaça e se inclinou para trás. – Um tolo apaixonado, mas ainda assim um tolo.

Em seguida Niall pronunciou as palavras que pensou que nunca diria a Irial, o princípio de uma conversa que já fora seu pior pesadelo.

– Você negociaria a liberdade dela?

Algo indecifrável passou de relance pela face de Irial quando ele abaixou seu cigarro.

– Talvez. O que você tem a oferecer?

– O que você quer?

Uma expressão cansada surgiu no rosto de Irial.

– Às vezes não tenho tanta certeza. Mantive essa corte ao longo das guerras entre Beira e o último Rei do Verão, durante os rompantes de fúria de Beira, mas essa nova ordem… Estou cansado, Niall. O que eu quero? – A fachada usual de Irial, meio divertida e meio indiferente, retornou então. – O que qualquer rei deseja? Quero manter meus súditos em segurança.

– Como Leslie se encaixa nisso?

– Você pergunta pelo reizinho ou por si mesmo? – O tom de Irial era mais uma vez aquele de provocação que ele tão frequentemente usava quando conversavam: o Rei Sombrio não havia perdoado Niall por fugir. Ambos sabiam disso.

– O que você quer de mim em troca? Estou aqui para negociar. Qual é o seu preço, Irial? – Niall sentiu um turbilhão de emoções só em pronunciar as palavras, decepcionado consigo mesmo por ter falhado com Leslie, com raiva por seu rei ter falhado com ele, consternado por ter se comovido com a gentileza de Irial. – Sei como funciona. Diga-me de que você está disposto a abrir mão e o quanto isso irá me custar.

– Você nunca entendeu, não é? – perguntou Irial, incrédulo. Mas antes que Niall pudesse falar, Irial ergueu a mão.

– Se entregue aos sentimentos que você está lutando para ocultar de mim e responderei a sua pergunta.

– Fazer *o quê*? – Niall ouvira falar de barganhas incomuns, mas aqui ele estava se expondo aos caprichos de Irial, e o Rei Sombrio ofereceu respostas em troca de "se entregar aos seus sentimentos". Niall franziu o cenho. – Que tipo de...

– Pare de conter todos esses sentimentos sombrios e darei a você as respostas de que precisa. – Irial sorriu como se eles fossem amigos em meio a uma conversa racional. – Apenas se permita sentir as emoções, Niall. É tudo o que peço, e dividirei a informação equivalente ao que você sente e o quão plenamente sente.

– Como você vai...

– Gancanagh... você prefere que eu peça outros favores? Preferia não barganhar com as moedas usuais, não com você, não com alguém por quem eu tenha afeição. – Irial se inclinou bem para perto e abriu um sorriso tão malicioso que

Niall se lembrou dos momentos mais prazerosos que passara com Irial tempos atrás, antes que Niall soubesse quem e o quê era Irial, antes de saber o que ele mesmo era.

Depois Niall deixou que seu temperamento o tomasse, liberando aquele poço de fúria pela traição de Keenan, deixando que ela irradiasse. Não era uma emoção que ele frequentemente permitisse que o dominasse, mas era a que ele vinha tentando amainar por horas. Era quase um alívio sentir a raiva.

As pupilas de Irial se dilataram. Suas mãos se cerraram.

– Essa é uma.

Niall pensou nas mortais que ele enfeitiçara e deixara se consumindo quando não sabia outra forma de agir, pensou em Leslie lânguida e ávida em seus braços. Ele podia vê-la, bêbada por seu beijo, e ele queria aquilo – desejava *ela* com um ardor que era mais pesado por ter que ser negado.

– Duas. Apenas mais uma emoção, Gancanagh – disse Irial.

E Niall se imaginou fechando as mãos em volta da garganta de Irial, deixando aflorar o ciúme que sentia da ideia das mãos de Irial em Leslie – ou das mãos dela em Irial.

Com a mão trêmula, Irial acendeu outro cigarro.

– Você joga bem esse jogo, Gancanagh. Uma vez me perguntei o que você faria com o conhecimento.

Niall observou, estudando o Rei Sombrio com uma calma distante agora, sem sentir nenhuma emoção de fato.

– Que conhecimento?

– As criaturas sombrias têm fome de emoções, sentimentos obscuros. É o que – Irial deu uma tragada em seu cigarro – nos sustenta. Comida, bebida, ar. Tudo. É um grande segredo, Niall. É algo que os outros usariam contra nós se soubessem.

Niall hesitou. Parte dele se perguntava por que Irial correria tal risco, por que ele revelaria seus segredos, mas outra parte menos facilmente envolvida sabia exatamente o motivo pelo qual Irial agiria dessa forma: ele confiava em Niall. Ele desviou o olhar, lamentando o fato de que a confiança de Irial não fosse totalmente infundada.

– Então por que Keenan não percebeu? Ou Sorcha? Como *eu* pude não saber?

– Sua natureza instável? Seu alheamento a qualquer coisa que não a agrade? – Irial deu tapinhas com o dedo no cigarro, deixando que as cinzas caíssem no chão. – E você... eu não sei. Pensei que você tinha entendido naquela época, e quando percebi que o reizinho não sabia, tive esperanças de que o que nós...

– Toda a sua corte se alimenta assim? – interrompeu-o Niall, sem querer pensar sobre a época que passara com Irial, a noção de que as semanas obscuras de loucos prazeres haviam nutrido Irial, como, sem dúvida, também o fizeram as coisas horripilantes que aconteceram quando Niall fugiu.

– Sim, ou ficarão fracos. – O rosto do Rei Sombrio revelou uma dor primitiva que era quase constrangedora de se ver, como dar uma olhada nas mágoas mais íntimas de alguém. – Guin morreu... por causa de uma bala mortal. Ela levou um tiro.

Irial olhou fixamente para a multidão. Uma garota descalça dançava no capô de um carro estacionado. O motorista segurava seus sapatos e gesticulava para o chão. Irial sorriu para eles antes de virar a cabeça e acrescentar:

– Você se importa com Leslie. Se você soubesse que ela já era minha, tentaria ainda mais ardentemente mantê-la longe de mim. Você teria batalhado por ela.

Eu sabia que Irial desejava Leslie e... – Niall se interrompeu, desconfortável com o fato de que Irial podia ler o que ele sentia, e mais importante, que Niall podia usar essa informação para destruí-lo. Se as cortes soubessem que eram tão facilmente expostos e cobrados, seria difícil convencer qualquer um deles a tolerar a continuidade da existência da Corte Sombria.

– Beira sabia de tudo isso – disse Niall.

– Nós precisávamos dela. Ela precisava de nós. De outra forma, eu não a teria ajudado a limitar os poderes do reizinho. Ela mantinha as coisas em desarmonia quando minhas criaturas precisavam disso.

– E como Leslie se encaixa nisso?

– Precisei criar um plano alternativo. – Irial sorriu, mas dessa vez foi de forma sombria e mortal, tingida por mais do que um pequeno desafio. – Preciso dela.

– Você não pode tê-la – começou Niall. Mas Irial agarrou seus braços: cada memória adorável de que Niall fugira e cada horror sussurrado da Corte Sombria dispararam na mente de Niall em uma grande confusão, então sentiu como se estivesse engolindo tudo, como se estivesse bebendo esse vinho doce demais, forçadamente esquecido. – Pare.

Irial o soltou.

– Sei que Keenan te iludiu e enganou. Sei que ele estava te enviando para nossa garota, colocando-a em seu caminho. Gabriel observou você lutar contra sua reação à presença dela... Não vou te enganar, não de novo. Você seria bem-vindo em minha casa, onde estará Leslie. Ainda te oferecerei meu trono quando você estiver pronto.

Niall empalideceu. Estava disposto a passar pelo que quer que fosse preciso em troca da liberdade de Leslie. *Reinado? Afeição?* Isso não era, de forma alguma, o que ele esperava. *É*

uma artimanha, como sempre foi. Nunca houve nada de real naquilo que fomos um dia. Niall ignorou tudo isso.
– Você a deixaria ir em troca da minha lealdade?
– Não. Ela fica, mas se você quiser ficar ao lado dela, será sempre bem-vindo. – Irial se levantou e se curvou até a cintura como se Niall tivesse a mesma posição hierárquica que ele.
– Não deixarei minha corte sofrer, nem mesmo por você. Você sabe quais são os meus segredos, o que sou, o que ainda ofereço a você. Posso prometer lhe que ela será mantida tão feliz quanto me for possível. Além disso... venha para casa conosco ou não. A escolha é sua. Sempre foi sua escolha.

E Niall o encarou, sem palavras, incerto de qual resposta poderia dar que fizesse algum sentido. Passara um longo tempo sem se lembrar do laço que partilhara com Irial, sem ansiar por esses anos, e não admitindo nada disso quando seu caminho cruzava o de Irial. Percebera agora, contudo, que não importava o quão cuidadosamente ele guardasse seus segredos, fora transparente para Irial. Se o Rei Sombrio podia ler suas emoções, podia sentir o gosto delas, soubera das fraquezas de Niall cada vez que se encontraram. *Estive exposto a ele o tempo todo.* Irial não o constrangeu por isso. Em vez disso, demonstrou a mesma aceitação que oferecera séculos atrás – e Niall não responde, não conseguia.

Irial disse:
– Já tem um longo tempo que você vive com Keenan, pagando alguma dívida que julga existir. Somos o que somos, Niall, nem tão bons nem tão maus quanto os outros nos pintam. E o que somos não muda como nos sentimos de fato, apenas o quão livres nós somos para seguir o que sentimos.

Depois ele escapuliu para dentro da multidão, dançando com mortais enquanto se movia e parecendo, em cada pedacinho de seu corpo, que seu lugar era entre eles.

Capítulo 28

Já era noite quando Leslie despertou em sua própria sala, com as mesmas roupas que usara na noite anterior. Dormira por mais de doze horas, como se seu corpo estivesse combatendo uma gripe ou ressaca. Ela ainda não se sentia bem. A pele em volta de sua tatuagem parecia firme, esticada e fina demais. Não ardia nem coçava, nem qualquer coisa que fizesse com que ela suspeitasse de uma infecção. Se havia alguma coisa, era uma sensação muito boa, como se nervos extras estivessem latejando lá.

Podia ouvir o som de desenhos animados vindo do andar de baixo. Ren gargalhava. Alguma outra pessoa tossiu. Outros falavam em voz baixa e frases cortadas que ela não conseguia entender direito. Começou a sentir o pânico tão familiar, o terror por estar ali, de não ter nenhuma pista sobre quem eram os outros que estavam lá embaixo.

Em vão se perguntou quando seu pai estivera em casa pela última vez. Não o vira. *Alguém ligaria se ele tivesse morrido.*

Ela não se preocupou com ele como se preocupara durante

tanto tempo. *Eu deveria.* Pânico começou a sacudi-la. Depois, sumiu. Ela sabia que tinha mudado, e que Irial, que causara essa mudança, não era humano.

Eu sou?

O que quer que Irial tivesse feito, o que quer que Rabbit tivesse feito, o que quer que seus amigos tivessem escondido dela... Ela queria sentir raiva. Objetivamente, sabia que devia se sentir traída, desesperada – furiosa, até. Ela tentou reunir esses sentimentos, mas apenas vestígios deles floresceram. As emoções não eram dela por mais de um instante antes de fugirem.

Em seguida Ren estava gritando escada acima com uma voz abafada.

– Leslie?

Com uma calma que deveria ser impossível, ela rolou para fora da cama e foi até a porta. Não tinha medo algum. Era uma sensação de que se lembrava e gostava. Depois de destrancar as fechaduras – que alguém havia fechado –, caminhou até o topo da escada. Ao olhar para baixo, ela o viu, Irial, de pé ao lado de seu irmão.

– O que *você* está fazendo aqui? – disse ela. Sua voz estava equilibrada, mas ela tremia. Essa emoção, excitação, não fugiu. Diferente das outras, esta ficou e cresceu.

– Visitando você. – Ele ergueu uma mão. – Me assegurando de que você está bem.

Ren se postou ao lado de Irial, tentando chamar a atenção dele.

– Hummm, você precisa... de alguma coisa? Qualquer coisa?

– Cuidado – murmurou Irial, alheio a todos menos a ela. As mãos dele estavam, então, na cintura dela.

Como ele subiu as escadas tão rápido?
– Não faça isso. Por favor. – Ela queria não se sentir tão confortada por ele estar lá, desejou ter certeza do que estava pedindo ao repetir: – Por favor?
– Não estou aqui para te fazer mal, *a ghrá*. – Ele deu alguns passos para trás, sem olhar enquanto descia a escada, sem remover as mãos da cintura dela.
– Você não mentiu, mentiu?
– Nós não mentimos.
Leslie encarou Irial.
– Quem são vocês? *O que* são vocês?
Ele sustentou o olhar dela, e por um momento irreal ela pensou ter visto sombras se apegando à pele dele como asas negras. Leslie sentiu seu corpo todo formigando, e ela tinha certeza de que inúmeras pequenas bocas tocavam de uma vez só sua pele – tranquilizando-a, apagando tudo menos o prazer. Ela tremeu diante do repentino ataque de desejos que não faziam sentido. Sua boca estava seca, as palmas de suas mãos ficaram úmidas, seu coração trovoava na cabeça.
Sem interromper a troca de olhares, ele disse:
– Eu cuidarei de você, evitarei que se machuque ou sinta dor. Você tem a minha palavra quanto a isso, Leslie. Você nunca mais vai ficar querendo qualquer coisa novamente. Peça e terá. Chega de medo e de dor. Apenas sombras deles, e os levarei embora. Você não terá que senti-los senão por um momento apenas. Veja. – Ele voltou o olhar para o ar entre eles. Uma videira sombria se estendeu do corpo dele ao dela, se enroscando na pele de Leslie. Ela esticou as mãos como se fosse tocá-la; suas mãos roçaram levemente as penas negras que se agitavam como folhas. Quando tocou, ambos se encolheram.

— É real. Seja lá o que você fez comigo — disse ela.
— Você queria ficar a salvo. Queria não sentir medo ou dor. Você conseguiu. — Irial não esperou que ela se movesse; puxou-a de forma que ela se apoiasse nele. Ele cheirava a fumaça de tufa, quartos bolorentos cheios de sexo e desejo, estranhamente doce e estonteante. Ela esfregou a bochecha contra a blusa dele, inspirando o aroma de Irial. — Nunca vou te deixar — sussurrou Irial. Depois se virou para as pessoas que ali estavam reunidas. — Se qualquer um ousar tocá-la novamente...

O traficante começou.

— Quando eu... Eu não sabia que ela era sua...

Irial fez um gesto. Dois homens cheios de cicatrizes surgiram do nada. Eles avançaram e seguraram o traficante.

Ele era um deles. Os joelhos de Leslie se dobraram. *Ele...* Seu estômago queimou quando ela tentou fazer com que aquele pensamento se completasse. O terror das outras pessoas na sala, do traficante que chorava ao ser levado — ela sentiu isso também, tudo de uma vez. A luxúria dos mortais — *mortais?* — no recinto, o desejo, a necessidade desesperada. Sentiu uma mistura de emoções a acometendo. Relances de necessidade, de terror, de dor — eles inundaram seu corpo até ela perder a firmeza e dar uma balançada.

— Os sentimentos deles... Eu preciso... — Ela apertou a mão de Irial.

— Shhh. — Ele a beijou, e as emoções evaporaram. — Eles só te atravessam. Esses sentimentos não são seus. Num piscar de olhos, eles passam.

Ele tinha um braço em volta dela, guiando-a até o sofá.

Ela fitou a porta para onde os homens — *de onde eles vieram?* — levaram o traficante.

Irial estava se ajoelhando na frente dela.

– Vai ficar tudo bem. Ninguém nunca mais vai te fazer mal. Nunca mais. Você vai se acostumar ao resto.

Ela assentiu em silêncio, observando-o de um jeito com que nunca fitara ninguém a vida toda, maravilhada. Irial podia fazer tudo ficar bom, correto, alegre. Ele era uma resposta para uma questão que ela esquecera de perguntar. O corpo dela funcionava em uma confusão de prazer. Os sentimentos que passaram por ela eram terríveis, horrorosos; sabia disso objetivamente. Depois que Irial os levou, tudo que Leslie sentiu foi felicidade. Algo pesado e floral estava em sua boca, em seus lábios. *Luxúria. Dele. Minha.* O sentimento fazia suas veias cantarem, como um fogo percorrendo seu corpo, perseguindo seu coração, inundando seus nervos.

Depois as palavras de Niall ecoaram em sua mente. "O que importa é sobreviver. Você consegue." *Fazer o quê? Sobreviver ao quê?* Não havia nada ruim aqui. Irial a estava protegendo. Estava cuidando dela.

– Agora venha. Eles vão empacotar suas coisas. – Irial indicou os três rapazes quase andrógenos que subiram a escada. – Precisamos sair daqui. Ficar longe de tantos mortais. Conversar.

– Conversar? – Ela quase gargalhou. Conversar estava bem longe do que estava na mente dela quando ele ajoelhou na sua frente. Seus olhos pareciam muito abertos. Cada poro em seu corpo estava desperto e cheio de vitalidade.

– Ou qualquer outra coisa que te deixe feliz – acrescentou ele com um sorriso malicioso. – Você me deu uma grande honra, Leslie. O mundo é seu.

– Não preciso do mundo. Preciso... – Ela se inclinou para a frente até ser capaz de repousar o rosto contra o peito dele, odiando a roupa que estava em seu caminho, de repente furiosa com o maldito material. Ela rosnou, então ficou paralisada, se dando conta de que sua mão já estava rasgando a blusa dele, que ela fizera um som bem distante do normal, tão longe de humano que ela deveria estar apavorada.

Irial a pôs de pé, mantendo-a bem agarrada ao lado dele.

– Está tudo bem. São só as mudanças iniciais. Shhh.

E quando ele respirava profundamente, tudo *estava* bem. Ele ainda estava falando, contudo, perguntando:

– O que devo fazer com eles?

Ren e os outros estavam observando com expressões de terror abjeto. Mas eles não eram importantes agora; nada disso importava mais. *Só Irial. Só esse prazer, essa confiança.* Isso era tudo o que importava.

– Quem se importa? – disse ela.

Em seguida ele a ergueu em seus braços e a carregou até a soleira para dentro de um mundo que era repentinamente muito mais tentador do que ela imaginara que poderia ser.

Capítulo 29

Niall virara as costas para seu rei; falhara com Leslie; e expusera suas dúvidas e desejos a Irial. Não sentia tal sensação de completa derrota em séculos. Passara parte da noite e todo o dia andando sem rumo, mas não chegara nem perto de qualquer resposta ou sequer das perguntas certas.

Vira as criaturas o vigiando: as de Keenan, as de Irial e as solitárias. *Como sou de novo.* Nenhuma delas, mesmo as que tentavam falar com ele, fez com que ele parasse. Várias vezes ele teve que movê-las fisicamente de seu caminho, mas não pronunciou nenhuma palavra ou registrou as que eles proferiram.

Mas então Bananach oscilava em sua direção, movendo-se como uma sombra na recém-caída noite. As longas penas que se derramavam pelas costas dela tremulavam e se moviam à brisa. Ela usava um feitiço que fazia com que as penas parecessem cabelo, bancando a mortal para ele ao se aproximar.

Ele parou de andar.

O sorriso que ela lhe ofereceu não combinava com a malícia em seus olhos. Passou por ele, parou, olhou para trás e acenou. Ela não ficou olhando para conferir se ele a seguiria ao se encaminhar para um beco estreito no meio do quarteirão abaixo. Não olhou de volta ao deslizar por debaixo da cerca de metal ou ao passar seus dedos pelo arame farpado que envolvia o topo da cerca. Foi somente quando Niall estava de pé atrás dela, como uma presa tolamente perseguindo um predador, que ela se virou para fitá-lo.

Niall se perguntou se ele a seguia em direção à sua própria morte: era um destino que ele considerara e rejeitara depois da permissão de Irial para que a Corte Sombria o torturasse. *Não era a escolha certa naquela época.* Bananach tiraria com prazer a vida de Niall naquele tempo se Irial não a tivesse enviado para longe para satisfazer sua necessidade de caos. *Nunca é a escolha certa.*

Mas ele não recuou.

Ela se apoiou na cerca de metal, seu braço esticado acima da cabeça, seus dedos enrolados em volta das dobras da cerca. O aço farpado da cerca laminada estava bem em cima de seus dedos, perto o bastante para parecer que ela estava tocando o metal venenoso. Era atraente para ele de maneira nociva, o desejo dela de tocar a dor.

Ele se manteve a distância e em silêncio.

Ela inclinou a cabeça para encará-lo. O gesto, típico de uma ave, contrastava com o feitiço mortal que ela mantinha enquanto esperava.

– Irial precisa de um substituto – disse ela.

– E você está me contando isso por quê?

– Porque *você* pode me dar a mudança. Ele não é apropriado para nós. Não agora. – O feitiço dela vacilou, indo e voltando. – Me ajude. Traga de volta minhas guerras.

– Não quero guerra. Quero... – Ele olhou para longe, sem saber o que queria de fato. Ele a seguira para dentro de um espaço pequeno demais, perseguindo a tentação da violência dela. *E deixando Leslie sozinha para entender o impossível se eu ceder à tentação da autodestruição.* Ele fugira de Irial, de Keenan. Ainda estava fugindo. – Não vou te ajudar.

– Resposta esperta, bonitão. – Gabriel apareceu ao lado dele. O Hound ergueu um braço, as tatuagens correndo furiosamente por sua pele, e fez um gesto para que Niall recuasse. – Você precisa ir agora.

Bananach abriu e fechou a boca. Seu feitiço se desfez, revelando seu bico afiado.

– Seu intrometimento está ficando meio cansativo. Se o Gancanagh quiser ficar comigo...

Gabriel se postou à frente de Niall ao mesmo tempo em que Bananach se lançou para a frente. Ela soltou um grito agudo, um som que poderia ser divertimento ou fúria ou alguma combinação dos dois. As mãos dela estavam espalmadas, garras negras nas pontas de seus dedos.

– Niall, este é um assunto da corte. Vá embora agora – disse Gabriel sem olhar para trás.

Gabriel ergueu Bananach e a arremessou contra a cerca de metal. Suas penas foram rasgadas pelo arame cortante, mas ela se desvencilhou energicamente. Pedaços de penas amontoaram-se no chão atrás dela e se perderam na calçada sombria.

Niall queria ir embora, ficar, dizer a Gabriel para sair do caminho para que Bananach pudesse dar um fim à confusão e à depressão que pesavam sobre ele, pedir a Gabriel que acabasse com ela. Em vez disso permaneceu imóvel, observando, nem um pouco mais resoluto do que estava quando Bananach fez com que ele a seguisse.

Não era de fato bonito observar Gabriel em ação, mas havia uma harmonia brutal nos movimentos dele. Como as Garotas do Verão dançando, a luta de Gabriel tinha um ritmo, uma melodia própria. Mas os movimentos do Hound eram bem combinados à fúria de Bananach. A mulher-corvo estava alegre ao sair em disparada e depois retornar para mergulhar em Gabriel com abandono. De algum lugar ela puxou uma lâmina de osso que brilhava com uma luz sobrenatural. Suas unhas, como garras negras, se posicionaram em auxílio contra osso branco e sangue vermelho quando ela produziu um corte em Gabriel que ia de sua sobrancelha esquerda à bochecha direita.

O sangue fresco produziu gritos de prazer no grupo de Ly Ergs que se enfileiravam no quarteirão cercado, na rua. Suas mãos vermelhas se contraíram em uníssono quando começaram a cercar Gabriel. Conseguiram algum sustento no sangue recém-derramado, um hábito que Niall considerara inquietante ao saber dele. Não havia um número suficiente deles para superar Gabriel, mas com Bananach lá também... *Não é realmente um problema meu. É problema da Corte Sombria. Que não é minha.*

Niall começou a sair do caminho deles, mas deixar Gabriel à mercê de meia dúzia de Ly Ergs e uma Bananach enlouquecida por sangue não era algo que me caía bem. A chegada de Gabriel impedira que Bananach ferisse seriamente Niall, ou até mesmo o matasse. Ele estava em dívida com Gabriel por isso. O Hound podia não esperar tal postura, mas Niall esperava isso de si mesmo. Era algo que ele não havia perdido: sua honra.

Ele se lançou no meio da rixa — não por uma corte ou um rei, mas porque era a coisa certa a fazer. Ficar parado assistindo enquanto alguém – mesmo Gabriel – era superado em número não era uma opção.

Niall não se preocupou com as consequências ao se chocar contra os Ly Ergs. Não se preocupou com a localização de seu rei. Não se importou com nada. Evitou alguns mas não todos os golpes dos Ly Ergs. Embora os seres de palmas vermelhas estivessem mais concentrados em derramar sangue do que em causar injúrias permanentes, já haviam assassinado sua cota de criaturas mágicas e mortais ao longo dos anos.

Bananach driblou Gabriel e acertou a parte superior do abdômen de Niall com os bicos de suas botas. Uma dor causticante o tomou quando o ferro venenoso das botas cortou sua carne. Ele vacilou e ela aumentou sua vantagem com um golpe de suas garras ensopadas de sangue.

Em seguida Gabriel a agarrou e transferiu firmemente o confronto deles para longe de Niall, novamente na direção da cerca, deixando Niall livre para lidar com os Ly Ergs. Era uma boa diversão de modo perturbador, um alívio para o desânimo que Niall vinha tentando afastar. Não mudava nada, mas era revigorante.

Quando Niall já tinha feito com que a maioria dos Ly Ergs recuasse, Gabriel sangrara Bananach severamente, o bastante para que ela tivesse que se apoiar no único Ly Erg que se mantivera afastado da briga. Mas mesmo assim, ela lutou até que Gabriel a socasse tão forte que ela balançou para trás e tombou no chão.

Gabriel disse ao único Ly Erg não ferido:

– Leve-a daqui antes que Chela note que tive outra briga com ela. – Ele rosnou para o restante dos Ly Ergs, que se aproximavam de forma menos agressiva. – Se eu continuar lutando contra Bananach, Che vai ficar na defensiva. Nenhum de nós quer isso, não é?

O Ly Erg não falou, mas simplesmente se posicionou ao lado da mulher-corvo. Bananach repousou a cabeça contra a perna dele.

— Você está se tornando inconveniente para mim, filhotinho. Se necessário, falarei com a rainha do gelo ou com o reizinho. Alguém – ela estalou a mandíbula para Niall em algo que era um convite ou um aviso – vai me ajudar a reorganizar essa corte.

— Irial disse como deveríamos lidar com as coisas. – Gabriel esticou os braços para mostrar à mulher-corvo as ordens que espiralavam em sua pele.

— *Iri* precisa ir. Ele está no caminho e não faz o que precisa ser feito. É guerra o que queremos. Precisamos de alguma violência apropriada. Já faz muito tempo. – Bananach fechou os olhos. – E você me seguindo por todos os lugares já está ficando batido.

— Então fique quieta e pararei de seguir você. – Gabriel se abaixou até a calçada com um gesto sem graça alguma e começou a inspecionar suas feridas. Fez uma careta, uma visão decididamente desagradável com o sangue escorrendo por seu rosto, ao cutucar o talho em sua testa.

O Ly Erg abaixou a mão já vermelha para afagar o rosto e os braços cheios de sangue de Bananach, nutrindo-se da batalha sangrenta como sua espécie uma vez fizera nos campos vermelhos empapados. Sua pele cintilava enquanto o sangue fresco de Bananach pingava na palma de sua mão. Outro Ly Erg se aproximou e pôs a mão na face coberta de sangue de Gabriel. Apesar do fato de que eles todos vinham tentando diligentemente espetar, mutilar e, de qualquer outro modo, incapacitar um ao outro instantes antes, eram quase cordiais em alguns poucos momentos bizarros. Os Ly Ergs conduziram a dor e o sangue para sua própria pele, alheios ao conflito passado no momento de prazer e sustento pós-luta.

Depois Gabriel se virou para o Ly Erg que continuava afagando suas feridas, que ainda sangravam, e disse:

– Basta. Tire-a daqui. Talvez amanhã você pudesse tentar obedecer?

– Talvez amanhã você devesse tentar ficar fora do meu caminho. – Bananach levantou-se e jogou rapidamente suas penas parecidas com cabelo por sobre o ombro com um olhar de desdém. Ela podia estar ferida e sem firmeza em seus pés, mas não era domada por ninguém. Em seguida, com uma formalidade que era tão horripilante quanto sua agressividade, voltou sua atenção para Niall. – Pense a respeito do que você quer, Gancanagh; o que é *certo*. Perdoar o Rei Sombrio? Perdoar o Rei do Verão? Ou deixar que eu te traga justiça, dor e guerra, e *tudo* o que você desejar. Ambos seríamos felizes.

Quando ela estava fora de vista, Gabriel perguntou:

– Você pode ter virado as costas para Irial, Gancanagh, mas você realmente quer essa gente influenciando nossa corte? Você quer *ajudá-la*?

– Não vou me envolver. Não é a minha corte. – Niall sentou-se ao lado do Hound. Ele não tinha certeza, mas achava que uma de suas costelas estava fraturada.

Gabriel bufou:

– É tão sua quanto minha. Você só é muito estúpido para admitir isso.

– Não sou como você. Não estou procurando brigas ou...

– Mas você tampouco se afasta delas. Além disso, Irial não gosta de briga também. Este é o motivo pelo qual ele *me* mantém por perto. – O Hound deu um sorrisinho forçado e fez um gesto na direção das janelas despedaçadas e dos tijolos quebrados. – Não resta nada mais para a Corte Sombria senão a violência. Você traz outro tipo de escuridão. Nosso lugar é junto às sombras.

Niall ignorou as implicações das palavras de Gabriel.

– Eu abandonei a Corte do Verão. Esta é a razão pela qual Bananach estava aqui. Porque sou solitário, terreno livre, uma *presa*.

Gabriel apertou o ombro de Niall em aprovação.

– Eu sabia que com o tempo você entenderia: seu lugar não é junto a eles. Reflita a respeito de mais algumas coisas, tire suas conclusões e você ficará bem.

Depois ele ergueu um tijolo partido e o arremessou contra um poste ainda aceso. Quando o vidro se quebrou e se estilhaçou no chão, Gabriel se levantou e começou a ir embora.

– Gabe?

Os passos de Gabriel não ficaram mais lentos ou hesitantes, porém Niall sabia que o Hound estava ouvindo.

– Não vou deixar que ele fique com Leslie. Ela merece uma vida. Irial não pode tirá-la dela assim.

– Você ainda demora para aprender as coisas, menino. – Gabriel retornou. – Agora ela faz parte da corte. Exatamente como você. Tem sido parte dela desde quando o primeiro toque de tinta penetrou em sua carne mortal. Por que você acha que somos todos convocados a ficar perto dela? Observei você tentando resistir a isso. Semelhante atrai semelhante. Vocês dois são de Irial, e com ela sendo uma mortal...

Niall ficou paralisado.

Gabriel deu a ele um sorriso piedoso.

– Não se puna por coisas que estão além do seu controle... ou se preocupe tanto com a garota. Você, entre todas as criaturas, deve saber que Iri não vai desistir daqueles que ele declara serem sua propriedade. Ele é tão cabeça-dura quanto você.

Então o Hound estava em seu Mustang e desaparecendo na rua escurecida, e pela terceira vez em menos de dois dias Niall fora deixado com respostas que, em vez de acalmar suas angústias, confundiram-no ainda mais.

Capítulo 30

Leslie rolou para fora do alcance de Irial. Apesar da vastidão da cama, ainda se sentia muito perto dele. Já tivera a intenção de se mover várias vezes, de se levantar e ir embora. Mas não o fez. Não conseguia.

– Vai ficar mais fácil – disse ele gentilmente. – Só que é tudo muito recente. Você vai ficar bem. Eu vou...

– Não consigo me afastar. Não consigo. Fico dizendo a mim mesma que vou fazer isso. Mas não faço. – Mesmo agora, quando seu corpo doía, ela não estava com raiva. Ela deveria estar, entretanto. Sabia disso. – Sinto como se fosse vomitar, como se, se eu for para muito longe de você...

Ele a rolou de volta de forma que Leslie ficasse em seus braços de novo.

– Isso. Vai. Diminuir.

Ela sussurrou:

– Não acredito em você.

– Nós estávamos famintos. É...

– Famintos? Nós? – perguntou Leslie.

Ele contou a ela o que ele era, o que Niall era, o que Aislinn e Keenan eram. Disse a ela que eles não eram humanos, nem sequer um deles. *Seth estava dizendo a verdade.* Ela sabia de alguma forma, em algum lugar, mas ouvir isso sendo dito novamente, ouvir isso sendo confirmado era horrível. *Estou furiosa. Estou com medo. Estou...* Ela não estava, entretanto, sentindo nenhuma dessas coisas.

Irial continuou falando. Contou a ela que havia cortes e que a dele – a Corte Sombria – vivia à base de emoções. Que ele alimentaria seus súditos, que ela era a salvação deles, que ela era a salvação dele. Revelou coisas que deveriam apavorá-la, e toda vez que ela se sentia próxima de apavorada ou furiosa ele bebia a emoção e a afastava.

– Então o que você é nessa corte encantada?

– O líder. Exatamente como Aislinn e Keenan na Corte do Verão. – Não havia arrogância em sua declaração. Na verdade, ele parecia cansado.

– Eu sou – ela se sentiu tola, mas queria saber, tinha que perguntar – humana ainda?

Ele assentiu.

– Então, o que isso significa? O que eu sou?

– Minha. – Ele a beijou para enfatizar esse ponto e em seguida repetiu: – Minha. Você é minha.

– E isso significa o quê?

Ele pareceu perplexo com essa pergunta.

– Que todos os seus desejos serão realizados?

– E se eu quiser ir embora? Ver Niall?

– Duvido que ele venha nos visitar, mas você pode ir em busca dele se quiser. – Irial rolou para cima dela ao dizer isso. – Tão logo você seja capaz, pode sair pela porta a qualquer hora que desejar. Vamos cuidar de você, mantê-la protegida, mas você pode sempre ir embora quando quiser e for capaz. Mas não. Ela não queria e não era capaz. Ele não estava mentindo: ela acreditava naquilo, sentia aquele gosto, sentia aquilo nas palavras dele, mas ela também sabia que fosse lá o que tivesse feito com ela, o resultado era que Leslie não queria estar em nenhum outro lugar senão ao lado dele. Por um breve momento, sentiu-se aterrorizada com essa conclusão, mas a sensação se esvaneceu, substituída por um desejo que fez com que ela cravasse as unhas na pele de Irial e o puxasse para mais perto – de novo e de novo, e ainda assim essa necessidade ainda quase a fazia tremer.

Quando Gabriel entrou no quarto, Leslie estava vestida. Não tinha certeza de como as roupas haviam ido parar em seu corpo, mas isso não importava. Ela estava sentada e coberta. Havia uma maçã em sua mão.

– Lembre-se de comer agora. – O tom de voz de Irial foi tão gentil quanto seu toque ao tirar o cabelo dela de seu rosto.

Ela assentiu. Havia palavras que ia dizer, mas as esquecera antes que pudesse lembrar quais eram.

– Problemas? – perguntou Irial a Gabriel. De alguma forma, Irial estava em uma mesa, longe dela.

Ela procurou a maçã que estivera segurando. Não estava mais lá. Olhou para baixo: suas roupas haviam mudado. Ela usava um robe; flores vermelhas e linhas azuis espiraladas o cobriam. Ela tentou segui-las com seu dedo, traçando o padrão.

– O carro está aqui. – Gabriel pegara sua mão e a ajudava a ficar de pé.

A saia dela se embaraçou em volta de seus tornozelos.

Ela caminhou com dificuldade para a frente e foi envolvida pelos braços de Irial quando eles entraram na boate. O brilho intenso das luzes fez com que ela escondesse o rosto contra a camisa dele.

– Você está indo bem – disse ele ao pentear os cabelos de Leslie, passando seus dedos ao longo deles, desembaraçando-os.

– Foi um longo dia – murmurou ela ao se sentir vacilar sob os carinhos dele. Fechou os olhos e perguntou: – O segundo dia vai ser melhor, certo?

– Já se passou uma semana, amor. – Ele puxou as cobertas para cima dela. – Você já está se saindo bem melhor.

Ela os ouviu rindo, as pessoas estranhas – *seres encantados* – com Gabriel. Eles lhe contaram histórias, a distraíram enquanto Irial conversava com uma criatura com penas de corvo no lugar do cabelo. Ela era adorável, a mulher-corvo, Bananach. Todos eles eram. Leslie parou de fitar Bananach, tentando se concentrar, em vez disso, nas Vilas que dançavam toda vez que os Hounds acenavam, balançando por entre as sombras nas salas como se sentissem o toque delas, assim como Leslie sentia – como mãos provocantes, prometendo uma felicidade que era intensa demais para nem sequer se permitir falar.

– Dance comigo, Iri. – Leslie se levantou e, ignorando os Hounds, foi até onde Bananach conversava com Irial. Ocorreu a Leslie que isso era uma repetição do quadro de que ela se recordava de outros dias: Bananach estava ao redor deles muito frequentemente, tomando o tempo e a atenção de Irial. Leslie não gostava disso.

– Saia – disse ela à mulher-corvo.

Irial riu quando Bananach tentou erguer a mão, apenas para tê-la forçada para baixo por Gabriel e outro Hound, ambos a agarrando.

Irial disse:

– Bananach estava somente explicando por que você não tem utilidade nenhuma para nós.

Leslie sentiu o tremor nos elos que a uniam a Irial, e sabia com perfeita clareza naquele instante que ele havia interrompido a conexão deles para que ela pudesse ter alguns momentos extras de lucidez. Ele fez isso.

– E que utilidade eu tenho, Irial? Você disse a ela? – perguntou Leslie.

– Sim, eu disse. – Irial estava de pé agora, a mão estendida, a palma para cima.

Leslie pôs sua mão na dele e se aproximou.

Ao lado de Irial, Bananach ficara imóvel. Ela inclinou a cabeça em um ângulo que fez com que parecesse bem menos humana do que as outras criaturas. Seus olhos – que eram tão similares aos de Irial que Leslie parou – se estreitaram, mas ela não falou nada. *Ela não fala comigo.* Leslie se lembrou das outras noites: Bananach se recusava a se dirigir à "queridinha".

Leslie olhou para Gabriel, que permanecia esperando, e também para o clube. Todos estavam esperando. *Por mim. Por alimento.* Ela pensou que se sentiria assustada, talvez furiosa, mas tudo o que sentiu foi tédio.

– Você pode ficar de olho nela enquanto eu dou uma relaxada?

Gabriel não olhou para Irial a fim de obter a permissão do Rei Sombrio. Ele sorriu.

– O prazer é todo meu.

Leslie sabia que quase todo mundo na boate a olhava, mas suspeitava de que a haviam visto em circunstâncias bem mais mortificantes. Ela deslizou as mãos pelo peito e pela clavícula de Irial, e por seus braços — sentindo a tensão nele, que estava totalmente ausente em sua postura e expressão. Leslie levantou a cabeça e esperou que ele abaixasse a sua. Em seguida ela sussurrou:

— Minha finalidade é apenas ser usada, então?

Ela sabia disso, sabia que a tinta sob sua pele tinha a intenção de permitir que ele — permitir que *eles* — fizessem exatamente isso. Estava ciente de que o êxtase capaz de derreter os ossos que sentia cada vez que ele extraía as tormentas de emoções dela, forçando uma onda de maré por dentro de um canudo, era um truque para mantê-la insensível à clareza que ela alcançava *novamente* naquele instante — e percebeu que tivera momentos similares de clareza em outras noites e esquecera cada vez que a onda batia.

— É isso? — repetiu Leslie.

Ele se inclinou para mais perto, até que ela pudesse sentir os lábios dele em seu pescoço. Não havia som, apenas movimento, quando ele disse:

— Não.

Mas ela estava disposta a ser: ambos sabiam bem disso. Leslie pensou na vida que levava antes — drogados em sua casa, pai bêbado ou desaparecido, contas a pagar, horas trabalhando como garçonete, amigos mentirosos. *O que há para sentir falta?* Ela não queria voltar para a dor, para a preocupação, para o medo, para nada daquilo. Queria euforia. Queria sentir o corpo se liquefazer nos braços de Irial. Queria sentir a loucura crescendo de prazer e a tomando com força suficiente para fazê-la apagar.

Ele se afastou para olhá-la.

Ela passou os braços pelo pescoço de Irial e se aproximou, forçando-o a andar para trás.

– Mais tarde estarei muito extasiada para manter minhas mãos longe de você... – Ela se sentira estremecer contra ele com esse pensamento, com a admissão em público do estado em que ela ficaria, sem ter certeza de que admitir o desejo era melhor ou pior do que dizer a si mesma alguma mentira mais bonita para atenuar a culpa. – Isso é divertido, contudo. Estar aqui. Estar com você. Eu gostaria de começar a lembrar mais das coisas divertidas. Podemos fazer isso? Me deixar lembrar mais dos bons momentos com você? Me deixar ter mais *disso*?

A tensão se desfez então. Ele olhou para além dela e fez um gesto. Música preencheu o ambiente; o baixo ressoava tão pesadamente que parecia estar dentro dela. E eles dançavam e gargalhavam, e por algumas horas o mundo pareceu estar do jeito que devia ser. As expressões desdenhosas e de adoração no rosto dos mortais e das criaturas mágicas não importavam. Havia apenas Irial, apenas prazer. Mas quanto mais sua mente clareava, mais também se recordava de coisas que eram horríveis. Não sentia as emoções, mas as memórias vieram muito mais nítidas. Lá, nos braços de Irial, ela percebeu que tinha o poder de destruir cada pessoa que lhe causara pesadelos. Irial faria isso: descobriria quem eram e os traria até ela. Era uma conclusão fria e clara.

Mas ela não queria isso, não queria de fato destruir ninguém. Só queria se esquecer deles de novo – mesmo sabendo que ela deveria sentir dor era mais do que ela queria.

– Irial? Alimente-os. Agora.

Ela parou de se mover e esperou, o lampejo de emoções movendo-se violentamente pelo seu corpo.

– Gabe – foi tudo o que ele disse. E foi o bastante para começar uma confusão. Bananach deu um guincho; Gabriel rosnou. Mortais gritavam e gemiam em prazeres e horrores. A cacofonia cresceu ao redor deles como uma canção de ninar familiar. Irial não deixou que ela se virasse. Não deixou que ela visse nada nem ninguém.

Estrelas luziram para a vida a uma curta distância. Elas a queimaram por alguns rápidos segundos, mas em seu despertar trouxeram um onda de êxtase que fez com que os olhos de Leslie se fechassem. Cada partícula de seu corpo gritou, e ela não se lembrava de nada – não sabia de nada –, mas sentia apenas o prazer da pele de Irial contra a dela.

Capítulo 31

Fragmentos de tempo não eram apenas borrões e espaços em branco, mas os períodos de lucidez estavam se tornando mais frequentes. *Quanto tempo faz?* Sua tatuagem já estava cicatrizada fazia algum tempo. Seu cabelo estava mais comprido. Muitas vezes ela podia sentir Irial fechando a conexão entre eles, interrompendo aquela atração das emoções que serpenteavam pela videira negra que pairava entre eles. Naqueles dias, quase tudo acontecia em ordem, sequencialmente. A maior parte do tempo era um grande borrão, contudo. *Semanas?*

Ela não saíra do lado dele, ainda. *Por quanto tempo? Quanto tempo eu...* Hoje ela sairia. Hoje ela provaria que era capaz. Sabia que tentara – *e falhara* – fazer isso mais vezes do que podia supor. Havia pedaços de memórias amontoadas juntas. A vida era assim agora: apenas montagens de imagens e sensações, e em meio a tudo isso havia Irial. Ele era constante. Mesmo quando ela se movia, o ouvia na outra sala. *Sempre ao meu alcance.* Isso era perigoso também. A mulher-corvo queria mudar isso, levar Irial embora.

Leslie se enfiou dentro de uma das inúmeras roupas que ele encomendara para ela, um vestido longo que aderia ao corpo e rodava quando ela se mexia. Como tudo o que ele comprava, era de um material que passava a sensação de ser quase sensual demais quando o vestia. Sem nenhuma palavra, abriu a porta para a segunda sala.

Ele nada falou; apenas a observou.

Leslie abriu a porta para o corredor. Criaturas a seguiram – invisíveis a qualquer outro humano no hotel, mas ela as viu. Ele dera a ela a Visão com algum óleo estranho que esfregara em suas pálpebras. Criaturas magricelas com pequenos espinhos por toda a pele estavam mudas, até mesmo respeitosas, ao segui-la. Se ela fosse capaz, se sentiria apavorada, mas não era nada além de um conduíte para emoções. As paredes não a mantinham a salvo delas. Cada medo, cada desejo, cada coisa sombria que aqueles mortais passavam e aquelas criaturas sentiam escorriam ao longo de seu corpo até que ela não conseguisse se concentrar. Apenas o toque de Irial impedia que ela enlouquecesse, a acalmava.

A porta do elevador se fechou, deixando as criaturas que a vigiavam do lado de fora, conduzindo-a ao saguão do hotel. Outras estariam lá, esperando por ela.

Uma *glaistig* assentiu quando ela saiu do elevador. Os cascos da *glaistig* retiniam enquanto ela avançava pela extensão do recinto. Os próprios passos de Leslie não eram muito silenciosos; Irial comprava para ela sapatos absurdamente caros e botas com saltos.

– ... o carro seja trazido? – O porteiro estava falando, mas Leslie não havia notado. – Madame? A senhora precisa do seu motorista?

Ela o fitou, sentindo a onda de medo nele, sentindo Irial vários andares acima dela experimentando o paladar daquele medo por meio dela. Era assim, borrões sem fim de nada a não ser sentir as emoções serpentearem de seu corpo para Irial. Ele disse que estava mais forte. Disse que eles estavam indo bem. Disse que a corte estava se curando.

O porteiro ficou olhando para ela; despejou seus medos e desdém nela.

O que ele vê?

Irial tinha a aparência de alguém longe de responsável. Tinha o dinheiro e o constante fluxo de hóspedes com cara de criminosos: as máscaras humanas das criaturas faziam pouco para esconder a aura ameaçadora que se entranhava nelas. E ela – ao deixar a suíte – se movia pelos corredores como um zumbi, se apegando a Irial, e em várias ocasiões quase fazendo uma exibição pública de seu afeto.

– A senhora vai sair hoje? – perguntou o porteiro.

O estômago dela se contraiu. Estar longe de Irial fazia com que se sentisse mal.

Gabriel surgiu atrás dela.

– Você precisa de ajuda?

O porteiro desviou o olhar: ele podia não ter ouvido o timbre inumano da voz de Gabriel, mas sentiu o medo que a presença do Hound causava. Todos os mortais sentiam. Era o que Gabriel era, e quando ele se agitava, se tornava mais assustador.

O medo do porteiro se acentuou.

"Você chegou até a porta, Leslie. Isso é bom." A voz de Irial escorregou em sua mente. Isso não a surpreendia mais, mas ela ainda se retraía.

– Não o motorista dele. Chama um táxi para mim? – pediu ao porteiro. Ela apertou as mãos: não falharia, não dessa vez. Não desmaiou ou desmoronou. *Pequenas vitórias.* Ela forçou as palavras por entre seus lábios:

– Um táxi para me levar ao armazém...
O porteiro perguntou:
– Você tem certeza de que se sente bem o bastante para...
– Sim. – A boca dela estava seca. Suas mãos estavam tão cerradas que doíam. – Por favor, Gabriel, me carregue até o táxi. Vamos pelo rio... – Então ela caiu, na esperança de que ele ouvisse.

Quando Leslie acordou em uma trilha de grama perto do rio, ficou aliviada. Conseguia sentir alívio. Irial não absorvia seus bons sentimentos e os afastava. Isso devia deixá-la feliz, saber que não estava entorpecida. Se não fosse pela outra coisa – aquele enlouquecedor desejo pelo toque de Irial, o horrível e doentio anseio quando emoções sombrias a preenchiam até sufocá-la, mas não tocavam as emoções *dela* –, ela estaria bem.

Um pouco afastados dela, vários Hounds de Gabriel aguardavam e vigiavam. Eles não a amedrontavam. Pareciam satisfeitos por ela gostar deles. Algumas vezes, vira Ani e Tish – e naquele jeito livre de comoções que vivia agora, aceitara sua hereditariedade miscigenada sem parar para refletir. Ela se conformara com a conclusão de que Ani – e Tish e Rabbit – sabiam que a troca de tintas poderia transformá-la.

– *Mas você é forte o bastante, Les, mesmo – insistira Ani.*
– *E se eu não for?*
– *Você será. Por Iri. Nós precisamos que ele seja forte. – Ani a* abraçou. *– Você é a salvadora dele. A corte está bem mais forte.* Ele está *bem mais forte.*

Ignorando os Hounds, Leslie caminhou ao longo do rio até chegar a um armazém onde ela e Rianne sempre iam para fumar. Ela entrou pela janela que costumavam escalar tão frequentemente e foi até o segundo andar – alto o bastante para ver o rio. Aqui, longe de todos, se sentiu o mais próxima do normal que já se sentira desde a manhã em que deixara sua casa com Irial.

Ela se sentou e ficou observando o rio correndo. Seus pés balançavam para fora da janela. Não havia mortais, criaturas mágicas, Irial. Longe de todos eles, ela se sentiu menos esgotada. O mundo voltara à ordem, de alguma forma mais estável agora que ela se pertencia. *Será que é a distância?*

Não importava, entretanto: ela sentiu a aproximação dele. Irial estava na rua, olhando para cima, para ela.

– Você vai descer daí?

– Talvez.

– Leslie...

Ela se levantou, balançando-se nos calcanhares, as mãos acima da cabeça como se estivesse se preparando para mergulhar em uma piscina.

– Eu deveria estar com medo, Irial. Mas não estou.

– Eu estou. – Sua voz soou falhada, não gentil dessa vez, não consoladora. – Estou apavorado.

Ela se balançou para a frente e para trás enquanto o vento batia nela.

Naquele jeito implacável que ele sempre parecia ter, Irial começou:

– Nós vamos superar isso e...

– Vai doer muito em você se eu der um passo à frente? – A voz dela era desapaixonada, mas ela sentiu excitação com a ideia. *Não medo, contudo.* Ainda não havia medo algum, e era o que ela queria, não para se ferir, mas para se sentir normal. Não tinha certeza antes, mas naquele momento ela sabia do que precisava: de sua totalidade, todas as partes, todos os sentimentos. *E eles estão tão longe quanto a normalidade.*

– Você sentiria isso? *Eu* sentiria se eu caísse? Doeria? – Ela olhou para baixo, para ele: Irial era bonito, e apesar do fato de que ele roubara suas escolhas, Leslie olhou para ele com uma estranha doçura. Ele a manteve a salvo. A confusão em que ela se metera podia ser culpa dele, mas ele não a abandonou em meio ao caos que isso lhe causara. Ele a tomou em seus braços, não importando a frequência com que ela procurara por ele, não importando que tenha tido que transferir sua corte, que parecesse positivamente exausto. Sentimentos afetuosos surgiram quando ela pensou sobre isso, sobre ele.

Quando ele falou, não foi para dizer nada gentil. Apontou para o chão.

– Então pule.

Raiva, medo e dúvida a percorreram – não prazerosos, mas reais. Por um breve momento, esses sentimentos eram dela e *verdadeiros*, desta vez.

– Eu poderia.

– Você poderia – repetiu ele. – Não vou impedir você. Não quero roubar sua vontade, Leslie.

– Mas você roubou. – Ela observou Gabriel chegando ao local e sussurrando algo para Irial. – Você fez isso. Não sou feliz. Quero ser.

– Então pule. – Ele não desviou o olhar dela ao dizer a Gabriel. – Mantenha todos afastados. Não quero nem mortais nem criaturas mágicas nessa rua.

Leslie se sentou novamente.

– Você me apanharia.

– Apanharia, mas se a queda a agradar – ele encolheu os ombros –, prefiro ver você feliz.

– Eu também. – Ela esfregou os olhos, como se lágrimas estivessem para rolar. *Não vão.* Chorar era algo que ela não fazia mais, assim como se preocupar, sentir raiva ou qualquer outra emoção desagradável. Partes dela tinham se perdido, tão tomadas quanto o restante de sua vida. Não havia aulas, não havia a melodramática Rianne; não haveria risos na cozinha do Verlaine, ou dança no Ninho do Corvo. E não existia uma forma de desfazer nenhuma das coisas que haviam mudado. *Retroceder nunca é uma opção.* Mas ficar onde ela estava também não era uma felicidade verdadeira. Ela vivia um sonho nebuloso ou um pesadelo. Não sabia se era capaz de diferenciar um do outro no momento. – Eu *não* estou feliz – sussurrou Leslie. – Não sei o que estou, mas isso não é felicidade.

Irial começou a escalar a construção, se agarrando a tijolos desgastados e metal partido, furando suas mãos em pontas afiadas, deixando um rastro de marcas sangrentas de mão ao percorrer o caminho pela parede até ela.

– Se segure – disse ele ao parar na esquadria da janela.

E ela o fez. Ela se grudou nele, se segurando como se Irial fosse a única coisa sólida que tivesse restado no mundo enquanto ele terminava de escalar o prédio. Quando ele alcançou o telhado descoberto, parou e pousou os pés no chão.

– Não quero que você seja infeliz.

– Eu estou infeliz.

– Você não está. – Com as mãos em forma de concha, Irial segurou o rosto dela. – Sei tudo o que você sente, amor. Você não sente remorso, raiva nem tem preocupações. Como isso pode ser uma coisa ruim?

– Não é real... Não posso viver assim. Não vou.

Ela deve ter soado séria o bastante, porque ele assentiu.

– Me dê apenas mais uns dias, e eu terei uma solução.
– Você vai contar...
– Não. – Ele observou o rosto dela com algo quase vulnerável em seus olhos. – Será melhor para todos se não conversarmos sobre isso. Confie em mim.

Capítulo 32

Irial passou vários dias observando a luta de Leslie contra o desejo de sentir algo das emoções que perdera, agora que ele as sorvia por meio dela. Era um dilema inesperado. Leslie se lançara em meio ao trânsito, provocara a cada vez mais agressiva Bananach e interferira em uma briga entre dois mortais armados: no momento em que ele relaxava a vigilância ela saía para ser pôr em perigo. Ele não via o menor sentido em Leslie, mas mortais raramente faziam algum sentido.

Hoje ela estava exausta – e ele também.

Ele fechou a porta para o quarto, desviando a atenção de sua garota adormecida. Ela requeria um trato tão cuidadoso, e que ele escondesse tanto seus verdadeiros sentimentos. Não esperava que uma mortal o mudasse; isso não era parte do plano.

Gabriel olhou para cima quando Irial se sentou na outra ponta do sofá e retomou a conversa que vinham tendo toda vez que Leslie caía no sono.

– Nós não temos uma boa festa com mortais já faz um tempo. – Ele ergueu uma garrafa de long-neck já aberta.

— Porque elas arrebentam com muita facilidade. — Irial pegou a garrafa, a cheirou e perguntou: — Isso é cerveja *de verdade*? Só cerveja?

— Até onde você sabe. — Gabriel se reclinou no sofá, as pernas esticadas, as botas batendo no ritmo de alguma música que somente ele ouvia. — E então, vamos nos divertir com os mortais?

— Você pode conseguir algumas que sobrevivam por algumas noites? — Irial olhou rapidamente para a porta fechada, atrás da qual sua própria mortal, frágil demais, dormia espasmodicamente. — Será melhor se não precisarmos substituí-las a cada semana. Apenas reúna as mesmas por uns dias até que vejamos como as coisas evoluem.

Ele não acrescentou que não tinha certeza de como Leslie superaria a canalização de muitos óbitos de mortais, medo e dor. Se houvesse o bastante delas, e estivessem apavoradas, furiosas e desejosas o suficiente, Leslie ficaria tão intoxicada que Irial duvidava de que ela notasse algumas poucas mortes, mas se muitas delas viessem a falecer de uma vez só, talvez ela ficasse chateada.

— Um pouco de guerra poderia ser bom também. Bananach está testando cada limite que você impôs. Dê a ela uma pequena desavença. — O fato de Gabriel sequer ter mencionado isso era razão o bastante para se preocupar.

— Para que ela não consiga ainda o apoio de que precisa para ir muito longe. — Irial odiava ter Bananach sempre em seus calcanhares, procurando por fraquezas, estimulando seus pequenos motins. No devido tempo, ela o enfraqueceria. Se ele não mantivesse a corte forte o suficiente, ela os conduziria para uma rebelião de fato. Não seria a primeira vez. Ele precisava aquietá-la de volta a moderados rumores de guerra, não dar a ela razão para ficar mais atrevida. *Primeiro preciso situar Leslie.*

– Bananach tentou atrair Niall de novo. – Gabriel exibiu o sorriso em sua alegria. – O menino ainda sabe se virar em uma luta.

Irial teria gostado de assistir àquilo. Niall tinha a tendência de recorrer à lógica antes de sucumbir à violência, mas quando precisava se render a uma briga, o fazia como em tudo em sua vida: com uma capacidade singular de manter o foco.

– Ele... ainda está bem?

Gabriel encolheu os ombros, mas sua expressão contente não se desfez.

– Ele voltará cedo ou tarde, Iri. Você precisa pensar a longo prazo, só isso.

Irial não imaginava – *não conseguia* – o que Niall faria agora. Tinha esperanças, mas esperança não era uma solução. Gabriel estava certo: Irial precisava pensar a longo prazo. Estivera muito concentrado em suas ideias iniciais. Fazia muito tempo desde a última vez em que precisara realmente planejar. Durante os nove séculos em que Beira governara sem oposição, Irial se permitira enfraquecer cada vez mais, a dar como certo que conseguir alimento para eles seria sempre fácil. Os últimos meses em que houve um verdadeiro Rei do Verão e uma Rainha do Inverno mostraram a ele o quão rápido a mudança podia vir – e ele não estivera preparado.

– Diga a Bananach para reunir quem quer que ela deseje e começar um pequeno caos com Sorcha. Não posso alimentar todo mundo por um longo prazo. Se as cortes sazonais estão determinadas a não cooperar por agora, vejamos o que podemos fazer com a vossa chatice real. Se alguém pode provocar Sorcha, Bananach é nossa melhor escolha.

Os antebraços de Gabriel foram se escurecendo com os detalhes que ele teria que transmitir a Bananach – com a esperança de que ela ficasse satisfeita o bastante para não cruzar seu caminho por um tempo.

– Quanto a Ani – Irial parou para medir cuidadosamente suas palavras –, traga Tish e Rabbit para ficarem com ela. Faça com que se mudem para a casa para onde Guin foi levada. Com a propensão de Sorcha em sequestrar criaturas semimágicas, eles correrão muitos riscos quando Bananach der início aos seus ataques. Agora que a paz está aqui, Sorcha não manterá a Alta Corte em reclusão.

Por um momento, Gabriel hesitou. Depois ele disse:
– Seja cuidadoso com meus filhotes. O fato de Ani ser capaz de se alimentar de mortais não a faz menos minha. Fazer experiências com...

– Nós não faremos nada que ela não consinta. – Irial acendeu um cigarro. Ele recorrera ao fumo mais frequentemente desde que Leslie viera morar com eles. *Preocupação, por ela.* Ele deu algumas tragadas antes de falar novamente. – Deixe que Ani se distraia um pouco com os mortais, também. Quero ver o que ela pode extrair deles. Talvez ela seja o que precisamos para resolver tudo isso.

– Isso significará duas... festas... porque eu não vou até lá se minha filha estiver lá também. – O tom ameaçador de Gabriel desaparecera sob seu desagrado com a ideia de sua filha no meio de uma multidão. – Ela é uma boa menina.

– Ela é, Gabe. Escolha alguns Hounds em que você confia para cuidarem dela. Duas salas, aquelas do outro lado do saguão. Veremos o que será necessário para me satisfazer, e também à corte, antes que Leslie entre em coma. Vamos vigiá-la, rastrear suas reações, e parar quando nos aproximarmos dos seus limites. – Irial se encolheu com a ideia. Alguns dos mortais pareciam sofrer danos neurológicos quando eram muito pressionados. – Reúna algumas das Garotas do Verão de Keenan também. Elas funcionam bem como estímulo para bom comportamento. Os prêmios para aqueles com os mortais que sobreviverem por mais tempo aumentam. – Irial baixou a voz com o som de movimento no quarto. Leslie não devia acordar tão cedo, mas era muito cabeça-dura para dormir como deveria.

Irial ergueu a mão para Leslie quando ela entrou na sala. Ela pegou a mão dele e se aninhou em seus braços.

– Você cuidará dos planos para a festa, então? – perguntou Irial, afagando distraidamente o cabelo de Leslie conforme ela se aconchegava mais perto dele.

Gabriel assentiu.

– Mas preciso de pelo menos dois dias.

– Tudo bem. – Em seguida Irial voltou a atenção para sua garota, satisfeito em ouvir o suave clique da porta fechando atrás de Gabriel. – Se você puder ser paciente por mais dois dias, podemos nos concentrar em fazê-la se sentir menos aprisionada por isso. – Ele indicou a videira alada que os ligava um ao outro.

– O que...

– Sem perguntas, Leslie. Essa é a condição. – Ele beijou a testa dela. – Você quer mais liberdade, espaço para perambular?

Ela assentiu silenciosamente.

– Só preciso que você pare de se expor ao perigo. Se continuar fazendo isso, não serei capaz de lhe dar o seu espaço. – Ele observou sua face enquanto falava, ainda se perguntando novamente como ela seria se pudesse manter para si algumas de suas emoções, não todas, mas algumas.

– Isso que você está fazendo vai doer? – Ela pareceu excitada com o pensamento por um momento, interessada na ideia de sentir a coisa exata que buscava esquecer.
– As primeiras duas semanas comigo doeram?
– Não me lembro. – Ela lambeu os lábios como se pudesse sentir o gosto dos temores dele. Não conseguia por causa do elo que os unia, mas às vezes ele sentia o puxão quando ela tentava reverter o fluxo, como se roubasse as emoções *dele*. – Não tenho muitas lembranças claras *disso*.
– Exatamente.
– Você é cruel, Irial. – Ela não estava aborrecida, acusadora, nenhuma dessas coisas. Não conseguia.

E por um momento, ele percebeu que ambos desejavam que ela conseguisse. *Minha Garota Sombria.* Ele a beijou antes que cometesse o erro de contar a ela o que estava pensando.

– Eu posso ser, Leslie. E se você continuar tentando fazer mal a si mesma, eu serei. – Ele tinha uma leve esperança de que, mesmo sem sentir medo, o intelecto básico dela fosse o bastante para fazer com que percebesse que isso era algo que nenhum dos dois queria. Mas ela suspirou, como se aquilo não fosse uma ameaça, mas uma recompensa, então ele perguntou:

– Você se lembra das cicatrizes de Niall?
– Lembro. – Ela o observou cuidadosamente, mantendo-se imóvel.
– Você não gostará de mim se eu for cruel. – Ele fez com que ela se levantasse.

Ela continuou imóvel, a mão esticada.
– Eu não gosto de você agora.
– Nós não mentimos. – Irial recordou Leslie ao pegar sua mão e a puxar para seus braços de novo.

– Sou mortal, Irial. Posso mentir sobre tudo o que quiser – sussurrou Leslie.

Ele a soltou, odiando o quanto era difícil fazer isso.

– Mude de roupa, amor.

Eles tinham uma folia a comparecer. Ele não a levara para hospitais, sanatórios ou coisa que o valha – *ainda* –, mas essa noite a conduziria para os banquetes de fúria. Se ele a preenchesse com toda a escuridão que ela podia aguentar e canalizasse para sua corte, então poderia deixá-la respirar por um tempinho. Era isso ou perdê-la, e neste exato momento, isso não parecia uma opção. Ele vinha tentando lentamente torná-la mais tolerante, mas a propensão dela à teimosia e o desejo dele em não destruí-la invalidaram seu cronograma. Não pela primeira vez desde que a maldita paz começara, Irial não queria nada mais do que abandonar sua corte, suas responsabilidades. Porém, agora queria que Leslie fosse com ele.

Capítulo 33

Ao longo da semana seguinte, Irial testou os limites de Leslie até que ela estivesse tão embriagada de escuridão que sentiria ânsia de vômito, mas eles não discutiram isso.

Entraram em uma rotina que ela pensou poder aceitar. Irial não contava a ela o que acontecia durante as noites, e ela não perguntava. Não era uma solução – não de fato –, mas ela se sentia melhor. Ela dizia a si mesma que era um tipo de progresso. Às vezes, sentia breves elos de emoções perdidas quando Irial mantinha a ligação entre eles bem próxima, quando a videira sombria se esticava como uma serpente adormecida entre os dois. Nesses momentos ela podia mentir para si mesma e dizer que estava feliz, que havia benefícios em ser tratada como um animal de estimação – depois o peso do que ela se tornara a percorria até que os espasmos de necessidade a tornaram insensível.

Não sou diferente de qualquer outro viciado.

A droga dela podia ter uma pulsação e uma voz, mas era uma droga da mesma forma. E ela se afogara nas profundezas que a fariam se dissolver em vergonha se tais sentimentos ainda estivessem ao seu alcance. Mas não estavam: Irial as tomava como algum elixir exótico. E quando a estranheza alcançava o ápice, seu toque era tudo o que podia saciar o vazio insaciável que se escancarava dentro dela.

O que isso está fazendo comigo? Serei consumida pela escuridão?
Irial não tinha a resposta; não conseguia dizer a ela o que isso faria ao corpo dela, à sua saúde, sua longevidade – qualquer coisa. Tudo o que podia lhe falar era que ele estava lá, que a protegeria, que a manteria segura e bem.

Agora que ela era capaz de sair para caminhar regularmente – longe de Irial –, sabia que era apenas uma questão de tempo até que ela encontrasse Niall. De todas as pessoas de sua vida anterior à troca de tinta, ele era o único que ela ansiava por encontrar. Certa vez, ele estivera ao lado de Irial: sabia o que era a Corte Sombria, como era o mundo em que ela vivia, e a falta de sigilo era algo com que ela não sabia lidar.

Leslie procurara por ele, e hoje ele estava lá. Estava de pé do outro lado da rua, do lado de fora da Troca Musical, a loja onde Rianne era encontrada com mais frequência. Ao lado dele havia um homem – um humano – tocando uma música que era exótica e familiar no *bodhran*, um instrumento irlandês de percussão. O pulso dela rapidamente pegou o ritmo, o compasso da música se acomodando em seu estômago como se cada toque do batedor fosse na pele dela, em suas veias.

Em seguida Niall se virou e a viu enquanto ela o fitava.

– Leslie. – Os lábios dele formaram a palavra, mas o som era muito baixo para se ouvir.

O tráfego na rua se movia rápido demais para que fosse seguro se meter no meio dele, mas Niall não era humano, nunca fora. Ele deslizou por brechas que quase não existiam,

e logo estava ao lado dela, erguendo as mãos dela até os seus lábios, derramando lágrimas que ela não era capaz de verter.
— Ele não me deixava te ver — disse ele.
— Eu pedi a ele que não deixasse. Eu não estava em condições de ser vista por ninguém. — Ela olhou em volta, observando as criaturas mágicas que os olhavam.
— Eu o mataria se pudesse — disse Niall, soando mais cruel do que Irial jamais soara.
— Não quero isso. Não...
— Seria a *sua* vontade também se ele não tivesse feito isso com você.
— Ele não é terrível.
— Não faça isso. Por favor. — Niall a abraçou, silenciosamente, exceto pelo som de suas lágrimas. Ele agia como se a quisesse, como se tudo o que ela pensou que ele tivesse sentido fosse real, mas ela se questionava. Aquele anseio que ela sentira *antes*, aquela compulsão em tocar Niall, em mantê-lo próximo, a abandonara. *Fora uma ilusão? Será que estava lá mas fora tragada por Irial?* Ela olhou para o lindo rosto marcado por cicatrizes de Niall e sentiu um lampejo de afeição, mas não havia tentação.

Ao longo da rua, as criaturas observavam com expressões alegres e abomináveis. Conversas e murmúrios aumentaram enquanto especulavam a respeito do que as criaturas de Irial fariam, o que o próprio Irial faria quando soubesse.

Matar o menino. Ele vai.

Dar a ele motivos para começar um confronto.

Nada. Ela não é razão suficiente para...

É sim. Irial nunca manteve uma mortal ao seu lado até esta aí. Ela deve ser...

Irial quase nunca nos permitiu atacar seu adorável Gancanagh.

Torturá-lo então? Fazer com que ela o torture?

Eles riam dissimuladamente e continuaram até que Leslie mirou as sombras e lançou um olhar suplicante para um dos Hounds de Gabriel. Em menos tempo do que teria levado para falar, o Hound dispersou a aglomeração, fez com que saíssem correndo por ameaça ou pela força, erguendo alguns deles como bolas disformes e os arremessando rua abaixo.

Horrendos ruídos de respingo e guinchos ressoaram até que mesmo o homem com o *bodhran* parasse por um momento, olhando em volta como se tivesse ouvido algum eco desprezível dos horrores que ele quase não conseguia sentir.

– Eles te escutam? – perguntou Niall.

– Escutam. Eles são bons para mim. Ninguém me fez mal. – Ela tocou o peito dele, onde sabia que as cicatrizes estavam escondidas. Aquelas cicatrizes respondiam muitas questões sobre ele, sobre Irial, sobre o mundo que ela agora chamava sua casa. Leslie acrescentou: – Ninguém fez nada que eu não tivesse pedido...

– Incluindo Irial? – A face de Niall estava tão indecifrável quanto sua voz. Suas emoções, contudo, ela as sentia: esperança e desejo e medo e raiva. Era uma mistura confusa.

Leslie desejou poder mentir, mas não queria, não para ele, não sabendo que ele *não conseguia* mentir para ela por meio da palavra ou da emoção.

– Na maioria das vezes. Ele não me toca sem pedir, se é isso que você quer saber... mas ele fez isso comigo sem pedir, e não tenho mais certeza do que é minha escolha e o que é escolha dele. Quando eu... eu *preciso* dele ou estou... isso me mata, Niall. É como estar faminta, como algo me comendo viva bem do fundo de mim. Não dói. *Eu* não sinto dor, mas sei que deveria. A dor não está lá, mas isso não me impede de gritar por causa dela. Só Iri faz com que isso... melhore. Ele faz tudo melhorar.

Niall se inclinou para perto do ouvido dela e sussurrou:

– Eu posso impedir isso. Acho que posso desfazer. Posso conseguir o que preciso para romper o laço dele com você. – E contou a ela que Aislinn daria luz do sol a ele, a Rainha do Inverno daria frio, e ele poderia queimar e congelar a tinta até removê-la de sua pele. – Deve funcionar. Você ficaria livre dele. De todos eles.

Leslie não respondeu, não disse nem que sim nem que não. Não conseguia.

– A escolha é sua. – Niall segurou o rosto de Leslie em suas mãos, olhando-a do mesmo jeito que olhara antes, quando ela não era assim. – Você tem uma alternativa. Posso lhe dar isso.

– E se isso piorar tudo?

– Tente pensar no que você escolheria se não estivesse sob o feitiço dele. É isso – ele parou de falar – o que você teria escolhido?

– Não. Mas não posso desfazer essa escolha também. Não posso fingir que não me tornei isso. Não serei quem eu era antes... e se os sentimentos voltarem, se eu *conseguir* viver, como vou conviver com o que eu...

– Você apenas vive. As coisas que você faz quando está desesperada não são o que você é. – A expressão de Niall se tornara feroz, furiosa.

– É mesmo? – Ela se lembrou do sentimento, do momento em que olhou para o chão e soube que mesmo se Irial a apanhasse da primeira vez que ela saltasse, haveria outras vezes em que ela sentiria aquele desespero. As emoções que mal podia alcançar naquele momento eram parte dela da mesma forma. Ela era a pessoa que escolhera esse caminho. Pensou retrospectivamente a respeito dos sinais e avisos de que algo não ia bem. Ela pensou nas sombras que vira no gabinete de Rabbit. Lembrou das perguntas que não fizera a Aislinn ou a Seth ou a Rabbit ou a si mesma. Pensou na vergonha que guardou para si em vez de procurar ajuda. Aquilo era quem ela era; aquelas eram partes dela. Eram todas escolhas. Não agir é também uma escolha. – Não acho que seja assim, Niall. – Ela se ouviu dizer. Sua voz não estava suave ou assustada. – Mesmo sob o vício, sou eu. Posso não ter tantas escolhas, mas ainda estou optando.

Ela pensou de novo em quando ficou de pé na janela do armazém. Poderia ter escolhido pular. Não escolheu. *Seria desistir, ceder, se eu tivesse, de fato, pulado. Isso não é melhor do que resistir?* A pessoa que ela era sob o peso de sua dependência era mais forte do que ela pensara que poderia ser.

– Quero uma escolha que não machuque Irial nem a mim – disse ela, e então ela o deixou. Sua alternativa viria, talvez não agora, talvez não a escolha que Niall oferecia, e ela não ia deixar Irial ou Niall ou ninguém mais decidir por ela.

Não de novo.

Capítulo 34

A lua já estava bem alta no céu quando Irial atravessou furtivamente a sala. Não faria sentido para mortais ver portas se abrindo e se fechando sozinhas, então ele adentrou o recinto usando sua fachada de mortal amigável. Vários dos Hounds montavam guarda do lado de fora da sala, invisíveis para quaisquer mortais que pudessem passar. Contudo, não havia nenhum deles no saguão, assim ele se livrou de seu feitiço e fechou a porta da suíte atrás de si.

– Mantenham Leslie aqui dentro se ela acordar – ordenou aos Hounds. – Nada de ficar perambulando por aí hoje à noite.

– Ela não coopera tão bem. Podíamos apenas segui-la, mantê-la segura e...

– Não.

Outro Hound se opôs:

– Nós não queremos magoá-la... e ela fica tão infeliz quando a impedimos de sair.

– Então bloqueie as portas. – Irial fez uma careta. Ele não era o único dominado demais por sua ligação com Leslie.

Sua fraqueza em relação a ela fluiu por toda a sua corte: todos tinham uma dificuldade além do razoável em fazer qualquer coisa que a desagradasse.

Eu os enfraqueci. Minha afeição por ela os prejudica.

A única forma de lidar com isso parecia ser impedi-la de pedir às criaturas que fizessem qualquer coisa estúpida. A alternativa, acabar de forma irreparável com Leslie, não era um caminho que Irial quisesse considerar.

Eu conseguiria? Ele suprimiu a resposta antes que se permitisse ir mais longe nesse raciocínio. Entregar Niall à sua corte fora tão horrível que ele ainda tinha pesadelos com aquilo. Por séculos, seu sono foi povoado por pensamentos sobre como Niall o rejeitara depois. Reis fracos não prosperavam. Irial sabia disso, mas saber não desfez a dor quando Niall escolheu ir para outra corte. Essa foi uma dor que demorou para morrer.

Estar atado a Leslie, satisfazê-la em festas com mortais como ele e Niall uma vez haviam feito, essas coisas trouxeram memórias há muito adormecidas de volta à superfície. Esta era ainda mais uma prova de que sua influência mortal o corrompera, transformara. Não era uma mudança de que Irial gostasse. Como a videira que se alongava como uma sombra entre ele e sua mortal se tornara repentinamente visível no ar diante dele conforme sua agitação aumentava.

Ele orientou os Hounds:

— Não falem com ela a não ser para dizer que eu os proibi de deixarem-na sair do quarto. Digam a ela que vocês serão punidos até sangrar se ela for a algum lugar. Se não funcionar, digam que *Ani* vai pagar.

Eles rosnaram para Irial, mas diriam a Leslie. Ele tinha esperança de que aquilo a inspirasse a obedecer aos desejos dele por algumas poucas horas enquanto ele limpava a bagunça mais recente.

Dentro da primeira sala o chão estava coberto por mortais lamentosos que resistiram à última rodada de festividades. Eles haviam resistido mais do que a leva anterior, mas muitos perdiam a cabeça e adoeciam com muita facilidade. Lamentavam como se a loucura do que haviam visto e feito tivesse se instalado neles. Dê a eles umas poucas drogas, um pequeno feitiço e alguns estímulos simples e os mortais mergulhavam, de boa vontade, nas profundezas de sua devassidão oculta. Depois, à luz, quando os corpos daqueles que morreram se emaranhavam aos dos que ainda viviam, havia aqueles que não sabiam como se apegar à sua própria sanidade.

– Chela encontrou uns poucos mais fortes para substituí-los. Estão curtindo as amenidades na outra sala. – Gabriel jogou a bolsa de mão de uma garota em uma das latas de lixo e depois indicou o cadáver.

– Limpeza. – Dois dos Ly Ergs a ergueram. Um terceiro abriu a porta. Eles a levariam para algum outro lugar na cidade para que fosse encontrada por mortais. – Ela é nossa.

– Nada de deixá-la fazendo pose – rosnou Gabriel quando os Ly Ergs saíram. A criatura que abriu a porta ergueu a mão em um gesto desdenhoso que expôs rapidamente sua palma de um vermelho-claro.

Irial passou por um casal que olhava cegamente através dele.

– Ela continuou os encorajando a lutar contra ela. O que quer que tenha se misturado a esse novo X, a tornou violenta. – Gabriel esvaziou bolsos e tirou algumas das roupas rasgadas, direcionando criaturas de cardo com sorrisos maldosos ao falar sobre a tarefa sinistra. – Eles têm posicionado aqueles de que gostam. Prepararam chá para alguns ontem.

– Chá?

Um dos Ly Ergs deu um sorrisinho, como uma menina travessa.

– Também conseguimos coisas apropriadas para eles. Estavam nus, exceto pelos chapéus e luvas que providenciamos.

Uma fada-amante acrescentou:

– Nós também pintamos os seus rostos. Ficaram adoráveis.

Irial teve vontade de castigá-los, mas essas coisas não eram de forma alguma piores do que as que ele mesmo fizera por esporte ao longo dos séculos. *O Rei Sombrio não requer bondade para com os mortais.* Ele refreou seu desconforto e disse:

– Talvez devêssemos montar uma encenação lá no parque próximo ao *loft* do reizinho... Uma cena de *Sonho de uma noite de verão*... ou...

– Não. O outro mortal que rascunhava peças então. Qual é aquele com os pecados? – Um Ly Erg esfregou suas mãos vermelho-sangue por seu rosto. – O divertido.

– Eu gosto de pecados – murmurou uma fada-amante.

Um dos do bando de Jenny apanhou um cadáver.

– Nos já temos nosso glutão aqui mesmo. Este aqui serviu a cada criatura desejosa no salão.

Eles gargalharam.

– Isso é *luxúria*, irmã. Glutões têm carne extra no corpo. Como esse aqui.

O carrancudo Ly Erg repetiu:

– Qual é a peça?

– *Fausto. A trágica história do Doutor Fausto* – disse Leslie, e embora sua voz fosse suave, todos viraram na direção do portal onde ela estava. A maior parte de seu pijama rendado estava coberta por um robe. – Marlowe a escreveu. Ao menos que você acredite na teoria de que Marlowe e Shakespeare eram a mesma pessoa.

Nenhuma das criaturas mágicas respondeu. Se fosse qualquer outro, teriam rosnado para ela ou a convidado a se juntar à diversão. Com Leslie, entretanto, eles não fizeram nem uma coisa nem outra.

Ela tirou um maço dos cigarros de Irial de dentro do bolso do robe e acendeu um, observando de maneira silenciosa eles reunirem os mortais recém-enlouquecidos. Quando se aproximaram dela, Leslie abriu a porta para eles.

Eles cruzaram o batente e estenderam seu próprio feitiço para camuflar o que carregavam. Mas ela viu o que era. Teve uma visão em *close* de homens loucos de olhos arregalados, um cadáver fresco e carne nua. O horror e a repulsa dela alcançaram o auge. Leslie não os sentiu, é claro, mas a onda de emoções que ela deve ter sentido enxameou para Irial.

Uma vez que as criaturas já tinham todas ido embora, ela caminhou-se na direção dele, sacudindo cinza no chão manchado de vermelho. Seus pés descalços eram extremamente brancos em contraste com essas manchas.

– Por quê?

– Não me pergunte isso. – Irial percebeu o tremor nas mãos dela, a observou resistindo contra o rebate dos sentimentos que ele havia dragado.

– Me diga o motivo. – Ela largou o cigarro e o pisou com seu pé descalço. O tremor se tornava cada vez pior conforme as ondas de terror mortal se avolumavam por meio dela.

– Você não quer saber essa resposta, amor. – Ele esticou a mão para tocá-la, sabendo que, apesar de Leslie ter a melhor das intenções, logo o rebate a enfraqueceria.

Ela recuou.

— Não. Eu quero — ela fez uma pausa —, é minha culpa, não é? É por isso que você...
— Não.
— Pensei que criaturas mágicas não mentissem. — Os joelhos dela falharam, e ela caiu no chão, ajoelhada em uma enorme mancha vermelha.
— Não estou mentindo. Não é sua culpa. — As tentativas dele de ser o Rei dos Pesadelos, o Rei Sombrio, todas se desvaneceram porque ela parecia perdida. A culpa era dele, não dela.

Ela agarrou o carpete, fazendo com que as pontas de seus dedos sangrassem ao tentar não cair de vez no chão de modo a não erguer a mão para ele.

— Por que eles estiveram aqui? Por que estão...

Era óbvio que ela não ia parar de perguntar, então ele desistiu de evitar responder.

— Se eu estiver saciado, posso alimentar a corte o bastante para que você tenha alguma liberdade. A corte passa um pouco de fome, mas não o suficiente para enfraquecê-los... e enquanto você ficasse na suíte, não precisaria saber.

— Então nós os atormentamos tanto...

— Não. *Você* não atormentou ninguém. — Ele a observou se apegar ao horror que queria sentir, sentiu-o ondular dentro de sua pele. Irial suspirou. — Não faça uma tempestade em copo d'água.

Ela riu, um som tão bem-humorado quanto um grito poderia ser.

Ele se abaixou no chão ao lado dela.

— Há coisas piores. — Ele não lhe disse que essas coisas piores eram inevitáveis se a paz entre as cortes sazonais se tornasse cada vez mais forte, que isso estava a apenas um passo no caminho deles. Por vários segundos, ela ficou encarando Irial, em seguida se inclinou para a frente e deitou sua cabeça contra o peito dele.

— Você pode escolher criminosos ou algo assim?

Em algum lugar dentro de si, ele se entristeceu pela aceitação de Leslie ao falecimento dos mortais, mas isso era efeito da essência mortal dela contaminando o julgamento dele. Ele afastou o pesar.

— Posso tentar... Não posso mudar sua finalidade, mas poderia te poupar dos detalhes.

Ela ficou tensa nos braços dele.

— E se eu não puder suportar? O que acontecerá então? E se minha mente...

Ele, então, admitiu sua fraqueza.

— Não planejei essa parte, Leslie. Só precisava do seu corpo para sobreviver. A maioria dos mortais de trocas anteriores... eles não se saíram tão bem, mas eu gostaria que você não entrasse em coma. Se isso significa alguns outros mortais falecendo ou sucumbindo às próprias mentes enquanto você apaga por umas poucas horas ou dias...

— Então é isso que você fará — sussurrou ela.

Capítulo 35

Niall havia passado no *loft* para pegar alguns pertences quando Aislinn entrou.

– Não quero discutir isso de novo – começou ele, mas então Aislinn chegou para o lado. Leslie estava atrás dela, pálida, com olheiras sob seus olhos. Veias azuladas estavam tão nítidas sob sua pele que, na visão dele, Leslie tinha em si um leve matiz azul.

Aislinn disse:
– Ela quer falar com você... não comigo. – Então sua não mais rainha saiu, fechando a porta atrás de si, deixando Niall a sós com Leslie.

– Aconteceu alguma coisa? – perguntou ele.
– Irial manda cumprimentos. – Os movimentos dela eram tão afetados quanto suas palavras. Ela vagou pela sala e foi olhar pela janela. Sombras dançavam no ar que a cercava; ele vira essas mesmas sombras dançarem nos olhos de Irial, figuras disformes que saltavam e giravam na beira do abismo. Agora elas pairavam ao redor de Leslie, um séquito de criadas dos pesadelos.

Niall não sabia o que fazer ou dizer ou pensar. Portanto aguardou.

– Podemos sair? – Ela olhou por sobre o ombro. – Não posso fazer isso aqui.

– Fazer o quê?

Ela olhou para ele sem nenhuma paixão.

– Aquilo sobre o que conversamos *antes*.

E ele soube que fosse lá o que ela não estava dizendo era horrendo o bastante para fazê-la decidir deixar Irial.

– Você vai me ajudar, Niall? – perguntou ela. – Preciso consertar as coisas.

Por um momento, Niall não tinha certeza se era Leslie ou Irial quem perguntava: a voz dela soava estranha, suas palavras em discordância com as entonações que ouvira dela antes. Mas isso não importava. As sombras dançavam ao seu redor, e ele deu a única resposta que poderia dar a qualquer um dos dois:

– Sim.

Leslie sentiu o estranho sussurro da natureza de Irial murmurando através dela, mesmo agora. E era um consolo, mesmo que ela tivesse esperança de acabar com aquilo. O que ele lhe dera, o que ele lhe custava, não era certo para nenhum dos dois. Leslie acharia mais fácil se conseguisse rotulá-lo de diabólico, mas nada disso envolvia valores ou ética. Essas respostas eram simples demais. Irial fizera o que considerara necessário para salvar sua corte, o que pensara ser o melhor para seus súditos – inclusive ela. Não era o melhor para ela ou para as pessoas que experimentaram o terror nas mãos da Corte Sombria. Não era o melhor para os milhares de mortais que inevitavelmente foram sugados pelos planos de Irial uma vez que ela se tornara menos importante para ele ou Irial se tornava cada vez mais desesperado.

Ela sorriu para Niall. Eles estavam no antigo quarto de Leslie, que ela não visitara desde que fora embora com Irial. Quando ela entrou, a casa estava vazia, como se ninguém tivesse estado lá por semanas. Se pudesse sentir isso, se preocuparia com seu pai, mas do jeito como estava, ela meramente notara que queria se preocupar.

Vou lidar com isso mais tarde. Depois.

Niall a puxou para seus braços, envolvendo-a tão seguramente quanto se ela estivesse caindo só para que pudesse ser trazida de volta para a beira. A mão dele embalava a parte de trás da cabeça dela.

– Você vai me achar pior se eu admitir que desejaria não ser a pessoa a fazer isso?

– Não. – Mais tarde, contudo, quando a influência de Irial se desfizesse, ela suspeitou que acharia.

– Venha. – Ela segurou a mão dele e o conduziu para a cama, a cama dela, dentro da casa dela. Era seguro. *Por causa de Irial.*

Niall se manteve imóvel enquanto ela se sentava na ponta das cobertas gastas de rosas. Podia sentir raras pinceladas com seus sentimentos – graças ao que Irial fizera, graças aos mortais que feneceram nos braços da Corte Sombria –, não todos os seus sentimentos, mas alguns dos mais fortes. Sentiu repulsa à forma como as criaturas trataram os cadáveres, horror ao fato de que pessoas sofreram por causa dela. Leslie se contraiu com o peso desses pecados doentios... e com seu desejo ardente para retornar ao torpor para que não tivesse que sentir isso. Era o que ela perseguia – torpor – e não valia o que custava para ela ou para qualquer outra pessoa.

Ela puxou Niall para si; ele fitou Leslie com olhos tristes. O estômago dela se embrulhou com o medo que ameaçava asfixiá-la – não do jeito que já fora, mas de fome.

A fome de Irial.

Em seguida o medo se desfez, engolido por Irial enquanto ele sentava em uma de suas boates, cercado pelas criaturas que vinham lentamente se arrebanhando para o lado dele. Se tudo desse certo, os apetites de Irial levariam os picos da dor que ela sabia que estava vindo.

Ela rolou na cama, tirando a blusa ao fazê-lo, e tentou não pensar no que estava para acontecer. Com os olhos fechados, ela disse:

– Por favor. – Niall baixou suas mãos até a pele dela, até a tatuagem, até a marca onde a presença de Irial estava ancorada. O toque dele queimou, vindo da pequena bola de luz do sol que Aislinn dera a ele no *loft*, que ele carregava dentro de si, que ele trouxera.

A meu pedido.

O frio que a outra rainha – a Rainha do Inverno – dera a ele seguiu a luz do sol: Leslie pensou sentir sincelos furando sua pele. E gritou, embora quase tivesse cortado seu lábio tentando manter o som dentro de si. Gritou como gritara apenas uma vez antes.

Não é culpa de Niall. MINHA escolha. Minha.

– Me perdoe – suplicou Niall ao forçar a luz do sol e o frio para dentro da pele dela, congelando as lágrimas na tatuagem, causticando o matiz do sangue de Irial que se misturara àquela tinta, matando as raízes da videira negra que Irial ancorara ao corpo dela.

– Leslie? – sussurrou Irial.

Ela podia vê-lo tão claramente, como se fosse um holograma no quarto. Se seus olhos não estivessem fechados, acreditaria que ele de fato estava lá. Perplexo, ele se levantou, desalojando a criatura mágica que estivera aninhada em seu colo.

– O que você está fazendo?

– Escolhendo. – Ela mordeu a manta para evitar gritar novamente. Suas mãos estavam cerradas tão firmemente que ela sentiu a coberta rasgar. Sua espinha se curvou. O joelho de Niall estava em suas costas, mantendo-a deitada. Lágrimas ensopavam o cobertor embaixo do rosto de Leslie.

– Sou minha. Não sou de mais ninguém.

– Entretanto, eu ainda sou seu. Isso nunca mudará, Garota Sombria. – E depois ele se foi, e as emoções de Leslie desabaram sobre ela.

Niall retirou as mãos, e ela virou a cabeça para olhá-lo. Ele se sentou ao seu lado, encarando suas próprias mãos.

– Sinto muito. Deuses, sinto tanto.

– Eu não. – Ela não tinha certeza de muita coisa, mas sabia disso. Então a agonia em sua pele, as memórias, a onda de horror eram demais: ela rolou e vomitou na cesta de lixo. Seu corpo todo se contraiu quando a dor a atravessou. Lágrimas se juntaram à transpiração em seu rosto quando lampejos quentes e frios ficavam dentro e fora de controle. Músculos que ela não sabia ter criavam nós em resposta à dor dentro dela.

Ela sorriu apesar de tudo; por um momento apenas, ela sorriu. Estava livre. Doía como o inferno, mas estava livre.

Capítulo 36

Leslie vagou entre a consciência e a inconsciência por vários dias enquanto o mundo se movia ao seu redor. Niall ficou ao seu lado. Aislinn e Seth a visitaram. Ani e Tish e Rabbit a visitaram. Gabriel a visitara, carregando mais flores do que seria considerado razoável. Ele pousou as flores, apertou o ombro de Niall e assentiu, beijou a testa de Leslie e foi embora. Todos os outros falaram – palavras de apoio e perdão vindas de Aislinn, elogios de Seth e Rabbit, perdão por deixar a corte por Tish e Ani. Irial não viera vê-la.

Ela estava deitada de bruços usando um sutiã e calça jeans. Ainda não havia falado mais do que umas poucas palavras. Havia muitas coisas em sua mente para que ela tentasse formular sentenças. Nem seu pai nem seu irmão jamais apareceram na casa. Ela não sabia onde eles estavam, se iam voltar, ou se foram *prevenidos* a respeito do que lhes aconteceria se voltassem. Ela estava em sua casa – se curando e segura. Era o que importava naquele momento.

Niall estava aplicando um tipo de creme cicatrizante na pele de suas costas, queimada pelo calor e pelo frio. Ela virou a cabeça para olhar para ele. Leslie os viu, esticados ao longo da sala: ligamentos queimados da videira sombria fluindo de sua pele – ainda uma conexão, mas não mais um conduíte.

– Isso não vai nunca mais embora, vai?

Niall olhou para a videira escurecida.

– Não sei. Não conseguia ver isso antes. Agora consigo.

– Está fechada. É o que importa. E nunca mais vai se abrir de novo. – Ela se sentou e teve que morder o lábio para não chorar.

– Você está... como você se sente? – Ele era cuidadoso, ainda não a pressionando a falar ou a agir. Estava perto o bastante para que ela pegasse seu braço se precisasse de apoio, mas ele não invadia seu espaço.

– Péssima, mas real – respondeu ela.

– A babosa deve ajudar. É o melhor que posso fazer. As coisas mortais não funcionarão já que aquilo era magia... Liguei para Aislinn e...

– Tudo bem, Niall. Mesmo. Não me importo que doa. – Ela o observou olhando-a com tanta aflição que partia o coração de Leslie ver a cena, perceber o quão difíceis os últimos dias haviam sido para ele também. – Me ajuda a levantar? – Ela deu uma das mãos a ele para que pudesse se firmar até que descobrisse como faria para voltar a se mexer. Às vezes levantar era tão doloroso que a fazia cair para trás. Desta vez ela balançou um pouco enquanto Niall a ajudava a ir até o banheiro, mas não foi tão horrível quanto já fora. Ela estava se recuperando, física e mentalmente. *Já é tempo.* Ela se apoiou no batente da porta e fez um gesto em direção ao armário debaixo da pia. – Tem um espelho de mão ali.

Sem nenhum comentário ele o pegou, e ela se virou na frente do amplo espelho largo e ergueu o espelho de mão para que pudesse ver suas costas. A tinta em sua pele tinha se desbotado para branco e cinza. Estava tão bonita quanto antes, mas fora clareada, iluminada pela luz do sol e pelo frio que Niall aplicara em sua pele.

Minha *arte agora. Meu corpo*. Ela baixou o espelho e sorriu. Não fora a tatuagem que a transformara, dera a ela novamente a posse de seu corpo. Foram suas ações, suas escolhas. Foi encontrar o caminho quando parecia que não havia nenhum a ser descoberto.

– Leslie? – Niall se postou atrás dela e olhou para ela no espelho, sustentando o reflexo de seu olhar. – Você vai ficar bem?

Ela se virou para que ficassem cara a cara e devolveu a ele as palavras que Niall oferecera a ela em sua primeira noite juntos:

– Eu sobrevivi. Não é isso que importa?

– É. – Ele a puxou para perto e a abraçou com cuidado.

Eles ficaram lá, quietos e juntos, até que ela começasse a bambear. Corando, ela disse:

– Ainda estou fraca, eu acho.

– Você não é de forma alguma fraca. Ferida, mas não é razão para se envergonhar. – Ele a ajudou a voltar para a cama. De maneira hesitante ele disse: – Aislinn poderia vir cuidar de você, caso permita. Eu os deixei, deixei Keenan, mas eles vão cuidar de você. Nós podemos resolver isso, e então...

– Niall? – Ela tentou manter seu tom gentil ao dizer: – Eu... Eu não posso lidar com cortes encantadas agora. Só quero minha vida. Isso – ela fez um gesto que abrangia o recinto – não é bom, mas é melhor do que o seu mundo. Não quero ser parte do mundo encantado.

– Não posso mudar o que sou. Não sou parte da corte, mas não posso *não* interagir de forma alguma com meu mundo... Eu... – Ele deixou as palavras no ar.

Essa não era uma conversa que ela quisesse ter, não agora, mas era o que havia.

– Eu ainda sinto... algo, seja lá o que for, por você, mas nesse exato momento... preciso recomeçar, em algum outro lugar... sozinha.

– Eu tentei te manter em segurança. – Ele contou a ela que montara guarda próximo a ela por meses, que ele, e outras criaturas de Aislinn, andara ao lado dela pelas ruas de Huntsdale. Contou que tentou não falar com ela antes porque Aislinn ordenara assim, que ela não queria Leslie dragada pelo mundo deles, e que ele achara sua rainha muito sábia por agir dessa forma. – Quero ficar com você. Não estou com a corte agora. Estou... solitário. Poderia ir com você... cuidar de...

– Sinto muito – disse ela.

– Está bem. Você precisa de tempo, mas quando você estiver pronta... ou se você precisar de *qualquer coisa*, sempre...

– Eu sei. – Ela se recostou nos travesseiros. – Você pode chamar a Ash para vir aqui? Preciso falar com ela antes de encontrar Irial.

– Irial? Por que você...

– Não sou a única mortal. Há muitas pessoas pelas quais ele poderia me substituir – ela manteve a dor fora de sua voz, mas ainda tinha que parar –, se é que ele já não substituiu. Não vou simplesmente ir embora e deixar alguém em meu lugar. – Ela pensou nos mortais lamentosos no chão, as lutas sangrentas a cujos começos ela assistira antes de apagar, a consciência de que tudo isso fora Irial sendo *cuidadoso*, gentil com ela. O que ele poderia ter sido sem esse cuidado era muito a se considerar. – Preciso falar com Ash antes de vê-lo. Não posso esperar muito tempo.

Niall suspirou, mas foi. Ela ouviu a porta da frente se abrir e se fechar quando ele foi procurar quem quer que esperasse do lado de fora. E ela se permitiu vagar para o sono, sabendo que estava segura, livre, e que ia achar um jeito de se assegurar de que sua liberdade não era à custa da vida de outra garota.

Quando Leslie entrou na suíte naquela noite, não havia ninguém a não ser Irial. Ele não comentou, não fez perguntas. Serviu um drinque e o ofereceu a ela.

Silenciosamente ela o aceitou e se encaminhou para o sofá. Ele a seguiu mas não se sentou perto dela. Puxou uma cadeira da mesa. Era desconfortável vê-lo sentado onde ela não podia tocá-lo.

– Você está bem?

Ela riu.

– Niall pensou que não era seguro vir até aqui, e a primeira coisa que você pergunta é se estou bem. Seja lá o que você fez com ele, deve ter sido infernal.

– Nosso menino não é tão rápido para perdoar quanto você. – Irial sorriu, um sorriso triste que fez com que ela quisesse fazer perguntas.

Mas ela não fez. Leslie se moveu, tentando encontrar uma posição confortável que diminuísse a dor em suas costas. Ela estava feliz porque a dor estava lá, mas ainda trazia lágrimas aos seus olhos quando se movia.

– Não conseguia ver gente morrendo por mim. Ou o que mais que seja que você não estava me contando.

— Teria sido pior com o tempo — admitiu ele. Não era um pedido de desculpas, mas ela realmente não esperava por um.

— E eu quero saber?

Ele acendeu um de seus aparentemente constantes cigarros, observando-a de um jeito que era quase confortante em sua familiaridade. Em seguida fez um gesto desdenhoso com sua mão, o odor de cereja do cigarro ondulando no ar enquanto o fazia.

— Guerra, mais esforços no *front* de drogas, um aumento no número de criaturas sombrias mantidas mais perto de mim. Talvez um pouco de negociação com as criaturas de Far Dorcha nos mercados de sexo e mortes.

— Eu teria sobrevivido a isso?

— É possível que sim. — Ele encolheu os ombros. — Você estava se saindo muito bem. A maioria dos mortais não fica consciente pelo tempo que você ficou. E uma vez que era a mim que você estava ligada... você realmente deveria ficar. Eu queria que você sobrevivesse.

— Conversei com Ash, e se você pegar outra mortal...

— Você está me ameaçando, amor? — Ele deu um sorriso forçado para ela.

— Não. Estou dizendo a você que não quero que me substitua.

O sorriso dele se desfez.

— Bem, então... e se eu a substituir?

— Então, Ash trabalhará com a outra, a Rainha do Inverno, e *elas* vão ameaçar você, fazer mal à nossa, à sua, corte. — Ela o observou, não muito certa de que sua abordagem fosse a correta, mas certa de que ela não podia deixar outra pessoa sofrer da mesma forma que ela. — Mas aqui está a coi-

sa que elas *não* entendem: eu não quero que te façam mal. Me faria mal. Se você permitir que alguma outra mortal canalize toda essa perversidade para você, isso me fará mal. O que elas vão fazer a você quando descobrirem, isso me fará mal.
- E?
- E você me prometeu que não deixaria que ninguém me fizesse mal. - Ela aguardou enquanto ele, sentado, a encarava, fumando silenciosamente. A amizade de Leslie com Aislinn podia não estar nem perto de ser reparada, mas se o conselho que ela deu a Leslie funcionasse, seria um longo caminho em direção a consertar as coisas. Por agora, esse era o objetivo de Leslie: colocar as coisas no lugar, a vida dela, seu futuro, e se ela pudesse, coisas com aqueles que eram importantes para ela. Irial ainda estava na lista.
- A Corte Sombria é o que é. Não direi a eles para mudarem suas naturezas para apaziguar...
- Você está brincando com as palavras, Irial. - Ela gesticulou para que ele se aproximasse.

A surpresa dele era o bastante para compensar a pontada de medo dela. Ele jogou o cigarro no chão e foi se sentar no sofá, perto o suficiente para tocá-la - mas não o fazendo de fato.

Ela se virou de forma que se encarassem.
- Você me deu sua palavra, Irial. Entendo isso agora. Estou te dizendo o que vai acontecer se você permitir que te façam mal: você estará me fazendo mal, e se você sabe disso e ainda assim escolher outra mortal... O que você é, o que você faz não é da minha conta, mas fazer outra troca de tinta, começar guerras em meu mundo, assassinar mortais, isso *é* problema meu, e se meu cuidado com você significa que você não pode fazer isso... admito que ainda me importo.

Ele esticou a mão para tocá-la e ela não recuou. Ela fechou os olhos e se entregou aos beijos dele. Foi Irial quem parou.

– Você não está mentindo. – Ele deu a ela o olhar mais estranho, um pouco como surpresa e um pouco como medo.

Ter sua autonomia de volta era uma coisa bela. E ela percebeu que a forma como ela se sentia sobre Irial não havia mudado tanto.

– Me conta o que você sente por mim? – pediu ela.

Ele recuou apenas um pouco, não mais a abraçando.

– Por quê?

– Porque eu pedi.

– Estou feliz porque você não vai acabar em coma ou morta – disse ele, seu tom sem nada revelar.

– E? – Ela o observou lutando contra sua tentação de lhe dizer. Se ele não quisesse, ela não podia forçá-lo.

– Se você quisesse ficar...

– Não posso. – Ela apertou a mão dele. – Essa não é uma emoção, aliás; é uma oferta. *Você*, dentre todas as pessoas, sabe bem a diferença. O que estou perguntando, e que você está evitando, é se você ainda se importa comigo agora que não estamos conectados. Era apenas a troca de tinta?

– A única coisa que mudou é que você está livre de mim e agora preciso dar um jeito de alimentar minha corte apropriadamente. – Ele acendeu outro cigarro e deu a ela sua resposta. – No início era a troca, mas... não foi tudo. Eu me importo com você. O suficiente para deixá-la partir.

– Então... – estimulou ela, precisando das palavras.

– Então, minha promessa permanecerá intacta: não haverá troca de tinta com mortais.

Ela se ergueu desconfortavelmente por uns poucos momentos. Partir não era fácil, não importava o quão certo fosse. Havia tantas coisas que ela queria dizer, perguntar. Elas não mudariam nada. Não fariam diferença e, na verdade, eram todas coisas que ela suspeitava que Irial já soubesse. Em seguida ela disse:

– Pela manhã pegarei a chave para o meu apartamento. Ash providenciou isso para mim... não o dinheiro, mas encontrou um lugar e cuidou da papelada e tudo o mais.

– Você me dirá se precisar de alguma coisa? – Ele soou tão em dúvida quanto ela se sentia.

Ela sacudiu a cabeça.

– Não. Estou bem certa de que ver você, ou Niall, é uma ideia ruim. Eu disse a ele, também... Não quero esse mundo. Ash estava certa quanto a isso. Quero viver minha vida, ser normal, e superar o que aconteceu... antes de você.

– Você vai se sair bem, melhor do que se ficasse. – Ele deu outra tragada em seu cigarro e soltou a fumaça.

Ela observou a fumaça se espiralar em linhas no ar, não sombras, nada místico ou etéreo, apenas o ar que ele expirara – normalmente. E isso fez com que ela sorrisse.

– Vou sim.

Epílogo

Como fizera com frequência durante as últimas semanas, Niall observou Leslie indo para a rua. O menino mortal que esperava lá encolheu os ombros para algo que ela lhe dissera com um sorriso. Ele tomava conta dela com uma proteção que Niall aprovava – posicionando seu próprio corpo de lado na rua, mantendo-se alerta aos mortais que passavam. Ela precisava de amigos como ele. Ela precisava da forma como os mortais a faziam rir. *Não de mim. Não agora.* As sombras sob os olhos dela estavam sumindo; seu caminhar estava mais firme, mais confiante.

– Ela parece bem, não parece? – disse uma voz indesejada atrás dele.

– Vá embora. – Niall tirou seu olhar de Leslie, virando-se para encarar o rei da Corte Sombria.

Irial descansava preguiçosamente contra a banca de jornais, o chapéu enterrado em sua testa.

Como pude não notá-lo?

– Mais saudável, também, sem aquele miserável do irmão dela causando problemas – acrescentou Irial. Com uma amizade que parecera estranha para a situação, deu um passo à frente e passou um braço pelo ombro de Niall. Eles tinham a mesma altura, portanto era quase um abraço.

Niall se desvencilhou do braço de Irial e perguntou:

– O que você quer?

– Dar um olhada em nossa garota...e em você. – Irial observou Leslie com um olhar estranho que Niall classificaria como protetor se fosse qualquer outra pessoa.

Ele não é capaz disso, contudo. Ele é o coração da Corte Sombria. Mas Niall sabia que estava tentando mentir para si mesmo, sabia que vinha mentindo para si mesmo por séculos: Irial não era o que Niall se permitiu acreditar. Não era nem tão horrível nem tão bondoso quanto parecera no princípio. *Ele ainda não merece estar perto dela.*

Leslie encontrara muitos outros mortais. Um deles disse algo que fez com que risse alto.

Niall se posicionou na frente do Rei Sombrio.

– Ela está livre de você. Se você...

– Relaxe, garoto. – Ele riu suavemente. – Você realmente acredita que eu faria mal a *ela*?

– Você *fez* mal a ela.

– Tirei dela escolhas quando não a alertei sobre a troca de tinta. Eu a usei. Fiz o que ambos fizemos com mortais desde sempre.

Niall começou:

– Isso é...

– *Exatamente* o que seu último rei fez com sua adorável rainha e com o restante de seus brinquedinhos mortais – Irial parou de falar, uma estranha expressão solene em seu rosto –, mas você entenderá isso muito em breve. – Então, olhando além de Niall na direção de Leslie e seus amigos mortais, Irial disse: – Certa vez, dei a você a escolha entre entregar a mim as mortais que você tornara dependentes ou se entregar a mim. Você se entregou a mim. Isso é o que um rei faz, Gancanagh, faz escolhas difíceis. Você sabe o que somos, ainda assim manteve nossos segredos. Está deixando de lado seu amor por Leslie para proteger o que é melhor para ela. Você será um excelente rei.

E antes que Niall pudesse reagir, Irial pressionou sua boca na grande cicatriz que uma vez autorizara Gabriel a produzir no rosto de Niall. Niall sentiu seus joelhos vacilarem, sentiu uma inquietante nova energia jorrar em seu corpo, sentiu a percepção de incontáveis criaturas sombrias como fios em uma grande tapeçaria entremeando sua vida à deles.

– Cuide bem da Corte Sombria. Eles merecem isso. Eles merecem *você*. – Irial baixou a cabeça. – Meu rei.

– Não. – Niall tropeçou para trás, cambaleando na calçada, quase caindo em meio ao tráfego. – Não quero isso. Eu disse a você...

– A corte precisa de nova energia, Gancanagh. Eu nos conduzi durante o reinado de Beira, achei formas de nos fortalecer. Estou cansado, mais transformado por Leslie do que admitirei, mesmo para você. Você pode ter quebrado nosso elo, me expulsado da pele dela, mas isso não desfaz minhas mudanças. Não sou mais apropriado para liderar minha corte. – Irial sorriu tristemente. – Minha corte, *sua corte agora*, precisa de um novo rei. Você é a escolha certa. Você sempre foi o próximo Rei Sombrio.

– Desfaça isso. – Niall sentiu a tolice de suas palavras, mas não podia pensar em nada mais articulado.

– Se você não quiser isso...

– Não quero.

– Escolha alguém merecedor para sucedê-lo, então. – Os olhos de Irial estavam ligeiramente iluminados. A sinistramente sedutora energia que sempre se apegara a ele como uma névoa estava menos esmagadora agora. – Nesse meio-tempo, ofereço a você o que jamais ofereci a ninguém: minha lealdade, Gancanagh, meu rei.

Ele se ajoelhou então, a cabeça curvada, lá, na calçada movimentada. Mortais esticavam seu pescoço para olhar. E Niall fitou, perplexo, o último Rei Sombrio, enquanto a realidade se assentava nele. Ele agarraria a primeira criatura sombria que visse e... *passar esse tipo de poder a um ser encantado qualquer? Uma criatura sombria?* A ideia de Bananach e os Ly Ergs se reunindo, perseguindo guerra e violência. Irial era moderado em comparação à violência de Bananach. Niall não conseguiria passar a corte para qualquer um, não em sã consciência, e Irial sabia disso.

– O líder da Corte Sombria sempre fora escolhido dentre as criaturas solitárias. Esperei um longo tempo para encontrar outro depois que você disse não. Mas então percebi que estava esperando que você deixasse Keenan. Você não me escolheu em lugar dele, mas você escolheu o caminho mais difícil. – Depois, Irial se levantou e tomou o rosto de Niall em suas mãos, gentil mas firmemente, e beijou a testa dele. – Você se sairá bem. E quando você estiver pronto para conversar, ainda estarei aqui.

Em seguida ele desapareceu em meio à confusão de mortais que se movimentavam rua abaixo, deixando Niall sem palavras e perplexo.

Irial não olhou para trás, não foi em direção a Leslie ou a Niall. Continuou andando até que estivesse perdido em meio à multidão de mortais cujos sentimentos ele podia captar mas não podia sorver.

Não sem ela.

Ele podia senti-la lá fora, confiante em seu mundo, vendo as coisas que a observavam das sombras e não recuando. Às vezes ele sentia gostos provocantes do desejo dela – por ele e por Niall –, mas não podia ir até ela, não agora, não com ela feliz em seu novo mundo. Ela estava frequentando os cursos a que faltara durante o tempo que passara com ele, orgulhosa de si mesma, se reconstruindo. Começaria a faculdade no outono.

Não é minha, não é dele, mas de si mesma. Isso o agradava, saber disso, e ter esses breves surtos de conexão com ela. Tivera medo de que renunciar a seu trono também desse um fim à sua ligação com Leslie. Ele poderia deixar que esse medo atrasasse sua renúncia. *Medo de perder minha última ligação com minha Garota Sombria.* As ações dela queimaram os últimos cachos da videira onde se embrenhavam em sua carne. Ele sentira isso, como o sentimento de estar perdido em um limbo, deixando-o tão indisposto que ele ficara deprimido com a perda. Mas ele ainda podia sentir o gosto do eco dela – não sempre, nem sequer com frequência, mas houve momentos em que ele a sentira – como um fantasma se lamenta de um membro perdido. Era seu desejo que nesses momentos provasse sua inadequação para liderar a corte. Ele podia estar fora da pele dela, mas ela o deixara como algo que ele não fora antes – não mortal, mas não forte o bastante para merecer o título de Rei Sombrio.

O que significa quando pesadelos sonham com paz? Quando sombras desejam a luz?

Ela podia não estar mais ligada a ele, mas ainda era sua Garota Sombria. Ele lhe dera a sua palavra: cuidar dela, mantê-la distante da mágoa ou da dor, de querer qualquer coisa. A partida dela não suspendia as promessas dele; elas não eram condicionais. E se Niall não estava ligado a uma corte, continuava comprometido com uma causa ou um propósito, ele eventualmente iria até Leslie. O Gancanagh dele podia ser bem-intencionado, mas sua natureza – como a de Irial – era ser viciante para mortais. Ele ainda pertencia às sombras, não importando por quanto tempo fugira de quem realmente era. *Não agora.* Agora que Niall estava ligado à Corte Sombria, sua natureza viciante estava anulada. *E a minha retornou.* Como Irial uma vez fora, Niall era fortalecido por sua corte, da mesma forma como a corte era fortalecida por Niall.

Para cuidar da Corte Sombria, Irial encontrara um rei melhor. Para cuidar de Niall, Irial dera a ele sua corte. E para amar Leslie, Irial permaneceria longe dela. *Às vezes amar significa abrir mão daquilo a que você quer se apegar com todas as forças.* Era o único jeito que ele conhecia de proteger sua corte e a única mortal que importara para ele.

NOTA DA AUTORA

Eu quis que a representação de todas as coisas relacionadas ao universo da tatuagem fossem tão acuradas e respeitosas quanto possível, portanto cada referência a tatuagens neste livro passou pela mão do meu tatuador, Paul Roe, para que ele a examinasse. Ao longo do caminho, aprendi muita coisa sobre a história da arte, a montagem das máquinas e a variação minuciosa desde os metais que podem ser usados (o que usar quando seres encantados são sensíveis a aço e ferro) até o motivo por que tatuadores posicionam os corpos a serem tatuados de maneiras diversas. Se houver erros, espero que me perdoem. Se não houver, o mérito é de Paul.

A trama de *Tinta perigosa* se desenvolve em torno da tatuagem de Leslie. Eu já a conhecia desde cedo; não sabia ao certo como era a sua aparência. Precisava que fosse uma representação da natureza de Irial, e enquanto eu tinha as palavras que fizeram Iri ganhar vida, não tinha um visual que captasse essa essência. O universo providencia tudo de que precisamos, entretanto; acredito nisso. E eu precisava da arte de Paul e de seu e de seu conhecimento. Dizer que ele foi essencial à criação desse romance seria pouco.

Como aconteceu com as tatuagens que tenho em minha pele, dei a Paul minhas palavras; ele respondeu com imagens. O resultado final foi a arte que está pendurada na minha linha de visão pelo último ano. Graças a Paul, os olhos de Irial me observam todos os dias enquanto trabalho.

É sensacional quando as musas de duas pessoas dançam uma com a outra.

Impresso na Gráfica JPA